KB095195

에움길

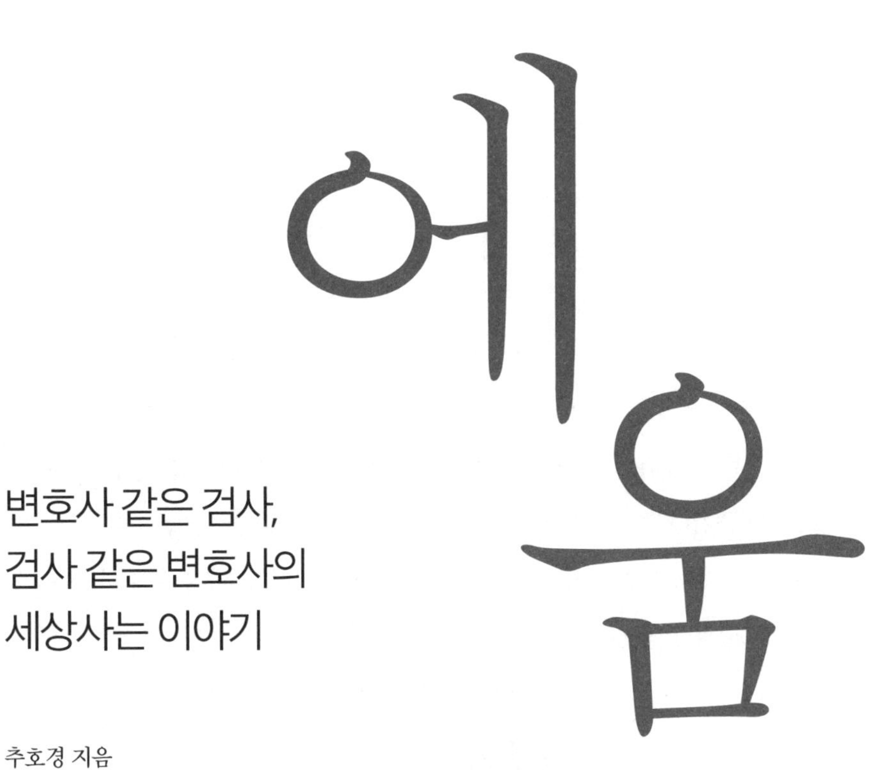

변호사 같은 검사,
검사 같은 변호사의
세상사는 이야기

추호경 지음

좋은땅

머리글

글 쓰는 일은 참으로 고되다
그래도 나는 멈출 수 없다

내 군대 동기 중에 거의 모든 마라톤 대회에 나가는 친구가 있다. 마라톤을 완주하고 나면 체력이 완전히 소진되다시피 하는데도 그 친구는 마라톤을 즐긴다. 42.195km 풀코스 완주 기록도 237회나 된다. 정말 경이롭다. 그 나이에 왜 마라톤을 계속하느냐고 물었더니, 마라톤 달리기를 할 때야말로 살아 있음을 느낀다고 한다.

내가 글을 쓰는 것도 어쩌면 이와 비슷한 것일지도 모른다. 매일 아침 새벽 5시부터 7시까지 내면의 생각을 글로 짜내는 작업 역시 산통(産痛)이 꽤 크다. 그러나 이걸 안 하면 왠지 큰일이라도 날 것처럼 불안하고, 또 막상 글을 쓰다 보면 나도 모르게 새로운 힘이 솟아난다.

사실 나에게는 문학 소년으로서의 꿈을 이루지 못한 한(恨)이 있다. 고등학교 시절 백일장에서 장원을 하고는 그 글을 작가인 아버지께 보여 드렸다. 범속하지 않은 주제와 함축적인 문장은 괜찮다고 하시면서도, 전체적으로 너무 관념적이어서 감동이 없다고 따끔하게 비판하셨다.

대학생 땐 신춘문예에 계속 응모했다. 예심엔 거의 다 통과됐으나 최종심에서 매번 탈락하곤 했다. 깊이 있는 사상이 담긴 소설을 써 보겠다고 철학과에 진학한 것 자체가 잘못된 게 아니었나 싶다. 그저 남들보다 지식이 뛰어나다고 뽐내는 현학적인 글만을 써 왔을 뿐, 인간의 속마음을 진솔하게 파헤치는 작품을 쓰진 못했다.

규범을 벗어나지 못하는 내 성품을 파악하고 법조의 길로 방향을 전환한 것은 그나마 잘한 일인 것 같다.

수사와 변론으로 40여 년 세월을 넘기고 보니, 자연스레 책이나 머릿속에서만 맴도는 관념에서 뛰쳐나오게 되었다. 현장의 생생한 사건들을 다루면서 고운 마음씨의 억울한 피해자에서부터 악의적이고 뻔뻔한 가해자까지 두루 만나게 되었다. 그 과정에서 진짜 삶을 체험할 수 있었으며, 내밀한 인간의 마음도 읽을 수 있게 되었다. 그러한 시간 속에서 생동감 있는 이야기 소재가 쌓여 갔다. 그 소재들은 늘 내 안에서 살아 움직인다. 인간은 어떻게 살아야 하는가, 철학적인 나의 고민과 융합되어 자꾸만 뭐라도 쓰라고 밀어붙인다. 그러니 나는 글을 쓰지 않을 수 없다. 또 이제야말로 제대로 뭔가 쓸 수 있을 것 같기도 하다.

오늘도 나는 글을 쓴다. 그리고 이 글들을 매체에 올리고 있다. 의외로 반응이 좋았다. 일종의 팬덤까지 생겼다. 그러나 책으로 펴낼 생각은 아예 없었다. 서툰 글로 생색을 내거나 경제적 이익을 취할 생각은 전혀 없었기 때문이다. 그런데 책으로 엮어 주면 읽기 편하고 또 자식들에게도 읽도록 권하기 좋겠다는 말을 여러 번 듣게 되었다.

문학을 꿈꾸던 한 소년이 오랜 세월을 거쳐 멀리 에둘러 온 것 같다. 화가인 아내는 에움길로 가면 아름다움을 더 많이 볼 수 있다고 했다. 이 『에움길』에 내 삶의 발자취와 진솔한 목소리를 담을 수 있어서 나는 행복하다.

앞으로도 에움길을 달리는 마라톤 선수처럼, 글 쓰는 고행을 즐거이 이어가고 싶다.

2023년 10월 양평 효란재(曉蘭齋)에서

추호경

목차

Ⅲ

Ⅳ

Ⅴ

I

15분 늦게 가는 시계

립서비스

톱 우먼

광과민증

19년째 타는 자동차

생일

살기 좋은 곳

거울 속의 아버지

15분 늦게 가는 시계

우리 집에는 벽시계가 하나 있다. 문자판의 숫자가 고풍스러운 로마자로 되어 있고 테두리의 황갈색 색상도 거실 벽과 잘 어울려 화가인 아내도 매우 맘에 들어 한다.

그런데 이 시계에는 한 가지 문제가 있다. 늦게 가는 것이다. 배터리가 약해서 그런가 하고 새것으로 갈아 끼워 보기도 하고 시계 뒷면의 조절장치를 + 쪽으로 틀어 보기도 했는데 마찬가지였다. 시계방에 들고 가 고쳐 볼까 하다가 묘하게도 이 시계가 더도 아니고 덜도 아니고 꼭 15분만 늦은 상태에서 24시간 정확히 돌아간다는 사실을 발견했다. 그렇다면 크게 불편할 것도 없을 것 같아 그냥 그대로 두기로 했다. 그리하여 거실의 정중앙에서 '나 여기 있소!' 하고 둥근 얼굴의 벽시계가 가리키는 시각이 어느 사이에 우리 집의 표준시처럼 되었다.

아내나 나는 진즉부터 우리가 어찌할 수 없는 일은 기꺼이 받아들이고 거기서 어떤 교훈을 찾아내기로 하고 있었다. 이렇게 우리 집의 '표준시'가 15분 늦어진 것도 '어찌할 수 없는 일'이 되었는데, 거기서 얻는 교훈은 서로 달랐다. 나는 '우리 시계가 15분 늦다. 그러니 그만큼 일찍 서둘러야 한다. 맞아! 우리는 딱 제 시각에 맞추려고만 하다가 늦는 일이 얼마나 많은가.' 하고, 매사에 15분 정도는 미리 챙겨 정확을 기하자는 뜻으로 받아들였다. 그렇지만 아내는 거의 정반대다. '정말 우리는 그동안 너무 시간에 쫓기며 아등바등 살아왔어. 뭐 제 시각에 꼭 맞추지 않는다고 해서 하늘이 무너지는 것도 아닌데 말이야. 15분만 느긋해도 얼마나 살맛 나는데….' 하는 식이다.

그러고 보니 아내에게는 '15분 트라우마'가 있다. 핸드폰도 없던 시절이니 꽤 오래전의 일이다. 놓치기 싫은 영화가 있어 상영 시작 15분 전에 극장 매표소 앞에서 아내와 만나기로 약속을 했다. 나는 칼퇴근하여 택시를 타고 와 여유 있게 티켓을 구매한 다음 아내를 기다렸다. 2월 초이고 바람도 좀 불어 날씨가 제법 써늘한데 만나기로 한 시간이 되었음에도 아내가 나타나지 않았다. 매표소 앞에 늘어선 줄이 아까보다 배나 더 길어진 것을 보고 일찍 와서 표를 사길 잘했구나 하는 생각이 들면서도 내 눈은 바쁘게 주위 사람들을 훑고 왔다 갔다 했다. 5분이 더 지나 얇은 옷 사이로 한기가 계속 매섭게 스며들자 영화를 본다는 기대보다는 짜증이 앞섰다. 10분이 더 지나자 추위에 오들오들 떨면서 이제는 아내에게 무슨 일이 생긴 것은 아닌가 하는 불안감에 그저 아무 일 없이 아내가 빨리 와 줬으면 하는 생각만 간절했다. 15분이 다 됐을 무렵 드디어 아내가 헐레벌떡 멀리서부터 뛰어오는 것이 보였다. 그런데 아내의 얼굴을 보자 눈물이 날 정도로 반가웠지만 내 입에선 "왜 이렇게 늦는 거야? 영화 안 봐!" 하는 퉁명스러운 고함이 터져 나오고 말았다.

우린 그날 그렇게 별렀던 그 영화를 못 봤다. 아내는 그다음부터는 나하고 여간해선 밖에서 만나는 시간 약속을 하지 않는다.

언젠가 아내가 다른 얘기를 하다가 "시간에 관한 한 당신은 완벽주의자인 것 같아요."라고 슬쩍 흘려 말한 적이 있다. 물론 이때의 '완벽주의자'는 좋은 뜻은 아니고 빈정거림이 섞인 것이리라.

사실 돌이켜보면 나는 너무 완벽을 추구해 오며 살아온 것 같다. 검사로서 사건 수사를 할 때도 마치 목숨이 경각에 달린 환자를 수술하는 외과 의사나 되는 것처럼 조그만 실수도 용납하지 않으려 했다. 물론 미숙한 수사로 진범이 분명한 피의자를 놓치거나 착오에 빠져 억울한 사람을 기소하는 일이 없도록 하는 것은 검사로서의 당연한 자세다. 그렇지만 완벽하게만 일 처리를 하려다 보니 남달리 더 피곤했다. 또 그렇게 한다고 실수가 완전히 없어지는 것도 아니었다. 완벽주의자라고 해서 완벽해지는 것은 아닌 것이다.

아내가 나를 두고 '시간에 관한 한' 완벽주의자라고 한 것은 시간에 관해서만 그렇다는 것이 아니라 시간에 관해서 특히 더 그렇다는 말일 것이다. 사실 나는 어려서부터 시간을 매우 소중히 여기고 아꼈다. 이 세상에 시간만이 모든 사람에게 똑같이 공평하게 분배된 자산이기에 시간을 어떻게 활용하느냐에 따라 그 사람에 대한 평가가 달라진다고 생각해 왔다. 그렇기 때문에 시간이 무한정 있는 것처럼 허투루 쓰는 사람이나 나와의 약속 시간을 지키지 않는 사람은 무슨 악덕이라도 범한 것처럼 취급해 온 것이 사실이다.

이런 나이고 보니 우리 집 벽시계가 15분 늦게 가는 것에서 얻은 교훈이라는 것도 더욱 완벽해지라는 교시(教示)로 받아들인 것은 너무나 당연하다 할 것이다. 그런데 최근 하나의 반전이 일어났다. 얼마 전 틈새 시간이 생겨 조그만 커피숍으로 들어가 구석에 자리를 잡았다. 노트북을 꺼낸 뒤 머그잔의 아메리카노 커피를 한 모금 마시며 와이파이 비번을 확인하려고 주위를 둘러보는데 메모판에 붙어 있는 포스트잇의 글이 눈에 들어왔다.

> 시간을 잘 지키려면
> 시간을 지키지 않는 사람들을
> 기다릴 줄 알아야 한다.
>
> – 알도 카마로타

순간 나는 감전이라도 된 것처럼 가벼운 경련을 일으켜 머그잔의 커피를 바닥에 약간 흘리기까지 했다. 그리고 수십 년 전 극장 매표소 앞에서의 일부터 며칠 전 사무실에 늦게 온 의뢰인에게 핀잔을 준 일까지 '시간의 완벽성' 때문에 내가 주위 사람들을 괴롭혀 왔던 수많은 일들이 하나하나 내 눈앞에 나타나 청룡열차처럼 바람을 일으키며 지나갔다. 그러면서 기다리는 여유도 못 갖추고 그저 지키려고만 했음에 깊은 후회와 반성도 함께 일어났다.

그렇다! 반드시 완벽을 추구해야 할 분야가 분명히 있다. 그러나 우리 모두가, 그리고 모든 분야에서 다 완벽할 수는 없다. 완벽할 수 없음을 받아들이는 너그러움과 용기도 필요하다.

돌이켜보니 무슨 일이든지 항상 완벽하게 해내려고 열심히 살아왔기에 성취감도 크긴 했지만, 한편 시간에 쫓기며 너무 완벽해지려고 하다 보니 다른 중요한 것들을 놓쳤다는 생각도 들었다. 이제 나이도 꽤 들었고, 내가 꼭 해야 할 일들은 어느 정도 해 놓은 것 같다. 지금부터라도 시간은 시간대로 흘러가게 놔두고, 나는 나 나름대로 내가 하고 싶은 일만 자유스럽게 하면 어떨까? 나도 시간을 놓아주고, 나 역시 시간에 얽매이지 않고 말이다.

그날 밤 집으로 돌아와 벽시계를 바라보니 빙긋이 웃으며 "이제야 내가 주는 교훈을 제대로 이해하는 것 같군." 하는 것 같았다.

《월간문학》 2021년 12월호

립서비스

나는 립서비스를 즐겨 하는 편이다. 그런데 사전에는 립서비스가 이렇게 풀이돼 있다.

'입에 발린 말, 말뿐인 호의.'

'그럴싸한 말로 비위를 살살 맞추는 일.'

내가 자주 하는 일이 이렇게 부정적으로 평가되다니 기분이 별로 좋지 않다.

어떤 사전에서는 립서비스가 외래어이니 순우리말인 '빈말'이나 '입발림'으로 바꿔 쓰자고 제의한다.

정말 그런가? 립서비스가 진심이 아니고 그저 말로써만 비위나 맞추는 것을 의미하고, 좋게 얘기해 봐야 '선의의 거짓말' 정도인가?

립서비스가 좋은 행위가 아니라면 나도 앞으로는 하지 말아야 할 것 같다. 그러나 그것이 쉽지는 않을 것 같다. 벌써 단단히 습관으로 배어 버렸으니 말이다.

오늘 아침만 해도 그렇다. 나는 아내를 보자마자 "어, 오늘은 당신 왜 이리 예뻐!"라고 칭찬을 해 줬다. 아내도 단련이 돼 있어 "자기가 예뻐해 주니까 예쁘지. 하긴 어제 자기 전에 마스크 팩을 해서 그런가…." 하고 능숙하게 받아넘긴다.

나도 원래부터 립서비스를 대놓고 하던 사람은 아니었다.

초임 검사 시절, 참으로 생활이 어려웠다. 교통도 불편할 뿐만 아니라 하루에 세 번씩 연탄을 갈아 줘야 하는 서울 변두리의 연립주택에 세 들어 살고 18개월 차이인 아들과 딸 이유식이나 간식거리를 제대로 챙겨 주지 못할 정도였으니 말이다. 아내는 전혀 내색을 하지 않았으나 속으로는 '내가 이러려고 검사 마누라가 됐나?' 하였을 것 같았다. 나는 켕기는 마음에 나름대로 아내를 달래 줄 방도를 모색했다. 멋진 옷을 사 주고 분위기 있는 레스토랑에 데려가면 좋겠으나 그럴 돈은 없기에 꾀를 내었다.

"여보, 김 검사님 사모님이 당신 어떤 화장품 쓰는지 궁금하시다네. 어쩜 얼굴이 그렇게 고우냐면서…."

립서비스를 한 것이다. 의외로 반응도 바로 나타났다.

"뭐 화장품 제대로 쓰기나 하나. 기껏해야 국산 기초화장품이나 바르지."

아내의 응답에서 나는 아내가 자신이 스스로 예쁘다고 생각하고 있다는 것을 감지할 수 있었다. 자기는 화장발로 곱게 보이는 그런 여자가 아니라는 작은 자부심 말이다. 그날 저녁 밥상은 평소보다 약간 푸짐했으며, 여기서 나는 립서비스의 방향을 확실히 잡았다.

립서비스를 함에도 나는 몇 가지 원칙을 정해 놓았다.

첫째, 절대로 거짓말을 해서는 안 된다.

얼굴이 까무잡잡해서 그것이 항상 신경 쓰이는 여자에게 어쩌면 그렇게 얼굴이 뽀얗고 귀티가 나느냐고 그야말로 입바른 말을 하면 그것은 거짓말이고 그 사람을 모욕하는 짓이다. 객관적으로 볼 때 어느 정도 미인 축에 든다고 할 수 있고 본인도 그렇다고 생각하는 사람에게 아름다움을 지키는 비결이 무어냐고 묻는 것이 립서비스인 것이다. 내가 보기에 아내는 예쁜 편이다. 그리고 그날 아내가 자기는 예쁘다는 자의식을 가지고 있음을 간파했으니 그다음부터 나는 마음 놓고 아내에게 예쁘다는 립서비스를 할 수 있었다.

솔직히 아내에게 한 첫 립서비스 작품에는 내가 공을 많이 들였다. 그 며칠 전에 검찰청 체육대회 때 가족들도 함께했었는데 아내가 잠시 자리를 떠나 있을 때 선배 검사 한 분이 "추 검사는 미인 밝힘증이 있는 것 같아. 사법시험 합격하기 전에 결혼을 한 걸로 아는데 저렇게 예쁜 부인을 두고 어떻게 공부를 할 수 있었는지 모르겠구만."이라고 말했었고, 그 옆에 있던 그 선배의 부인이 "추 검사님이 화장품도 좋은 걸 사다 주시는 모양이죠."라고 거들었었다. 나는 이걸 기초로 공들여 윤색해서 첫 작품을 만든 것인데 잘 먹혀들었던 것이다. 결코 나는 거짓말을 꾸며 댄 것이 아니다.

둘째, 단서를 달지 않는다.

영어시험에서 100점을 맞아 온 딸에게 칭찬을 하면서 "참 잘했다. 넌 원래 어학엔 소질이 있어."라고 하는 것까지는 좋은데, "인제 수학만 좀 잘하면 되겠네."라고 토를 다는 것은 완전 마이너스 효과다. 굳이 덧붙이고 싶으면 "넌 뭐든지 열심이니까 다른 과목도 다 잘할 거야." 정도면 충분하다.

뒤에 붙이는 단서만 나쁜 것이 아니다. 립서비스를 한답시고 앞에 무슨 조건을 달면 그것 역시 역효과가 난다. 일 잘하는 부하 직원을 격려하면서 "김 대리는 생긴 거하고 달리 일 하나는 똑 부러지게 한단 말이야."라고 말하는 상사를 누가 좋아하겠는가 말이다. 얼마 전 한 인사가 총각 의사에게 여검사와의 소개팅을 주선하면서 "공부 잘하는 여자치고는 예뻔 편이야."라고 코멘트하는 걸 보았는데 그냥 "그 여자 정말 예뻐." 하는 게 낫지 않을까 싶었다. 마찬가지로 나이 드신 여성분에게 "어쩌면 그렇게 고우세요?"라고만 하면 될 것을 "어쩌면 그렇게 곱게 늙으셨어요?"라고 하여 굳이 늙었음을 각인시킬 필요까지는 없을 것이다.

셋째, 상대방 자체를 칭찬해야 한다.

졸업식 날 우등상을 받은 학생에게 "역시 좋은 집안에 태어나서 이렇게 바르게 성장할 수 있었던 모양이구나."라고 말한다면 그 학생의 가문에 대한 칭송은 될지언정 그 학생을 칭찬하는 것은 아니다. "네가 오늘 너희 집안을 더욱 빛내게 했구나." 하는 것이 정말 효과 있는 립서비스일 것이다. 모처럼 화사한 옷을 입고 출근한 여직원에게 "원피스가 참 예쁩니다. 비싸겠는데요." 하는 것보다는 "예쁜 원피스가 미스 김의 고운 얼굴과 잘 어울립니다." 하는 것이 바람직하다. 그 사람이 갖고 있는 물건이나 일의 실적보다 '그 사람 그대로의 것'을 칭찬하는 것이 올바른 립서비스가 될 수 있는 것이다.

넷째, 너무 화려하면 안 된다.

앞서 립서비스를 할 때 거짓말을 해서는 안 된다고 했는데 또한 너무 과장되게 화려한 표현을 쓰는 것도 금기다. 만일 어떤 사람이 나에게 "이 세상에서 당신처럼 세련되고 멋있는 남자는 처음 보았습니다."라고 말을 걸어온다면 기분이 좋다기보다는 이 사람이 무슨 의도로 이런 말을 할까 하고 경계부터 하게 될 것이다. 그래서 일찍이 공자께서도 "그럴듯한 달콤한 말을 쓰고 반반하게 얼굴을 꾸민 사람치고 어진 사람이 드물다(巧言令色 鮮矣仁)."고 말씀하신 것이 아니겠는가.

언젠가 TV에서 가짜 돈 감별 전문가에게 위폐를 정확히 가려내는 비결을 묻는 것을 본 일이 있다. 그 전문가는 이렇게 답했다.

"가짜는 필요 이상으로 화려합니다. 진짜는 안 그래요. 진짜 지폐는 자연스럽거든요. 억지로 꾸밀 필요가 없으니까요."

말도 너무 화려하면 그건 가짜다. 우리가 하는 립서비스가 가짜이고 그야말로 '빈말'이 되지 않게 하려면 꾸며 대지 않은 것처럼 정말 세련되게 해야 한다. '너무' 화려하지 않게 말이다.

그런데 립서비스를 한다는 것이 좀 쑥스럽긴 하다. 특히 막 대해도 좋을 것 같은 아내에게는 말이다. 이런 생각을 하는 분에겐 영화 〈내 사랑〉(원제: Maudie, My Love)을 한번 보시도록 권한다. 관절염으로 다리가 좀 불편한 '나이브 화가(정규 교육을 받지 않아 특정 유파나 사조에 영향을 받지 않고 충동적·본능적으로 그림을 그리는 화가)' 모디와 투박한 어촌 노동자 에버렛의 부부생활을 그린 영화인데, 이들은 립서비스와는 아주 거리가 멀 것 같은 사람들이다. 그런데 동네 사람들을 싫어하고 사랑에 퉁명하기만 한 에버렛도 모디에게 "내가 왜 당신을 부족한 사람이라고 생각했을까?", "내 아내가 보여. 처음 만났을 때부터 그랬어."라고 말한다. 진짜 멋진 립서비스다. 이에 모디도 화답한다. "난 사랑받았어요.", "당신과 함께라면 아무것도 바랄 것이 없어요." 정말 립서비스의 교과서 같은 영화다(물론 모디와 에버렛의 실생활은 이와 같지 않았을지 모른다).

끝으로 립서비스의 장점을 하나 얘기해야겠다.

립서비스도 결국 하나의 칭찬이다. 그런데 칭찬을 해 주기 위해서는 칭찬거리, 즉 상대방의 장점을 찾아내야 한다. 상대방의 단점이 아니라 장점을 찾아내려고 노력하게 된다는 것이 립서비스의 진짜 좋은 점이다.

첫 번째 립서비스가 성공한 다음 나는 줄곧 아내의 장점을 찾아내어 그걸 소재로 립서비스를 해 왔다. 예를 들어 보자. 아내는 특별한 재료 없이도 음식을 잘 만드는 편이다. 특히 입안이 텁텁하여 밥맛이 없는 아침에 아내가 끓여 주는 칼칼한 김치콩나물국은 간밤의 피로까지 떨쳐 버리게 해 주고, 일요일 점심 때 자주 해 주는 적당히 고추장으로 비비고 쇠고기 꾸미와 애호박·계란·깨소금 등의 고명을 올린 다음 참기름 한 방울을 떨어뜨린 비빔국수는 마치 돌아가신 어머님이 만들어 주신 것 같다. 이처럼 맛있는 음식이 나오면 나는 으레 이렇게 말한다. "당신이 이렇게 맛있게 해 주니까 영 외식을 못 하겠단 말야!"

그렇다, 립서비스는 칭찬이다. 누군가를 칭찬하면 자연스럽게 자신이 칭찬을 받는 일도 늘어난다고 한다(장하영『말의 심리학』). 내가 아내에게 "도대체 당신은 왜 이리 예쁜 거야?" 하고 립서비스를 해 주자 아내도 립서비스로 되받아친다, "당신이 사랑해 주니까. 그래서 나도 당신을 사랑하는 거 아니겠어요."

《경제포커스》 2020. 7. 24.

톱 우먼

우리 집에는 '톱 우먼'이 살고 있다. '최고의 여인'이라서 톱 우먼이 아니라 톱이라는 연장을 잘 쓰고 또 많이 써서 '톱 우먼'인 것이다. 오늘도 아침나절부터 현관 계단 쪽에서 톱질하는 소리가 2층 내 서재까지 계속해서 들린다.

이 여인이 톱으로 만든 '작품'이 제법 많이 있다. 집 입구에서 늘 우리를 반기며 맞고 있는 솟대 같은 우편함, 뒷베란다에 있는 수납장, 앞 베란다의 티 테이블과 보조의자, 마당 곳곳에 있는 여러 개의 조각 작품 받침대와 집 오른쪽 벽의 조그만 미니 공구 창고 …. 셀 수 없이 많은데 모두 하나같이 기성 상품과 달리 묘한 풍미를 풍긴다. 하기야 명색이 화가이고 테라코타 작업도 많이 해서 그런지 톱 우먼의 손으로 만들어진 것은 뭐든지 다 예술품처럼 보이게 마련인 모양이다.

톱 우먼은 여자다. 그런데도 다른 여자와 좀 다르다. 읍내에라도 나가면(우리는 지금 경기도 양평군에 살고 있다.) 그래도 몇 군데 있는 '메이커' 의류 판매점에 들러 어떤 신상품이 나왔나 구경이라도 할 만한데 그런 건 안 하고 마트에서 장 같은 것만 보고는 그냥 돌아온다. 대신 꼭 거치는 데가 한 군데 있다. '형제공구사'라는 제법 큰 공구 전문점이다. 거기서 낫도 사고, 지난번에 구입한 나사못은 규격이 안 맞는다고 바꾸기도 하고, 잡초만 캐내기 쉬운 '기능성 호미'가 새로 나왔다는데 있는지 확인하기도 한다. 특별히 살 거나 볼 일이 없어도 거기를 꼭 가는 것이, 값싼 일반용품에서부터 세계적인 명품 전동 공구까지 무슨 도서관처럼 쫙 진열된 그곳에 들어서면 뭔가 마음이 편안해지면서 피로가 싹 풀리는 것 같다면서 나도 몇 번 데리고 갔다. 물론 나는 '툴 맨'이 아니어서 그런지 금방 지루해져 바로 나가자고 했지만….

툴 우먼은 공구에 대하여만 남다른 게 아니라 집에서 하는 일도 일반 여자와는 다른 점이 있다. 부끄러운 얘기지만 나는 완전 책상물림 샌님이고 손재주라곤 전혀 없어 못 하나 제대로 박지 못한다. 그래서 나는 아무 일도 안 하고 그냥 서재에만 틀어박혀 있는 식인데, 툴 우먼은 시멘트 벽에다 못 박는 것은 말할 것도 없고 가구 배치, TV 등 전자 제품 설치, 막힌 욕조 배수구 뚫는 것, 곰팡이 난 도배지 떼어내고 새로 바르는 일 등 모두 알아서 다 한다. 바깥일도 마찬가지다. 꽃밭에 씨 뿌리고 모종을 옮겨 심고, 마당의 잔디를 보식하고, 텃밭에 무·배추·토마토·오이·가지·토란·고추·상추·샐러리·부추·청경채·시금치·피망·들깨 등을 심고 가꾸고 지주 막대기를 꽂고 물을 뿌리고 하는 일을 한다(농사도 제법 잘 짓는데, 특히 블루베리는 독특한 거름주기 방법까지 개발해서 상당한 수확을 올리고 잼까지 만들어 선물로 활용한다). 게다가 집 외벽의 더께를 씻어 내고 새로 도색을 하는 일이나, 장마 전에 지붕에 올라가 물이 샐 만한 곳이 없나 점검하는 일 같은 것까지 한다. 심지어 미국에서는 반드시 남자가 해야 할 일로 분류된다는 잔디 깎는 일도 우리 집에서는 툴 우먼이 하는데, 사실 나는 잔디 깎기 기계의 작동법도 잘 모른다. 한번은 2층에서 내려다보니 툴 우먼이 한여름 땡볕에서 힘들게 잔디를 깎는 것이 너무 미안해서 나도 밖으로 나가 뒤에서 전기 코드가 엉키는 것을 막기 위해 줄을 잡아 주고 깎아 모여진 잔디 풀도 퇴비장으로 옮기고 했었는데, 톱 우먼이 그것도 못 하도록 금방 쫓아내어 그냥 서재로 돌아오고 말았다.

아무튼 이런 톱 우먼하고 같이 살다 보니 나는 참으로 편리하다. 정말 행운아다 싶을 때가 많다. 그런데 솔직히 톱 우먼만 너무 혹사시키는 것 같아 미안한 생각이 많이 들었다. 그래서 내가 뭐 해 줄 수 있는 일이 없을까 생각해 보았으나 별다른 게 떠오르지 않았다. 그러다가 TV에서 진공청소기 선전하는 걸 보고는 저걸로 거실 청소하는 것쯤은 나도 할 수 있을 것 같아서 나도 한번 해 보았다. 해 보니 그건 할 만했고, 톱 우먼도 그런 나를 보고 "웬일이유? 청소를 다 하시고…."라는 말만 하고 말리지는 않았다. 그리고 또 한 번은 톱 우먼이 빨래를 한 것이 좀 많았는데 내가 그 빨래를 앞 베란다의 건조대에 널어주었다. 그것 역시 할 만했고, 그 뒤론 자연스럽게 빨래 너는 건 내 몫이 되었는데, 그 일은 톱 우먼의 옷들이 겉옷이건 속옷이건 내 옷들과는 달리 상당히 낡았음을 알게 되어 반성의 계기를 만들어 주기도 했다.

그러던 중 서울 방배동 집이 재건축에 들어가 이주가 시작되는 바람에 오랜 서울 생활을 정리하고 주말주택으로 이용하던 양평 집으로 완전히 이주를 했다. 그리고 지난 8월부터는 사무실 일도 재택근무를 주로 하고 1주일에 한두 번만 출근하는 식이 되어 생활 패턴이 완전히 바뀌었다. 그래서 내 눈에도 마당 잔디밭의 잡초도 보이고 그것이 눈에 거슬려 조금씩 뽑게 되고, 꽃밭과 텃밭에도 틈틈이 물을 뿌려 주어 톱 우먼을 하나 둘 도와주게 되었다. 한번은 톱 우먼이 사다리를 놓고 높은 데까지 올라가 소나무 가지 전지(剪枝)를 하고 있는 걸 보고 위험하다고 느껴져 내가 얼른 전지가위를 빼앗았다. 그리곤 서투르지만 톱 우먼이 지시하는 대로 가지를 하나씩 잘라내니 그것도 할 만했다. 요즘 와서는 전지는 톱 우먼의 지시 없이도 내가 알아서 해도 크게 어긋나지 않을 정도로 숙련됐고, 소나무뿐만 아니라 회양목·철쭉·영산홍·주목 등 그 대상도 많이 늘어났다.

이렇게 톱 우먼을 도와줄 거리를 찾고 있는데 사실 내가 할 수 있는 게 컴퓨터 자판 두드리는 것 외엔 별로 없는 것 같다. 그래서 아주 작은 것, 예컨대 아침에 계란 반숙 만드는 것, 은행 알 익히기와 견과류 준비하기, 와인 잔 깨끗이 닦아서 걸어 놓기 뭐 이런 것을 조금씩 내가 해 보았는데, 그런 것은 나도 할 만했고 톱 우먼도 좋아하는 것 같았다. 사실 나도 톱 우먼을 도울 수 있다는 것이 내심 기뻤다.

얼마 전 9월의 어느 날 이웃 마을에서 전원생활을 하고 있는 친구 내외와 점심을 함께하고 예의 그 형제공구사엘 갔다. 거기서 톱 우먼은 "여보, 기념으로 나 선물 하나 사 줄래요?" 하는 것이었다. 톱 우먼의 생일이나 크리스마스가 아직 멀었기에 나는 "무슨 기념인데?" 하고 물었다. 톱 우먼은 정말 엉뚱하게 "오늘이 바로 당신이 검사 임관된 지 41년 되는 날이잖아요."라고 대답했다. 나는 까마득하게 잊고 있던 나의 검사 임관 날짜까지 계속 기억하고 있었던 것을 보면, 사법시험 준비 중에 결혼한 처지에서 시험 합격과 임관이 본인보다도 배우자에게 더 절실했었던 모양이다. 나는 나의 검사 임관과 공구가 어떤 연관이 있는 줄은 모르겠지만 "좋아. 뭐든지 맘대로 골라 봐."라고 할 수밖에 없었다. 톱 우먼은 몇 년 전부터 전기톱을 꼭 갖고 싶었는데 너무 비싸서 못 샀다고 하면서, 이제는 자기도 나이가 들어서 집 안쪽으로 뻗어 들어오는 아카시아를 베거나 단단한 목재를 자를 때는 그냥 재래식 톱으로 하면 힘이 딸려 너무 어렵다고 했다. 과연 최고급 유명 제품의 전기톱은 배터리까지 포함하니 제법 값이 나갔으나 나는 두말없이 3개월 할부로 카드를 긁었다. 만일 백화점에서 가서 그 값의 원피스를 사겠다고 했다면 아무리 무슨 기념이라 해도 내가 선뜻 해 주지는 않았을 것 같다. 그런데 오히려 나는 그곳 판매 담당자가 배터리를 전기톱과 공용으로 쓸 수 있다고 권하기에 내가 사용할 전동전정기(電動剪定機)도 하나 더 구입하고 카드를 한 번 더 긁는 만용까지 저질렀다.

전기톱을 사 준 다음에 톰 우먼은 무엇이 그리 신나는지 한동안 계속 콧노래를 흥얼거리고 내내 밝은 표정을 지었다. 그리고 톱질하는 소리도 전동이라 그렇기도 하겠지만 전과 달리 경쾌하게 들렸고, 톱질 일이 수월해져서 그런지 톰 우먼은 다른 일을 하면서도 상당히 느긋한 태도를 보였다. 또 내가 전동전정기로 다듬은 정원수를 보고는 당신의 손재주와 미적 감각이 이렇게 수준 높은 줄 몰랐다면서 최상급의 칭찬까지 하는 걸 보니 마음의 여유도 많이 생긴 모양이다. 딸아이가 전화로 살짝 귀띔해 주는데, 톰 우먼이 살아오면서 요즘이 제일 행복하다고 말했다고 한다. 신혼생활을 다시 하는 것 같다고도 했다고 한다. 전기톱 때문인지 내가 도와주기 시작해서 그런지….

톰 우먼이 행복하다니 다행이다. 가만히 생각해 보니 나는 젊었을 때부터 너무 거창하고 이상적인, 그래서 별로 실질적이지는 못한 것을 추구하며 살아온 것 같기도 하다. 그러나 이제 조금 깨달은 것 같다. 한 사람만 조금씩 조금씩 행복하게 해 줘도 그 삶은 성공한 것이라고…. 지금부터라도 더욱 노력해서 나도 빨리 못도 박고 잔디 깎기 기계도 다룰 줄 알아야겠다.

톱 우먼은 분명히 우리 집의 Top Woman이다. 톱 우먼이 행복해야 나도 행복해진다.

《경제포커스》 2021. 11. 21.

광과민증

지난 6월 초 주말의 일이다. 초여름 날씨치고도 햇살이 따가운 편이었다. 나는 모자를 쓰고 선글라스에 마스크까지 하는 등 중무장을 하고 양평 집 앞마당에서 잡초를 뽑고 있었다. 아내는 전지가위로 정원수를 다듬었는데 아들이 아내가 잘라낸 나뭇가지와 내가 뽑은 잡초 치우는 것을 돕고 있었다. 그런데 한참 일을 하던 아들이 갑자기 "안 되겠는데요. 햇빛이 너무 쎄서 저는 먼저 들어갈게요." 하고 양해를 구했다. 집 안으로 들어가는 아들의 뒷모습을 힐끗 본 나는 왠지 흐뭇했다.

내 아들은 군대를 가지 않았다. 못 간 것인지 안 간 것인지 그건 나도 모른다.

벌써 20년 가까이 지난 일이다. 퇴근하는 나를 맞는 아내와 아들의 표정이 유난히 밝았다.

"여보, 오늘 얘한테 무슨 일 있었는지 알아요?"라고 묻는 아내의 물음에 나는 "그걸 내가 어떻게 알아?"라고 심드렁하게 대답했다. 그러자 아들이 말을 덧붙인다.

"아버지, 나 오늘 아버지한테 효자 노릇 했어요."

그 말에 나는 귀가 쫑긋해서 "뭘 했길래?" 하고 물었다.

"오늘 신검에서 5급을 받아 군대 안 가게 되었어요."

"그래? 면제 사유가 뭔데?"

"광과민증요. 제가 원래 햇빛 알레르기가 있잖아요. 아무튼 제가 군대를 못 가니까 아빠는 정치를 하시거나 청문회 나가실 엄두를 못 내시게 되셨네요. 이제 맘 편히 검사 일만 하실 거 아닙니까. 그 기반을 만들어 드린 게 저니까 저는 정말 효자 노릇 한 거죠."

참으로 어이없는 논리다. 그런데도 아내는 옆에서 아들의 말에 적극 동조하며 만족해하는 표정이다.

그 당시는 이회창 대통령 후보의 아들 징집면제 사유로 한창 시끄러울 때였다. 그래서 내 아들도 신체검사를 무척 까다롭게 받았고 군의관들이 세 번씩이나 회의를 한 끝에 '5급(면제)' 판정을 했다고 한다.

그런데 아들의 말과 아내의 표정에서 나는 내가 몰랐었던 것을 깨달았다. 나는 전혀 그렇지 않다고 생각했는데 아내를 비롯한 내 가족들은 내가 정치판으로 나가거나 고위직을 꿰차려고 무리를 하지나 않을까 꽤나 걱정들을 했던 모양이다. 나는 곧잘 우리나라의 한심스러운 정치행태를 걱정하면서 싹 갈아 치워야 한다고 말을 했었다. 또 투기로 보일 부동산 매매나 주식 거래는 절대로 못 하게 하고 오해나 구설수에 오를 행동을 하지 않도록 가족들을 엄격히 관리해 왔었다. 이런 것들이 내가 어떤 의도가 있어서 그런 것으로 보인 모양이다. 그러면서 성격상으로도 전혀 정치와는 맞지 않고 청문회를 거쳐야 하는 고위직에 오르려면 때에 따라서는 타협도 필요한데 그런 것 역시 나와는 전혀 어울리지 않아 몸과 마음이 모두 상처 입게 될 것이라고 걱정을 했던 모양이다.

여기서 내가 뭐라고 해야 하나?

나는 그냥 껄껄 웃고 말았다.

“야 인마, 난 네가 군대를 가더라도 정치는 절대 안 할 거고 청문회에 나갈 일도 없을 거야. 그러나 아무튼 네가 나를 위해 군 면제를 받았다니 효자는 효자구나.”

그날 우리 가족은 모처럼 외식을 하였다.

나는 ROTC 훈련을 받고 장교로 임관하여 기관총 소대장과 통역장교로 근무하고 중위로 제대했다. 내가 군대를 갔다 온 것은 당연히 해야 할 일을 한 것이고 그것을 내가 무슨 큰일이라도 해낸 것처럼 내세운 일도 없다. 다만 장교로 근무하면서 사회적 책임감을 느끼고 다소 적극적인 성격으로 변한 것에 그냥 고마워할 뿐이었다.

그런데 언제부터인지 좀 이상하다는 생각이 들기 시작했다. 왜 우리나라의 고위층 인사들은 군 미필자가 그리 많은지…. 마치 군에 다녀오지 않았다는 것이 무슨 커다란 가점 받을 사유라도 되는 것처럼 군 미필자들이 더 출세를 하는 세태가 잘 납득이 되지 않았다.

그들의 군 면제 사유도 희한하다고 생각되었다. ‘생계 곤란’까지는 그렇다 치더라도 평발·저체중·시력 미달 등 질병이라는 것도 그렇고, 고령·장기대기 같은 것이 과연 정당한 면제 사유가 될 수 있는 것인지 의문이 들었다. 평발로 군대를 안 간 인사가 골프 싱글을 치는 경우도 보았다. 과연 인간 승리인가? 그리고 고위 법조인 중에는 이러저러한 사유로 군 면제를 받은 경우가 많은데 이건 정말 이해가 잘되지 않았다. 사법시험에 합격하여 소정의 과정을 마치고 법조인 자격을 갖춘 사람은 군에 가더라도 군법무관으로 근무하는 것이 통례이다. 그런데 군법무관이 하는 일은 판사나 검사가 하는 일과 별로 다르지 않아 군법무관으로 근무가 불가능한 사람은 판사나 검사로도 일하기 어려울 텐데도 그런 사람들이 판·검사로 잘도 근무하고 최고위직까지 올라가니 말이다.

남의 얘기는 그만하고 다시 내 아들로 돌아가자. 내 아들 이름은 광후다. 아버지께서 장손에 대한 작명권을 행사하셔서 지으신 이름인데, 성까지 합치면 추광후(秋光厚)가 되어 가을날 따사로운 햇살이 비춰지는 것이 느껴지는 멋진 이름이다. 나는 아들이 햇빛이 도탑게 비치듯 세상에 고루 덕을 베푸는 사람이 되기를 기대하면서 좋은 이름을 지어 주신 아버지께 늘 고마워했었다.

그런데 그 빛(光)이 문제가 되었다. 광과민증(光過敏症: photosensitivity disease)이란다. 그래서 군대도 안 간단다.

아들은 어릴 때부터 햇빛을 좋아했다. 집구석에 박혀 있질 못하고 밖으로 나돌아 다니기 일쑤였는데 특히 물가에서 노는 것을 즐겼고 수영도 곧잘 했다. 나는 햇볕에 그을린 아들의 건강한 모습을 보고 그저 튼튼하게만 자라 달라고 마음속으로 빌었다. 그런 아들이 사춘기에 들어서서는 확 달라졌다. 야행성(夜行性)이 돼 버린 것이다. 낮에는 밖에도 잘 안 나가고 비실대며 별로 힘을 못 쓰는 것 같은데 밤만 되면 생기를 찾고 활발하게 활동을 한다. 그 이유를 알 수 없고 약간 걱정이 되긴 했으나 한때 그러려니 하고 애써 모르는 체했다. 그런데 그것이 쭉 계속됐다.

수수께끼가 풀린 건 몇 년 지나고서였다. 가족 모두가 바닷가로 휴가를 떠났는데 거기서 일이 터졌다. 땡볕 아래 모래밭에서 뒹굴고 수영도 하면서 실컷 놀고 나서 숙소로 돌아와 샤워를 하는데 아들의 온몸이 벌겋게 두드러기로 뒤덮였다. 전에도 조금씩 그래 왔었다는데 무심한 애비만 몰랐던 것이다. 서울로 돌아와 유명한 피부과와 알레르기내과 의사들을 찾아가 진료를 받고 용하다는 한의사의 비방으로 지은 첩약도 복용해 보았지만 별 효과가 없었다. 원인은 분명히 햇빛이니 가능하면 직접 태양광에 노출되지 않도록 하고 낮에 외출할 때는 햇빛차단제를 바르는 수밖에 없었다. 햇빛을 쐬지 못하니 체내에 비타민 D 합성이 잘 안 되어 면역력이 약해지거나 뇌에서 세로토닌 분비를 덜하여 우울해지지나 않을까 걱정이 되어 그 점은 나름 신경을 쓰고 조치를 해 두었다.

사실은 나도 알레르기가 있다. 복숭아가 나의 천적인데 먹지 못하는 것은 물론 껍질의 털만 스쳐도 두드러기가 솟아난다. 나의 이런 약점을 아는 아내는 내가 못마땅한 짓을 했을 때는 자기가 잔뜩 복숭아를 먹는 걸로 나를 응징하곤 한다. 내가 뽀뽀라도 하려고 하면 "나 복숭아 먹었지롱!" 하고 놀리는 것이다.

아들은 내 알레르기 체질을 물려받은 모양인데 그게 햇빛을 피해야만 하는 것이라 내 경우보다 더 고약하다. 외출을 자주 할 수 없다 보니 집에 틀어박혀 컴퓨터 자판이나 두드리다가 결국 첫 번째 직업이 웹 디자이너가 되고 말았다. 나중에 이태리식 레스토랑을 경영하게 된 것도 주로 밤중에 실내에서 활동하는 야행성 직업이기 때문이었을 것이다.

아무튼 군대 안 간 아들 덕분에 나는 정치판에 휩쓸리지도 않게 됐고 청문회에 나갈 걱정은 아예 하지 않아도 됐다. 그런데 문제는 바로 아들이다. 여동생은 진즉에 출가를 했는데도 영 결혼할 생각을 하지 않는 것이다. 나는 그것이 광과민증 때문이 아닌가 걱정이 되었다. 사실 내가 여자라도 복숭아 알레르기 있는 남자에게는 시집을 가도 햇빛을 쐴 수 없는 남자는 피할 것이기 때문이다.

그런데 뜻밖의 일이 일어났다. 어느 날 아들이 참하게 생긴 여성을 집으로 데리고 와 인사를 시키는 것이다. 그리고 결혼을 하겠다는 것이다.

나는 덜컥 겁이 났다. 아들이 광과민증이 있는 걸 속이고 있는 것이 아닌가 해서 말이다. 그래서 그 규수에게 이것저것 의례적인 것을 간단히 질문한 다음 결혼하면 2년 정도는 우리와 한집에서 지내야 하는데 그래도 괜찮겠냐고 물었다. 그러자 그 질문이 결혼을 승낙하는 취지라고 생각했는지 표정이 밝아지면서 아버님 어머님이 그러기를 바라신다고 들었다고 찬동의 의사표시를 했다. 나는 이때다 싶어 지나가는 말처럼 슬쩍 내 아들이 군대를 안 간 것은 알고 있냐고 물었다. 그랬더니 "예, 햇빛 알레르기가 심하기는 하더군요." 하는 것이었다. 더 이상 지체할 이유가 없었다. 부랴부랴 양가의 상견례를 하고 서둘러 식을 올렸다. 여기까지는 참 좋았다. 아니, 그 뒤에도 상당 기간 계속 좋았다. 며느리는 예쁜 손녀딸과 준수한 손자를 낳아 잘 키웠고, 그러는 사이에 석사 학위 논문도 제출하여 학위를 받았다. 그 논문 작성에 내가 말로 거들었고 기호학에 관하여 제법 깊은 논의를 함께하면서 나와 며느리는 상당히 가까워졌다.

문제는 아들에게서 생겼다. 아니, 이 문제는 우리 가족 중에서 나만 문제라고 생각하는 것 같았다.

아무튼 아들은 결혼 후에 벌인 사업에서 다소 어려움이 있었으나 생활에선 매우 명랑하고 활발해졌다. 그래서 어릴 때처럼 대낮에도 바깥으로 나돌아다니고 애들이 크자 함께 캠핑을 가기도 하여 아빠로서 제법 큰 점수를 땄다. 게다가 이제는 대놓고 취미가 낚시라고 내세우면서 이곳저곳 원정을 다니는 것이었다. 한번은 강원도 깊은 골짜기로 여름휴가를 함께 갔었는데 플라이 낚싯대를 휘두르는 아들의 모습이 마치 영화 〈흐르는 강물처럼〉의 브래드 피트를 연상시킬 정도로 멋있어서 그만 입을 벌리고 감탄을 했다. 그런데 놀라운 것은 그렇게 강한 햇빛을 직접 쐬어도 전혀 두드러기가 일어나지 않는다는 것이다. 나는 참다못해 아들에게 "야, 너 이제 햇빛 알레르기 없냐?"고 대놓고 물었다. 그랬더니 아들은 제법 그럴 듯하게 설명을 한다.

"예. 제가 결혼하고 나서도 햇빛을 쐬기만 하면 두드러기가 솟아난다면 제 처나 애들에게 얼마나 민망합니까? 그래서 저도 좀 연구를 했습니다. 광과민증의 원인은 아직 정확하게 밝혀지지 않았고 그저 선천적이고 유전적인 영향이 있을 거라고만 하죠. 아버님이 복숭아 알레르기가 생긴 것이 초등학교 4학년 때 설익은 복숭아를 잘못 드시고 토사곽란이 나는 등 큰일이 있고서부터라고 하셨죠. 그래서 저도 후천적인 무슨 이벤트가 있었을 것으로 보아 그걸 알아내려고 꽤나 노력을 했습니다. 일종의 역학조사라 할까요. 제 나름대로는 여드름 나기 시작할 때 호르몬 성분이 강한 연고를 썼기 때문이라고 결론을 내렸어요. 그래서 그 연고의 성분이 있는 것은 아예 근처에도 안 가고 또 여러 번 시도 끝에 저한테 잘 맞는 선 블록 크림을 찾아내어 발라 보았어요. 그랬더니 뜻밖에 아주 좋아지더군요."

아들이 광과민증의 족쇄에서 어느 정도 벗어났다니 일단 반가운 일이다. 보건학을 전공한 나에게 역학(疫學) 어쩌고 하면서 설득력을 갖추려고도 한 설명이다. 그러나 나는 마냥 좋아만 할 수는 없었다. 그런 노력을 해서 광과민증이 상당히 치유된 것이라면 진즉에 같은 방법으로 몸 상태를 좋게 만든 다음에 군대를 가야 했었던 것 아닌가 해서 말이다. '체중미달'로 군 면제 판정을 받은 다음에 몸무게를 정상으로 올려놓는 것처럼 아들도 오히려 사전에 광과민증을 악성으로 만들어 놓고서 신검을 받은 것이 아닌가 하는 의문을 품는 나는 '의심암귀'인가?

아무튼 나는 그런 의문이 풀리지 않은 상태로 지내 왔었는데 지난 6월에 까탈이 난 것이다. 그날 정원에서 따가운 햇볕 아래 일을 조금 한 것뿐인데 아마도 햇빛차단제를 덜 발랐는지 아들은 온몸에 피부 발적이 일어나고 무척이나 괴로워했다. 며느리가 상비약으로 준비해 둔 스테로이드 크림을 발라 주었으나 쉽게 가라앉질 않았다. 어차피 일요일이라 제대로 진료받기는 어려우니 다음 날 피부과 전문의에게 가 보기로 했다.

고통스러워하는 아들을 보면서도 나는 속으로 미소를 지었다. 아들이 나나 군의관을 속인 것은 아니었음이 확인돼서 말이다. 아들은 그 뒤에도 가끔 두드러기가 돋아나 나를 더욱 안심시키고 있다.

《경제포커스》 2020. 9. 28.

19년째 타는 자동차

우리 집에는 자동차가 한 대 있다. 내 차가 아니라 아내의 차다. 아내는 이 자동차를 좀 심하다 싶을 정도로 아끼고 사랑한다. 내가 검사를 그만두고 변호사 개업을 할 때 그동안 공직자의 배우자로서 경제적으로는 물론 여러 가지 마음고생까지 시켜 미안하다고 하면서 선물로 사 준 것이 이 자동차다. 그러니 만 18년이 지나 이제 19년째 타고 다니는 것이다.

이 차를 살 때 명예퇴직 수당이라는 것을 받아 놓기도 했고 앞으로 변호사로서 수입도 제법 괜찮을 것으로 기대되어 호기롭게 멋진 외제 승용차를 하나 사 주려고 했다. 하지만 화가인 아내는 이젤 등 화구(畫具)나 50호짜리 캔버스를 실을 정도만 되면 충분하다면서 아주 실용적인 준중형 SUV를 고집하여 이 차로 정한 것이다.

그 이후 이 차는 바로 우리 집 가족의 일원이 되어 '똘이'라는 이름까지 얻었고, 아내 맘에 쏙 들게 말 그대로 효자 노릇을 톡톡히 하였다. 내비게이션을 별도로 장착해야 하고 후방 카메라가 없어 후진 시 다소 불편해 보이긴 하나(아내는 후방 카메라가 없는 것이 오히려 편하다고 한다), 승차감이 매우 좋고 소음이 거의 없으며, 특히 뒷좌석을 접으면 엄청 공간이 넓어져 웬만한 큰 짐은 다 실을 수 있어 제법 효용성이 높다. 서울 방배동 집이 재건축 들어가 양평 집으로 이주할 때도 테라코타 작품이나 부엌 그릇 등

조심해 다뤄야 할 이삿짐은 몇 번에 걸쳐 그 차로 다 옮겨 포터로서의 역할을 제대로 했고, 얼마 전에는 산림조합에서 특별 판매한 제법 큰 대추나무를 뉘어서 집에까지 거뜬히 가져왔으며, 코스트코에서 구입한 조립식 창고도 담당자는 그 자재가 도저히 차에 안 들어갈 거라고 했는데 아내는 아무 문제없이 다 싣고 왔다.

그리고 내가 업무용으로 타던 승용차는 국산차 중 가장 고가의 고급차이고 기사가 잘 관리하는데도 잔고장이 잦았는데, 아내의 차 똘이는 말 잘 듣는 착한 아들처럼 전혀 문제를 일으키지 않았다. 나는 차량 운행 관련 비용이 세금 처리되기도 하고 또 최신 모델을 타고 싶은 욕심에 3년마다 승용차를 바꿨었는데, 정을 안 주어서 그런지 그 차들에겐 매번 '비용 처리'할 일이 곧잘 생기곤 했다. 이와는 대조적으로, 이 똘이의 트렁크에는 아내의 작품 재료나 묘목과 정원용품 같은 다소 험한 짐을 자주 싣고 다닐 뿐만 아니라 아내가 제법 활동적인 편이고 얼마 전까지는 서울의 본가와 양평의 작업실 겸 전원주택을 오가는 생활을 했기 때문에 주행 거리도 만만치 않은데도 이 '효자'는 아무런 불평 없이 말썽을 일으키지 않고 아내를 안전하게 잘 모시고 다닌 것이다. 과외를 안 시키고도 알아서 공부 잘하는 자식처럼 참으로 신통하고 고마운 일이다.

나는 개인 변호사 사무실을 상당 기간 운영하다가 초대 한국의료분쟁조정중재원 원장에 취임하여 임기를 마친 뒤 법무법인으로 들어가면서는 따로 승용차를 장만하지 않았다. 내 차가 따로 없지만 별로 불편하지 않다. 자주는 아니지만 간혹 골프 약속이라도 있게 되면 아내는 즐거운 마음으로 나를 똘이에 태우고 그 먼 골프장까지 데려다주고 나중에 다시 데리러 온다. 나에게 똘이의 키를 주지 않는 것은 행여 내가 음주운전이라도 할까 봐 걱정이 돼서 그런 것이리라. 이렇게 나만 즐기기 위해 아내와 똘이를 고생시키는 것이 미안해서 요즘은 아내와 함께가 아니면 골프를 잘 안 친다. 양평으로 완전히 이사 오고 나서는 춘천이나 수원 같은 곳에 재판이 있으면 서울 사무실을 들르지 않고 바로 양평서 직접 가는데, 이때는 똘이가 업무용 차량 역할도 훌륭하게 해낸다(이럴 경우 기사 노릇을 하는 아내에게 내가 약간의 '사례'를 한다).

그런데 똘이가 아무리 마음에 들고 효자 노릇을 잘한다고 하더라도 너무 오래 운행하는 것은 문제가 있다. 그래서 나는 그 차의 차령이 5년쯤 되었을 때부터 안전상의 이유 등을 들어 차를 바꾸자고 아내에게 권유 또는 요구를 여러 번 했다. 그러나 아내는 똘이를 놓아줄 생각을 전혀 하지 않는다. 나뿐만 아니라 시집간 딸도 자기 신랑과 함께 엄마 차를 바꿔 주고 싶다고 몇 번이나 얘기했으나 아내는 내가 좋아서 타고 다니는데 왜들 야단이냐고 혼내기만 했다.

차령이 10년이 되었을 때는 정말 차를 바꾸는 것이 좋겠다 싶어 사람이나 마찬가지로 차도 오래되면 속으로 골병드는 것이니 사고 예방을 위해서 이번에는 꼭 새 차로 교체하자고 통사정을 했으나 역시 마찬가지였다. 아내는 자동차라는 것이 부품만 제때에 잘 교체해 주면 안전은 문제 안 된다고 하면서 자기가 익숙해서 타기 편하고 또 짐을 많이 싣고 다녀야 하기 때문에 새 차는 불편하니 더 이상 우리 똘이를 버리자는 얘기는 꺼내지 말라고 했다.

사실 아내는 정말 뭐든지 버릴 줄 모르는 여자다. 아들 말마따나 '재활용의 여왕'인 아내의 손을 거치면 뭐든지 새로운 모습으로 다시 태어난다. 딸이 시집갈 때 못 입을 것 같아 두고 간 청바지와 원피스는 실용성

가방이나 레저용 모자가 되어 나오고, 고장 난 빨래 건조대는 마당의 포도 넝쿨 받침대로 요긴하게 쓰이게 되며, 색깔 고운 양주병은 녹인 다음 다른 주물(鑄物)과 어우러져 멋진 벽걸이용 조형 작품으로 재탄생된다. 아내의 이런 야무진 점이 살림에 꽤 도움이 되기도 하지만 나는 안전과 관련된 자동차까지 그렇게 안 바꾸고 오래 타려고 하는 것은 싫었다.

아내가 내 간절한 마음을 몰라주고 고집을 피우는 것 같아 은근히 화가 나서 한마디 쏘아붙였다.

"사람이 버릴 줄도 알고 바꿀 줄도 알아야지. 누구도 얘기했잖아. 마누라만 빼놓고 다 바꾸라고 말이야!" 그날따라 내 말이 필요 이상으로 길어졌다. 어느 대기업의 총수가 했다는 말까지 꺼내고…. 그러자 아내가 작은 목소리로 "알았어요. 저도 똘이만 빼놓고 다른 건 바꿔 볼게요." 하는 것이었다. 그날 내가 왜 그랬는지 모르겠다. 아내가 공손한 태도를 보이면서도 핵심은 살짝 비껴가자 나는 더욱 공격적으로 공세를 이어간 것이다.

"'창조적 혁신'이란 말 들어 봤어? 계속 바꾸고 변화해야만 발전할 수 있고, 그대로 있으면 도태되는 거야. 가장 강한 자가 살아남는 것이 아니라 가장 잘 적응하는 자가 살아남는 거란 말이야. 적응하려면 바꿔야 하는 거라고." 내가 그냥 거기서 멈췄어야 했는데 이렇게 너무 앞으로 나가는 바람에 차를 바꿔주기는커녕 그 이후 아내의 반격에 나는 여지없이 무너지고 만 것이다.

아내는 "넵, 알겠습니다."라고 일단 대답을 하고는 차분하면서도 단호한 어투로 이렇게 반박했다. 바꾸라는 것은 우선 자기 자신을, 자기의 구태의연한 고정관념이나 사고방식을 바꾸라는 것이지, 주변의 다른 것만 아무리 바꿔 봐야 다 소용없는 것 아니겠냐는 것이다. 모 그룹의 회장 그분도 임원들에게 정신 차리고 사고 프레임을 완전히 바꾸라고 그 말을 한 것이지 타고 다니는 승용차 같은 걸 바꾸라는 취지로 한 말은 아닐 것이라는 얘기다. 또 진화론자들이 말하는 적자생존론도 주변 환경의 변화에 맞춰 각 생물 개체 스스로 자기 자신을 바꿔야만 적응해서 살아남을 수 있다는 것이지 자기에게 맞게 환경을 바꾸라는 말은 아닐 것이라는 취지다.

내가 달리 반박할 거리가 없었다. 본격적인 논전으로 들어가면 대개 내가 논리가 딸리는 경우가 많지만 그날은 유난히 더 심해 내가 완전히 TKO 패했다.

사실 그렇다. 아내의 말이 맞다. 나를 싸고 있는 외부 환경을 바꾸는 것보다 나를 바꾸는 것이 더 근본적이고 쉬운 해결 방법인데 자꾸만 밖에서 그것을 어렵게 찾으려 하는 경우가 많다. 사회제도도 그렇다. 물론 제도 자체에도 문제점이 있을 수 있겠지만 근본적으로는 이를 운용하는 사람이 더 문제인 경우가 훨씬 많다. 그래서 그 사람의 의식이나 태도를 바꾸는 것이 쉽고도 올바른 해결 방법일 것이고, 영 안 되면 그 사람을 바꾸면 될 일인데 사람들은 제도 탓만 한다. 나중에 위 대기업 총수가 돌아가셨을 때 그분의 어록이 소개됐는데, 그분이 "모든 변화는 나로부터 시작한다. 모든 변화의 원점에는 나의 변화가 있어야 한다."라는 말도 했다는 것을 알게 됐다.

그 이후 나는 한동안 아내에게 차를 바꿔 준다는 말을 꺼내지 못하고 지냈다. 차를 바꾼다는 것은 마치 나를 변화시키지는 않고 다른 것만 바꾸려고 드는 것처럼 보일 것 같아서 말이다. 아무튼 어떤 문제가 생겼을 때 그 일의 잘못됨을 외부 탓으로 돌리지 않고 나에게 원인이 있지 않나 먼저 찾아보고 나 자신부터 바꿔 보려고 하는 마음가짐을 갖게 된 것은 그날 논쟁으로 스타일을 좀 구기기는 했지만 하나의 깨달음을 얻은 소득이라고 할 수 있다.

그러나 한편 그래도 이름이 좀 알려진 변호사가 마누라한테 10년 넘은 준중형 자동차를 계속 끌고 다니게 한다는 것이 아무래도 남 보기에 민망했다. 그래서 기회가 될 때마다 이런저런 핑계를 대며 넌지시 운을 떼 보기도 했다. 드디어 결혼 40주년이 되는 해에는 이제 당신 생애의 마지막 차를 내가 사 줘야 할 것 같은데 이번에는 정말 내 말을 꼭 들어 달라고 사정하다시피 했다. 예상대로 이때도 아내의 완강한 거부는 여전했고, 다만 결혼 40주년 기념으로 스위스 여행을 다녀오고 싶다고 해서 그냥 스위스 일주 투어만 다녀왔다.

그로부터 약 5년 뒤 드디어 나에게 기회가 왔다. 사고가 난 것이다. 사법연수원 동기생 부부 모임으로 문경 쪽으로 1박 2일 여행을 하고 귀가하던 길이었다. 기분 좋게 관광과 운동을 마치고 양평 집까지도 무사히 잘 돌아왔는데, 다 와서는 그만 집 입구의 커다란 정원석을 차 전면으로 그대로 들이받은 것이다. 범퍼가 쭈그러지고 그 충격으로 전면 유리가 깨짐과 동시에 에어백까지 터졌다. 다행히 둘 다 특별히 다친 곳은 없었지만 차는 파손된 정도로 보아서는 상당히 중상인 셈이었다.

아내는 자기 잘못이라며 신발을 바로 신지 않아서 브레이크를 밟는다는 것이 액셀러레이터까지 함께 밟은 거 같다고 했다. 나는 이건 노령의 차가 일으킨 문제고 당신은 아무 잘못도 없다고 아내를 달랬다. 그러면서 바로 이때다 하고 이번 기회에 이 차를 폐차시키고 새 차를 사자고 해결 방안을 제시했다. 그랬더니 아내는 우리 똘이가 이렇게 크게 다쳤는데 어떻게 그런 말을 할 수가 있냐면서 정말로 가족이 크게 부상하기라도 한 것처럼 엉엉 통곡을 하는 것이었다.

그 후 우리 집은 초상집 분위기여서 보름 정도 그 차를 이러지도 저러지도 못하고 집 앞에 그냥 세워 두고 있었다. 그러던 어느 날 내가 전철로 서울에 출근했다 오니까 차가 보이지 않았고, 그 뒤 한 달 좀 넘어서야 똘이가 목욕하고 이발까지 한 새신랑의 모습으로 우리 집 앞에 돌아왔다. 정비공업사에서 부품 교체 및 수리를 싹 한 것이었는데 워낙 오래된 차종이라 맞는 부품 구하기가 상당히 어려웠다고 한다.

그 뒤 아내는 종전보다 더 그 차를 소중히 아끼며 잘 보살폈는데, 기름은 조금 비싸더라도 꼭 정품만 파는 주유소를 찾아가 넣고, 보약이라면서 '불스원'인가 하는 것도 가끔 넣어 주며, 엔진 오일도 때가 되면 바로 갈아주고, 세차도 열심히 하는 등 정말 정성이 대단하다.

나도 그러고 나선 똘이를 자세히 살펴보게 되었는데, 차체의 군데군데에 난 흠집에는 진주색 유화용 물감으로 깨끗이 도색되어 있었고, 차 트렁크 뒤에 걸려 있는 스페어타이어 덮개에도 상처가 생겼었는지 예쁜 꽃이 몇 송이 그려져 있는 것이 보였다. 아내가 이처럼 그때그때 상처를 잘 보듬고 치장까지 해줘서 똘이가 이렇게 튼튼하고 새 차처럼 보였던 모양이다.

이런 아내의 자상한 보살핌에 보답이라도 하려는 듯 우리 똘이는 전혀 큰 사고 치른 차 같지 않게 오늘도 경쾌하게 잘 달린다. 그러면서 나한테는 한마디 쏘아 대는 것 같다.

"바꾸는 것만이 능사가 아닙니다. 세상을 바꾸려고 하지 마시고 자기 자신부터 바꿔 보세요."

《경제포커스》 2022. 5. 17.

생일

얼마 전 2월 3일에 모 치과의원에서 나에게 "생일을 축하합니다."라는 메시지를 보내왔다. 내 생일은 음력으로 치르는데 초진 시 내가 적어 낸 주민등록번호만 보고 그냥 보낸 모양이다. 지난 설날에는 가족들이 모인 자리에서 누나가 "올해는 호경이가 생일을 제대로 찾아 먹겠네."라고 말했다. 내 생일이 음력 2월 3일이지만 그냥 2월 3일이 아니라 윤 2월 3일인데 금년은 음력으로 윤 2월이 있는 해라는 것이다. 인터넷으로 확인해 보니 정말 그렇다. 내가 태어난 이후 음력 2월이 윤달인 해가 있었는지는 모르겠으나 확실히 인식한 것은 이번이 처음이기에 정말 올해는 내 진짜 생일을 꼭 찾아 먹어야겠다.

내가 생일을 제대로 찾아 먹지 못했던 데에는 또 특별한 사유가 있다. 내가 태어나기 한 달 전, 친할머니께서 그토록 기다리시던 장손의 출생을 못 보시고 그만 돌아가시고 말았다. 그래서 그 제삿날이 음력 2월 3일이고 내 생일도 음력 2월 3일(윤 2월이 없으니 그냥 평 2월 3일)이 되어 서로 겹치게 되었다. 매년 그날이 오긴 오는데 어른들은 내 생일은 뒷전이고 할머니 제사 준비에만 바쁜 것 같았다(다만 어머니만 그 와중에도 내 아침상에 쇠고기 미역국을 꼭 챙겨 주셨다). 물론 누나나 동생들의 경우와는 달리 내 생일날 저녁 나를 위한 가족 파티 같은 것은 있을 수가 없었고, 생일 선물 같은 것도 없이 넘어가는 때가 많았다. 어린 마음에 그런 것들이 무척 서운하고 속상했다.

초등학교 4학년 때였다. 그날이 내 생일이긴 하지만 나만 괜한 기대에 부풀어 있지 남들에게는 전혀 특별할 게 없는 평범한 날이다. 그런데 하필 그날 청소 당번이 걸려 있었다. 나는 다른 친구와 당번을 바꿀까 하다가 이유 대기가 쑥스럽기도 해서 그냥 걸레를 빨아 열심히 교실 바닥을 닦아 냈다. 그런데 칠판지우개를 털던 친구가 장난으로 지우개를 다른 친구에게 던지고 그 상대방은 빗자루를 들고 쫓아가고 해서 책상이 쓰러지는 등 약간의 소란이 벌어졌는데 마침 그때 담임 선생님이 들이닥친 것이다. 결국 우리는 체벌까지는 받지 않았지만 "너희 같은 놈들 때문에 우리 반이 모범 학급이 못 되는 거야!"라고 심한 꾸중을 들었으며, 벌로 '매일 청소 당번' 몫이 아닌 복도 유리창 청소까지 깨끗이 마치고 나서야 풀려날 수 있었다.

생일인데, 내 생일인데 아무 잘못도 없이 선생님께 혼났다는 것이 왠지 분하고 억울해서 나는 이곳저곳 길을 한참 동안 헤매다가 제법 어두워져서야 집으로 돌아왔다. 어머니는 걱정이 돼서 대문 앞에서 서성이시다가 나를 보시고는 아무 말 없이 책가방을 받아 주셨는데 삼촌이 "장손이란 놈이 제삿날에 싸돌아다니기나 하고…. 어서 씻고 들어와!" 했다. '생일인데, 내 생일인데….' 세수를 하면서 눈물도 함께 씻어 낸 나는 그때 처음으로 깨달았다. 이 세상은 사막이고 내 주위에는 아무도 없으며 나만 홀로 서 있다는 것을…. 어린 나이이지만 나는 이미 철저히 고독한 실존주의 철학자가 된 것이다.

이런 '생일 트라우마'가 있기 때문인지 나는 아들과 딸 그리고 아내의 생일은 비교적 잘 챙겨 주는 편이 되었다. 그래서 가족의 생일이 다가오면 선물을 뭘로 할까 하는 것이 하나의 고민거리로 떠오르기도 한다.

나이가 들어감에 따라 생일에 대한 기대감이 어릴 때와 달리 크게 줄어든 것은 분명하다. 내 경우에는 아버지와 어머니가 모두 돌아가시고 나서 조상을 모시는 제사에 대한 책임이 오롯이 내 몫이 되고 보니 정말 음력 2월 3일은 완전한 할머니 제삿날이 되어 내 생일이란 생각은 아예 하지도 못하게 되었다. 그런데 7년쯤 전에 나의 이런 처지를 알아채고는 아내가 내 주민등록상 생일은 2월 3일이지만 생일 차림은 양력으로 하는 것이 어떻겠냐는 제안을 해 왔다. 따지고 보면 매년 맞이하는 음력 평 2월 3일은 가짜 생일인 셈이니 그것도 좋은 방법이라고 생각되었다. 그래서 내가 태어난 해의 음력 윤 2월 3일은 양력 3월 25일이었기에 그 뒤에는 매년 양력 3월 25일에 내 생일상을 받고 있다. 그런데 마침 올해는 음력 윤 2월이 있다니 음력으로 생일을 맞아 볼까 한다.

생일이란 게 사실 뭐 대단한 것인가? 다른 사람에겐 그저 똑같은 평범한 날인데 생일을 맞는 당사자에게는 왠지 특별하게 느껴지는 날이다. 그날 생일상을 차려 주고 선물을 주는 것은 가까운 사람들이 생일을 맞이한 사람을 축하하고 축복함으로써 그에게 존재감을 느끼게 해 주고 그의 삶을 더욱 값지게 해 준다는 의미가 있다고 본다. 미국에서는 남편이 아내의 생일을 잊고 안 챙겨 주는 것도 이혼 사유가 된다고 하니 생일이 확실히 중요한 날이긴 하다.

우리 풍습상 생일날 아침상에는 미역국이 꼭 올라오게 마련이다. 나에게 생일날 미역국은 또 남다른 의미가 있다. 내가 생일상 차림을 제대로 받지 못한 것은 아마도 할머니 제사를 위하여 마련한 음식 재료를 그 손자를 위해 먼저 쓰는 것은 불경스럽다는 지극히 유교적인 사고에서 나온 것이리라. 그래도 어머니는 내 생일 미역국은 그 재료를 반드시 할머니 제사상 장 보기 전에 미리 별도로 준비해 두셨다가 조그만 냄비에 따로 끓여서 주셨다. 쇠고기를 잘게 썰어 먼저 살짝 익힌 다음 건져서 참기름·조선간장을 조금 넣고 볶은 다음 미역과 함께 센 불에 끓여 낸 그 미역국의 구수하고 깊은 맛은 지금도 내 혀끝에 맴돈다. 어머니가 정성스럽게 따로 준비해 주신 그 미역국은 "너는 사랑받기 위해 태어났다."라고 강조해서 말씀하시는, 그 어떤 생일 선물보다도 값진 것이었다.

산후에 미역국을 끓여 먹는 풍습은 이미 고려 시대부터 있었다고 하는데, 일설에 의하면 고래가 새끼를 낳으면 반드시 미역밭에 가서 미역 뜯어 먹는 것을 보고 따라 하게 된 것이라고 한다. 미역에는 칼슘이 풍부하고 조혈 작용을 하는 요오드 성분이 있기 때문에 출혈이 심한 산모에게 좋다는 것이 과학적으로도 입증이 된 셈이다.

또 미역을 살 때는 값을 깎아서도 안 되고 또 들고 갈 때 꺾어서도 안 된다는 금기가 있다고 하는데, 그렇게 하는 것은 어렵게 태어난 아기의 운명이 깎이거나 꺾이게 하는 행위로 볼 수 있기 때문이라고 한다.

오늘 아침에는 내가 생일날의 미역국과 어머니를 생각한 것을 알아채기라도 한 듯이 아내가 모처럼 미역국을 끓였다. 어머니의 고향과 아내의 친정이 바로 이웃 고장이라 그런지 아내가 만든 음식에는 어머니의 손맛이 배어 있는 듯한 느낌이 들 때가 많다. 그래서 오늘 아침에도 미역국이 맛있다는 뜻으로 내가 "당신 음식은 정말 맛은 있는데 자꾸 돌아가신 울 엄마 생각나게 만들어…." 했다. 그러자 아내가 조심스럽게 "이번에 모처럼 오는 당신 진짜 생일날에는 어머님 뵈러 산소에 한번 가 볼까요?" 하는 것이었다. “아니, 내 생일날 산소에는 왜?”라고 내가 되묻자 아내는 살포시 웃으며 이렇게 대답했다.

“당신을 낳아 잘 키우셔서 제게 주신 어머님이 새삼 고마워서 미역국 한 그릇 올리고 싶네요. 보온 도시락통에 담아 가면 따뜻하게 드릴 수 있어요.”

아내의 제의가 약간 엉뚱한 것 같지만 싫지는 않았다. 그리고 한편 아내에게 뒤통수를 한 방 맞은 기분도 들었다. 정작 미역국을 먹어야 할 사람은 생일을 맞은 사람이 아니라 그 사람을 낳느라고 산통(産痛)을 겪으며 큰 고생을 한 그의 어머니라는 것을 확실히 깨닫게 해 준 것이다. 그걸 모르고 생일 맞이한 사람들은 자기가 미역국을 챙겨 먹으려고만 하고들 있으니….

어머니는 불심(佛心)이 두터우신 분이었는데 나한테 곧잘 “호경이 넌 이 세상에 큰 보시를 해야만 해.”라고 말씀하셨다. 그렇다! 나는 어릴 때부터 내가 이 세상에서 제일 중요한 사람이라고만 생각했고, 그래서 특히 내 생일날에는 이 세상 사람들이 다 나를 축복해 주기를 바라기만 했다. 그러나 생일은 그런 날이 아닐 것이다. 어머니의 말씀대로 나를 존중해 달라기보다 남을 더 존중하고 세상에 베푸는 그런 마음을 가지는, 내가 세상에 태어난 진정한 의미를 한번 진지하게 되새기는 그런 날이 바로 진짜 생일일 것이다.

“좋아! 미역국 준비해 산소에 갑시다.”

나는 아내의 제안을 깎거나 꺾지 않고 기쁘게 받아들였다. 어느 시인 역시 기도하는 마음으로 희망의 꽃삽을 든 날이 바로 생일이라고 노래하지 않았는가.

나는 정말로 올해는 어머니가 기원하신 그런 뜻을 받드는 '진짜 생일'을 맞이하기로 마음먹었다.

《경제포커스》 2023. 2. 13.

살기 좋은 곳

누구나 좋은 곳에서 살고 싶어 한다. 자연환경도 쾌적해야 하고 교통 또한 편리해야 하며 학군 등 자녀들 교육 여건도 좋아야 한다. 자기 자신도 그런 곳에 살고 싶어 하지만 사랑하는 아들·딸이나 손자·손녀에게는 꼭 좋은 주거 환경을 마련해 주고 싶은 것이 인지상정이다.

벌써 10년 가까이 전의 일인데, 아들과 며느리가 자기네 가족이 양평에 있는 내 주말주택(애초에는 아내의 화실로 장만한 집이었음)으로 들어가 살아도 괜찮겠냐고 물어왔을 때 나는 둘의 갑작스러운 질문에 '왜?'라는 의구심이 들었다. 손녀와 손자가 아직 어리긴 하지만 우선 교육 문제가 염려되었고, 경제적으로 힘든 처지가 되자 그런 생각을 하게 된 것 같아 몹시 가슴이 아팠었다.

며느리는 야트막한 산 밑 숲속에 2층으로 예쁘게 지어진 그 좋은 집을 주중에 계속 비워 둔다는 것이 너무 아깝고, 양평 집 근처에 발도르프식 교육법으로 가르치는 어린이집과 유치원이 있어 손녀와 손자를 어릴 때 자연과 가까이하면서 그런 데서 학습하게 하고 싶다고 그 이유를 들었다. 자기네 가족의 입주를 허락하신다고 해도 애들을 아버님 서재가 있는 2층에는 못 올라가게 하고 아래층에서만 얌전하게 생활하겠다고 미리 다짐하기도 했다. 며느리가 똑똑하다는 것은 익히 알고 있었고 판단력 역시 정확하다고 신뢰하고 있었지만, 사실 아들네가 서울서 살기 어려워 시골로 밀려나는 것 같은 느낌이 드는 것은 어쩔 수 없었다.

그 당시 손녀를 보내고 싶어 했던 서울의 어린이집은 그 수업료도 엄청나게 비쌀 뿐만 아니라 대기자가 워낙 많아 후순위로 밀린 손녀는 어쩔 수 없이 그냥 집에서 놀고 있는 딱한 형편이었다. 그래서 아내와 나는 일단 며느리가 말하는 양평의 그 어린이집을 찾아가 보기로 했다. 그런데 막상 가 보니 그 위치가 숲이 우거진 곳이어서 우리 집보다도 더 자연 속에 파묻힌 듯한 느낌이 들었고, 건물도 주변과 잘 조화가 이뤄질 뿐만 아니라, 인테리어도 각종 나뭇가지와 솔방울이나 도토리 같은 나무 열매, 그리고 선생님들의 따스한 손길이 느껴지는 털실과 헝겊을 이용한 수예품 등으로 이루어져 있었다. 또한 조명 하나하나에까지 신경을 써 어린이들 눈이 부시지 않도록 신경을 썼으며, 가지고 노는 장난감도 플라스틱 제품은 하나도 없고 나무토막 같은 자연 친화적인 것으로만 비치되어 있었다. 게다가 어린이집 이름도 내 맘에 쏙 들게 '햇살…'로 되어 있고, 가르치는 것도 영어 노래나 따라 하게 하는 서울의 그런 곳과는 달리 아이들의 창의성을 최대한 존중하는 그런 교육('교육'이라기보다 '놀이'라는 게 더 정확할지도 모르겠다)을 하고 있었다. 아내는 그 어린이집을 맘에 쏙 들어 했고 나 역시 손녀와 손자에게는 이런 곳이 잘 맞겠다 싶어 그 뜻을 전하자 아들네는 바로 서울 생활을 정리하고 양평으로 이사를 왔다.

아들 내외는 맞벌이를 하는데 둘 다 정기적으로 출근하지는 않고 재택근무를 해도 되는 일을 맡았기에 시골 생활에 별 불편함이 없었고, 아이들도 서울의 답답한 아파트 생활보다 탁 트인 넓은 마당에서 맘 놓고 뛰어놀게 되어 신난다고 좋아했다. 다행히 어린이집과 유치원 생활에도 잘 적응했다.

내가 결정적으로 아들네가 이곳으로 이사 오기를 참 잘했다고 생각하게 된 것은 손자 녀석이 네 살, 그러니까 미야자키 하야오의 애니메이션 영화 〈이웃집 토토로〉에서의 귀여운 꼬마 소녀 메이와 같은 나이가 됐을 때쯤이었다. 손자는 사내아이라 그런지 누나보다도 더 마당이나 뒷산에서 놀기를 좋아했는데, 봄철의 어느 주말 오후에 내가 2층 서재에서 화장실을 가다가 우연히 마당을 내려다보니 손자가 햇볕이 따사롭게 내리쬐는 화단 가에 가만히 쪼그리고 앉아서 뭔가를 뚫어지게 바라보고 있었다. 잠시 그런 것이 아니라 내가 본 것만도 10분은 족히 된 것 같은데 꼼짝도 하지 않고 한 곳만을 응시하고 있기에 도대체 뭘 보고 있는가 하고 궁금했다. 그래서 내가 슬그머니 마당으로 내려가서 그 뒤에 섰는데도 손자는 그것도 모른 채 계속 개미들의 움직임을 관찰하기만 했다. 내가 "거기 뭐가 있니?" 하고 묻자 그제서야 손자는 나를 돌아보며 "할아버지, 개미들은 집에 들어가는 것도 순서대로 들어가고 나오는 것도 순서대로 나오는 것 같아요." 하는 것이었다.

나는 그 뒤로도 손자가 마당에서 청개구리나 사마귀 같은 미물들과 무슨 대화라도 나누는 듯이 다정하게 지내는 모습을 자주 보았으며, 집 안에 풍뎅이나 무당벌레 같은 것이 들어오면 조심스레 다뤄 밖으로 잘 내보내고, 눈이 온 날에는 산새들 먹을 것이 없을 거라면서 마당의 바위 위에 모이를 뿌려 놓는 것도 보았다. 그래서 나는 역시 며느리의 판단이 옳았다는 것을 확인했고, 어린이에게는 반드시 동심을 키워 줘야 하고 동심은 자연을 가까이하면 더욱더 잘 자라날 수 있다는 것을 깨달았다.

세 살 위인 손녀 역시 이곳 생활에 잘 적응하여 어린이집에서 단옷날

창포물에 머리 감고 수리떡 만드는 것 같은 체험학습 하는 것을 좋아했고, 우리 집 마당 한 편에 자기만의 꽃밭에 채송화와 나리꽃 같은 것을 직접 심어 가꾸기도 하며, 할머니와 함께 뒷산에서 마당으로 굴러 내려온 도토리를 주워 도토리묵을 만들기도 했다. 특히 초등학교에 입학한 후에는 쾌활하고 적극적인 성격을 잘 살려 양평 소녀축구단에 들어가 전국대회에 나가기도 하고, 틈틈이 승마와 검도까지 하여 만능 스포츠 걸로 활약했다.

정말 손자와 손녀는 양평으로 내려와 행복한 유년 시절을 보내는 것 같았고, 나 역시 이러한 손자와 손녀를 보는 주말을 기다리며 6년 남짓을 행복하게 지냈다.

아, 그런데 안타깝게도(?) 재작년 말 아들네 가족이 결국 이곳 양평에서의 생활을 정리하고 다시 서울로 올라갔다. 아들이 새로이 하게 된 일 때문이기도 하지만, 수학에 남다른 재능을 보이는 손녀가 초등학교 고학년(4학년)으로 올라가게 돼서 아무래도 시골에 계속 머무르는 것이 걱정됐던 모양이다(손녀는 곧잘 멘사 멤버들이나 풀 퀴즈 같은 것을 내어 나를 골탕 먹이기도 한다).

다행히 새로운 서울 생활에도 잘 적응하여 손녀는 전학 가자마자 바로 반장까지 됐다. 아마도 텃밭으로 내려온 고라니를 직접 보았다거나 집 앞마당에 심은 블루베리 나무에서 잘 익은 열매를 친구들과 바로 따먹은 것 같은 시골 생활을 재미있게 얘기했던 것이 인기 끌어 표를 많이 모았던 모양이다,

서울서 초등학교에 입학한 손자는 68km 트래킹을 완주하거나 영하 13도의 한겨울에 아빠 따라 캠핑 가서 1,100고지에서 텐트 치고 야영을

하는 등 강인함을 보이고 있고, 검도 대회에 나가서는 우승을 하기도 했다. 이사 간 뒤에도 손자는 가끔 주말에 양평으로 와서 겨우내 쌓인 낙엽을 전부 모아 퇴비장으로 옮긴다든지, 자기 키 높이나 되는 잔디 깎기 기계를 밀며 잔디밭을 깨끗이 정리하고, 고추밭에 거름을 주거나 지붕 수리를 도와주기도 하는데, 일하는 게 할아버지보다 훨씬 낫다는 할머니의 손자 칭찬은 그 끝이 없다.

이 모든 것이 아주 어린 시절을 자연과 함께 지낸 덕분이 아닌가 한다.

나는 일본 애니메이션 영화감독 미야자키 하야오의 작품을 매우 좋아한다. 그의 작품에는 인간과 자연의 조화로운 공존이라는 일관된 철학이 있고 어린이에 대한 깊은 애정이 담겨 있어 나의 취향에 딱 들어맞는다. 특히 미야자키 감독의 어린 시절의 체험을 바탕으로 그가 이상적으로 생각하는 인간상을 우화적으로 그려 낸 〈이웃집 토토로〉는 하도 여러 번 보아서 거의 장면 장면의 디테일을 다 외울 정도다.

사츠키와 메이 자매가 도시에서 시골 숲속의 집으로 이사 오면서 시작되는 〈이웃집 토토로〉에서 미야자키 하야오 감독은 어린아이일수록 '혼'이 있는 자연과 함께하고 그 속에서 직접 체험하는 삶을 살아야 한다는 그의 신념을 확고하게 보여 주고 있다. 자연은 아이들을 보호하고 더 나아가 종국에는 어른까지도 치유할 수 있다는 그의 철학은 이 영화 속에 압축되어 잘 표현되고 있는데, 나는 이 영화를 보고 또 손녀와 손자가 시골로 내려와 지내온 과정을 지켜보면서 미야자키 감독이 따르는 이른바 생태 중심주의적 사고에 동조하게 되었다.

손녀와 손자는 사츠키와 메이 자매처럼 큰 도시에서 살다가 시골로 이사 와 살았다. 이사는 사람이 사는 근거가 되는 장소가 이동되는 것이다.

'장소'의 사전적 의미는 '어떤 일이 이루어지거나 일어나는 곳'인데, 특정한 공간을 가리키는 동시에 그곳에서 이뤄지는 행위에 중점을 두고 있는 개념이라 하겠다. 철학자 마르틴 하이데거는 장소를 '실존적 측면에서 인간과 외부의 유대가 드러나는 곳'이라고 정의했는데, 나는 손녀와 손자가 양평으로 이사 와서 지내는 것을 보고 나서는 한 과일나무가 어디에 심어지느냐에 따라 그 나무의 성장 상태나 개화 시기, 열매의 튼실함 등 모든 운명이 정해지듯이 사람의 경우에도 그 장소성이 매우 중요하다는 것을 다시 한번 되새기게 되었다. 영화나 드라마에서는, 착하게만 살아왔던 사람이 억울하게 범죄를 뒤집어쓰고 교도소에 들어간 뒤 악랄한 죄수들에게 밤낮없이 시달리다가 결국은 그들보다 더 악독한 지하세계의 지배자가 되는 경우를 보여 주기도 하고, 살인 병기나 다름없이 냉혹했던 킬러가 잠시 숨으러 들어간 오지에서 새로 부임하는 길에 사망한 신부로 오인되어 성당을 떠맡는 바람에 정말로 신부처럼 헌신적으로 살다가 선종하는 모습을 보여 주기도 한다. 정말이지 일찍 대도시를 떠나 자연과 가까운 양평에서 지낼 기회를 갖게 된 손녀와 손자는 참으로 행운아들이라고 생각한다.

그리고 식물이 씨앗이나 모종일 때 좋은 토양에 심어져야 하듯이 사람도 어린 시절의 환경이 특히 중요하다고 본다. 정신분석에서는 유년 시절의 특성 중 하나로 상상과 실제가 아직 확연히 구별되지 않는 것을 든다. 그렇기 때문에 이 시기의 어린아이의 순수한 영혼은 아무런 장애 없이 자연의 신비로운 힘과도 자유롭게 융합할 수 있고 그 치유력도 온전히 전수받을 수 있는 것이다. 〈이웃집 토토로〉에서 '숲의 주인'인 토토로와 같은 '자연의 혼'은 현실 감각이 너무 뚜렷한 성인에게는 잘 보이지도 않지만 어른들의 상식에 물들지 않은 메이는 쉽게 토토로를 만난다. 모든 존재들과 걸림 없이 소통할 수 있는 순수한 동심을 지닌 바로 그 시기를 놓치지 않아야만 '자연의 혼'과의 전인적인 교류가 이루어질 것이라고 본다.

자연은 또 하나의 어머니다. 어머니는 자기 아이가 어떤 행동을 취하더라도 '거부하는 몸짓'을 보이지 않고 언제나 받아들이는 자세로 대한다. 자연도 또한 그러하다. 자연은 인간을 보듬고 특별한 잘못이 없는 한 인간이 원하는 것을 다 베풀어 준다. 어린 시절에는 어머니와 함께 지내야 하듯이 어린이에게는 일정 기간 자연의 품에 자연과 영적 교류를 할 기회를 갖는 것이 꼭 필요하다. 자연은 모성의 원류로서 어머니의 모습을 지니고 있다. '자연(nature)'이라는 단어에는 자연과학의 대상이 되는 물질적인 것뿐만 아니라, 인간이나 사물의 본성이라는 의미도 있으므로 우리가 자연에서 모성을 느끼는 것은 어쩌면 당연할지도 모른다.

공교롭게도 손녀와 손자가 다시 서울로 올라간 뒤 얼마 있다가 나와 아내가 오랜 서울 생활을 완전히 정리하고 이곳 양평으로 내려왔다. 이곳은 이제 주말주택이 아니고 완전한 나의 생활 터전이 된 것이다. 워낙 도시 생활에 깊이 물들어 있던 나는 처음 얼마 동안 상당히 불편함을 느꼈다. 그러나 6개월쯤 지나 건강이 몰라보게 좋아지고 시골 생활의 소소한 잔재미도 알게 되자 좀 더 빨리 내려오지 않은 것을 후회하기까지 하게 됐다. 이제 매일매일 행복해하며, 하루의 일과는 아침에 창문을 열고 멀리 도도히 흐르는 남한강 물줄기와 더 멀리에서 이쪽을 포근히 감싸 안는 듯한 양자산과 그 위의 구름을 바라본 다음, 눈길을 가까이 당겨 앞마당의 몇 가지 유실수와 잘 다듬어진 소나무들, 그리고 여러 가지 예쁜 꽃들을 내려다보고, 다시 눈을 들어 상수리나무 등으로 빽빽이 들어찬 옆

동산의 숲을 바라보면서 이런 곳에서 살 수 있음을 고마워하는 것으로 시작된다.

그러나 한편 손녀와 손자는 다시 서울로 올라가 시멘트 숲속에서 힘들게 사는데 나만 이렇게 살기 좋은 곳에서 편안히 지내는 것이 미안하기도 하다.

2층 창가에 서서 커피를 마시면서 손자가 네 살 때 개미를 관찰하던 곳을 내려다본다. 문득 손녀와 손자가 유아 시절 양평으로 내려오지 않고 서울서 계속 살았더라면 어떻게 됐을까 하는 가정법적인 상상을 해 보다가 나도 모르게 고개를 절레절레 흔든다. 손녀와 손자가 지금과 같은 씩씩하고 밝은 모습으로 자라 줬다는 것이 참으로 고맙고, 지금은 다시 서울로 올라갔지만 가능한 한 앞으로도 자연과 함께할 기회를 많이 가져 어린 시절 이곳 양평에서 자연과 교류하면서 얻은 것들을 계속 지켜 나가기를 바란다.

현관 입구 앞마당의 배롱나무 위에서 재잘거리며 놀던 산비둘기 두 마리가 힘차게 하늘 높이 날아간다.

《경제포커스》 2022. 12. 20.

거울 속의 아버지

어느 날 아침

욕실에서 거울을 봤더니

거기에

나는 없고

돌아가신 아버지가 계시더라

어느 아마추어 시인의 「자화상」이란 짧은 시다.

5월은 가정의 달이다. 그래서 좀 바빴다. 5일은 어린이날. 손녀와 손자, 그리고 두 외손자에게 신경을 안 쓸 수가 없다. 또 5월 5일 그날은 결혼기념일이기도 하다. 아내는 전혀 내색하지 않지만 성실한 남편이 되려면 이를 모른 척하고 지낼 수는 없다. 8일은 어버이날, 이제 내가 선물을 드려야 하거나 식사를 모셔야 할 부모님이나 장인·장모님은 다 돌아가셨지만, 어버이날이라는 것만으로도 괜히 그분들을 잘못 모셨던 일들이 떠올라 마음이 무거워진다. 또 어버이날이라고 해서 외국에 나가 있는 딸이 용돈을 보내오거나 며느리가 저녁을 모시겠다고 하는데 그런 대접을 받는다는 것 자체가 괜한 부담이 된다.

어버이날이 지나면 바로 선친의 기일이다.

올해도 나는 예년과 마찬가지로 아내와 함께 묘소가 있는 용인 천주교 추모공원으로 가기 위해 일찍부터 서둘러 나섰다. 아내는 장손 며느리로서 이것저것 준비를 했는데, 가는 도중 준비할 것이 더 있다며 나를 서판교의 어느 커피숍 앞에 내려놓고는 잠시 커피 한 잔 하고 있으란다.

커피숍의 분위기는 괜찮았다. 나는 '오늘의 커피'라는 에티오피아 예가체프를 주문한 뒤 구석에 자리 잡고 노트북을 펼쳤다.

구수하고 그윽한 커피 향내를 맡으며 이 커피숍 바리스타의 실력을 가늠해 보는데, 마치 나에게 분위기라도 맞춰 주는 듯 아스토르 피아졸라의 〈아디오스 노니노(Adios Nonino)〉가 흘러나온다. 아스토르 피아졸라 본인이 직접 반도네온을 연주하는 원곡이 아니고 기타와 첼로의 듀오로 연주되는 것이어서 약간 아쉽기는 했지만, 아스토르가 돌아가신 아버지를 그리워하는 그 애잔함은 충분히 느낄 수 있었다.

아스토르 피아졸라는 선천적으로 오른발을 저는 불구였는데 그런 그를 보고 친구들은 '렝고(절름발이)'라고 놀려 댔다고 한다. '노니노'라는 별명을 지닌 아스토르의 아버지 빈센테는 이런 아들에게 음악을 하도록 자신의 반도네온을 물려주었고, 남자는 결코 기죽어서는 안 되고 강하게 커야 한다고 격려했다고 한다. 훗날 '탱고의 황제'로 불리게 된 아스토로는 신체 결함이 있는 외로운 약자가 아니라 앞장서 나가는 강한 남자가 되어야 한다고 가르치신 아버지가 계셨기에 오늘의 자신이 있게 된 것이라고 회고했다. 그는 정신적인 지주인 아버지에 대한 존경과 그 임종을 지키지 못한 안타까움을 이 곡에 담았다고 한다.

아버지의 묘소를 찾아가는 길목에 있는 나에게 이 곡이 들리는 것은 어떤 뜻이 있는 것인가?

아버지는 1987년 내가 부산지검 검사로 근무할 때 돌아가셨다. 선친의 탄생 100주년을 기념하는 《월간문학》 2010년 11월호 특집에 실린 나의 회고의 글 「아버지, 오 나의 아버지」에도 언급했지만, 장례를 다 마치고 나서 다시 검사로서 바쁜 일상으로 돌아왔을 즈음 생전에 아버지와 친하게 지내신 방송작가 한운사 선생께서 짤막한 서신을 보내 주셨다.

"古雨(선친 秋湜의 아호) 선생께서는 항상 자네 걱정을 했다네. '검사이기 전에 먼저 인간이 돼야 할 텐데…' 하고 말이야. 나한테 잘 지켜봐 달라고 부탁했네만, 秋君 스스로 그 뜻을 잘 받든다면 나는 선친과의 약속을 쉽게 지키게 되는데…. 雲史"

아, 아버지는 임종을 앞두고도 검사 노릇을 하는 내가 인간다운 모습을 잃어 가지나 않을까 하고 불안해하셨던 것이다.

문학사적으로 비교적 좋게 평가받는 아버지의 초기 단편소설들에 일관되게 흐르는 주제는 이 사회에서 소외된 약자들에 대한 따스한 시선이다. 평론가들의 말대로 결국 아버지가 그린 것은 '패자의 곡예(이어령)'이고, 아버지가 지향한 것은 '비인간 사회에서의 인간성 추구(구창환)'라고 할 것이다. 이렇게 문학 작품에서 인간다움을 추구하고 이 사회에서 이를 구현해 보려고 하셨던 아버지가 정작 아들인 나의 인간성에 대해서는 끝내 믿음이 가지 않았던 모양이다.

내가 검사 임관할 즈음 아버지는 "검사라는 직업이 남에게 인심이나 쓰는 그런 자리가 아니니 엄격하게 할 수밖에 없을 것이다. 그러나 법대로 정확하게만 한다면 그건 인간미가 없다. 사회악을 처단함에는 준엄하되 범죄자를 다룸에는 자애로움이 담겨 있어야 한다."고 하시며 '嚴以慈'라는 글을 하나 써 주셨다.

검사 생활을 하면서 그 뜻을 살리려고 노력은 했다, 그러나 쉽지 않았다. 어떤 사건이건 사(私)가 끼지 않고 엄정하게 처리하는 것은 가능한 일이겠는데, 거기에 사랑 내지 따스함까지 담는다는 것은 정말 힘든 일이었다. 그러기에는 너무 일이 많았고 피곤했다. 다만, 살인 사건 수사에 있어서는 피의자가 왜 살인을 저지를 수밖에 없었는지 진심으로 이해하려는 태도를 보이면 피의자도 나를 믿고 자백을 하고 수사가 잘 풀리는데, 과연 내가 이렇게 하는 것이 그 피의자를 이해하고 사랑하는 것인지 살인 사건 한 건을 잘 해결하려고 수사기법을 쓰는 것인지 헷갈리기도 했다.

아버지가 돌아가신 뒤 한운사 선생의 서신을 받고서는 한동안 '인간적인' 검사가 되어 보려고 더욱 마음을 다잡아 보았다. 그러나 그것도 잠깐, 종전과 같은 타성으로 바로 돌아와 십수 년 간을 더 검사 노릇을 했다. 그러다가 아내와 같은 화실에서 그림을 그리는 동료 화가의 개인전에 간 일이 있다. 그런데 거기서 그만 한운사 선생을 만난 것이다.

내가 인사를 드리니 "잘 버티고 있네. 검사가 적성에 맞는 모양이야. 강력 사건과 마약 사건 수사를 잘한다는 칭찬을 많이 하더구만."이라고 반갑게 맞아 주셨다. 나는 그동안 문안 올리지 못해 죄송하다고 말씀드리는데 그분은 나를 조용한 구석으로 데리고 가시더니 "내가 언제 고우 선생을 뵈올지 모르는데 이제 추 검사가 인간이 됐다고 말씀드려도 되려나…." 하시면서 씩 웃으시는 것이었다.

내가 당황해서 "아니, 아직 멀었습니다."라고 답하고는 잠시 어색한 침묵이 흐른 뒤 "한 선생님, 혹시 인간다워지는 빠른 길 같은 것은 없습니까?"라고 엉뚱한 질문을 했다.

그분은 "젊은 사람답게 그것도 쉽게 금방 이루려고 하는구만. 한 가지 분명한 것은 고우 선생께선 작품도 그렇지만 성품도 참으로 인간적이셨어. 나도 그것이 어디서 나오는 것인가 하고 궁금해서 생전의 고우 선생을 유심히 살펴보았지. 오랜 관찰 끝에 내린 결론은 고우 선생은 어떤 경우에도 누구를 이기려고 들지 않으셨다는 것일세. 참고로 하게."

막 이 말씀을 하시는 순간 행사 진행요원이 와서 "한 선생님 축사하실 차례예요." 하며 모시고 가는 바람에 나는 더 긴 말씀을 못 들었다. 그러나 아버지가 어느 누구도 이기려고 하지 않으셨다는 말씀만으로도 나는 망치로 얻어맞은 듯 큰 충격을 받았다. 그렇다. 바로 그것이다. 아버지는 몸소 실천하시면서 나를 가르치셨는데 나는 그걸 미처 깨닫지 못했던 것이다.

그러고 보니 나는 대인관계에서 상대방을 꼭 이기려고만 한 것 같다. 경쟁에서 이겨 나를 돋보이게 하고 상대방을 군림하려고 한 것이 아닌가 한다. 그러나 이기려는 관계에는 사랑이라든지 자애로움이 있을 수 없다. 결혼 후 신혼 초에 아내를 확실히 잡아 놓아야 한다고 해서 기 싸움에서 아내를 꼭 이기려고 한다면 그건 진정 사랑하는 부부관계라 할 수 없다. 친구보다 자기가 학교 성적이 꼭 앞서야 한다는 생각을 가진다면 진정한 우정이라 할 수 있을까. 피의자를 상대로 수사할 때도 아무리 범죄의 구렁텅이에 빠지게 된 그의 처지를 동정하고 관대히 처리한다고 하더라도 유·무죄의 증거 다툼에서 꼭 이기겠다는 승부욕이 앞선다면 그건 자애롭지 못한 것이다. 내가 인간적이지 못하다는 소리를 들어왔다면 그것은 내가 꼭 이기려고 하였기 때문이었을 것이다.

이런 식으로 나에게 인간다움을 지키는 비결을 가르쳐 주신 한운사 선생도 그 일이 있은 얼마 후에 돌아가셨다. 하늘에서 아버지를 만나셨다면 나에 대하여 뭐라고 말씀하셨을까?

아무튼 그 이후 나는 모든 대인관계에서 이기려는 마음을 버리려고 노력했다. 그렇게 마음 정리를 하고 나니 정말 내가 조금은 인간적인 성품으로 바뀌어 가는 것 같기도 하고, 또 인류 역사상의 모든 비인간적인 행태가 꼭 상대를 이기려는 욕심에서 비롯된 것이라는 나름대로의 세계관도 정립되었다.

내가 상념에 잠겨 있는 사이에 다른 음악이 몇 곡 흐른 다음 이번에는 푸치니의 오페라 〈잔니 스키키〉 중에서 딸 라우레타가 아버지 잔니 스키키를 설득하며 부르는 애절한 아리아 〈오, 사랑하는 나의 아버지〉가 흘러나온다. 오늘은 온통 아버지 노래만 틀어 줄 모양이다.

아내에게서 전화가 왔다. 마트에서 살 것 다 샀으니 아까 내린 곳으로 와서 기다리란다. 노트북을 접어 가방에 넣은 뒤 화장실에 들렀다. 나오면서 손을 씻다가 무심코 고개를 드는데 거울 속에 나는 없고 아버지의 얼굴이 보인다. 흠칫 놀라 고개를 흔들었는데 역시 아버지의 얼굴이다. 아버지는 예의 그 자상한 표정으로 "오늘 나를 만나러 온다면서?" 하시는 것 같아 내가 막 뭐를 여쭤보려고 하는데 바지 주머니 속에서 진동으로 되어 있는 핸드폰이 울린다. 아내가 도착했으니 빨리 내려오라는 모양이다.

5월이 가고 6월도 벌써 중간을 넘어섰다.

오늘 아침 욕실에서 세수를 하고 나서 거울을 들여다보니 또 거기에 아버지가 계셨다. 이번에는 거의 한 달 남짓 만에 뵙는 것이다. 아버지는 역시 예의 그 자상한 모습으로 “좌골신경통이 왔다던데 좀 어떠냐?” 하시며 걱정스러워하셨다. 내가 이제 많이 좋아져서 곧 다 나을 거라고 말씀드리고 잠시 후 “그동안 남을 이기려는 마음을 버리려고 애써 왔습니다. 어떻습니까? 이제 제가 좀 인간다워진 것 같기는 합니까?” 하고 여쭤보았다.

그런데 아버지는 아무 말씀도 하지 않으시고 무표정하게 그냥 나를 바라보기만 하셨다. 그러다가 조금 있으니 거울 속 아버지의 모습은 사라지고 대신 거기에는 내 얼굴이 나타나고 말았다.

아, 아버지가 왜 그냥 가셨을까? 아버지의 그 침묵은 어떤 의미인가? 이제 됐다는 뜻은 아닌 것 같은데….

《경제포커스》 2023. 6. 19.

Ⅱ

평가자와 평가받는 자

결정적인 도움

양복지 사건

맞춤법과 멍석

원하는 것과 옳은 것

남자가 갖춰야 할 것

마을변호사

화광동진

평가자와 평가받는 자

나는 상당히 오랫동안 사법시험 2차 시험을 치르는 꿈을 꾸어왔다. 결코 유쾌한 꿈이 아니었고 깨어나선 그것이 현실이 아님에 안도의 한숨을 쉬곤 했다.

반복적으로 꾸다시피 한 그 꿈의 내용은 언제나 거의 같았다. 시험이 개시됨을 알리는 종이 울리고 감독관이 시험 문제가 적힌 방(榜)을 펼쳐 내린다. 다른 수험생들은 출제된 제목을 보고 부지런히 답을 적어 가기 시작하는데 내 눈엔 방이 그저 하얀 백지일 뿐 아무것도 안 보인다. 손을 들어 감독관에게 문제가 있음을 알리려 했으나 손이 올라가지 않았고 말을 하려 하였으나 입에서 소리가 나지 않았다. 나는 한동안 아등바등하다가 식은땀의 차가운 감촉 때문에 잠이 깨곤 했다.

나는 사법시험 공부를 너무 늦게 시작하기도 했지만 준비기간도 상당히 길었다. 사법시험이란 제도가 있다는 것을 알고 헌법과 민법총칙 교과서를 구입한 뒤 8개월 만에 치른 1차 시험에는 거뜬히 합격하였으나 2차와 최종 합격까지는 5년이나 더 걸렸다. 그렇게 오래 끈 이유를 그 뒤 반성해 보니 그것은 오로지 내가 평가를 받는 자의 위치에 있다는 것을 망각하고 있었기 때문이라고 판단되었다.

이 사연을 더 풀어서 설명하자면 나의 부끄러운 속내를 드러내어야 하기 때문에 솔직히 겁도 난다. 그래도 참회라도 하는 자세로 하나하나 털어놓아야 하겠다.

나는 어렸을 때부터 지적으로 조숙한 반면 상당히 오만한 성격이었다. 그래서 자기중심적이어서 나를 남에게 맞춰 간다기보다는 다른 사람이 나의 기준에 맞추기를 원했다. 이미 세워져 있는 내 기준으로 남을 평가하여 왔는데 그 기준 형성 과정이 크게 잘못되지는 않았는지 대개의 경우 판단 결과가 별로 잘못되지는 않았었다. 그런데 내 기준으로만 모든 것 평가하는 못된 습성의 업보는 결정적인 때에 찾아왔다. 사법시험 2차 시험에서 연속으로 세 번 과락을 맞은 것이다.

한번은 상법 과목에 출제된 문제를 보고 '아니, 이렇게 해상(海商) 쪽에 관련된 어음이라는 궁벽진 문제를 내면 어떻게 해?' 하고 투덜거리며 답안을 썼는데 결과는 형편없는 과락 점수였다. 다음 해에는 형사소송법 문제를 보고는 '피의자 보전(保全)이 뭐야? 보호(保護)를 오기(誤記)한 거겠지.' 하고 제멋대로 해석하여 답안 작성하는 바람에 역시 39.33점의 과락. 또 그다음 해에는 민사소송법 과목에 출제된 문제는 일반 교과서에는 거의 설명이 없고 몇 달 전 고시 잡지에 논문이 실려서 스크랩까지 해서 봤던 바로 그 논제였다. 나한테는 유리한 셈이었는데도 '도대체 자기가 최근에 발표한 논문을 그대로 출제하는 몰염치가 어디 있어?' 하고 출제자(나중에 확인된 바로는 실제로 그 잡지의 논문 작성자가 출제자였음)를 비난하면서 답안 작성을 한 탓인지 결과는 또 과락. 특히 마지막 두 번은 해당 과목만 과락이 아니라면 평균 점수로는 너끈히 합격할 수 있는 점수여서 참으로 아쉬움이 남았다. 그럼에도 나는 내가 왜 계속 과락을 맞았는지 그것을 깨닫지 못했었다.

드디어 다음 해의 사법시험 2차 첫날, 헌법 과목의 문제의 방이 펼쳐졌다. 제1문 '평등권을 논평함'은 예상했던 문제였고 평소 준비도 철저히 했었기에 1시간 만에 만족스럽게 답안 작성을 마쳤다. 문제는 제2문 '통일주체국민회의의 헌법상 지위와 권한'이었다. 평소 유신헌법에 대하여 상당히 비판적 태도를 지니고 있었던 나로서는(수험생 주제에…) 유신헌법의 가장 부끄러운 독소 조항이라고 할 수 있는 통일주체국민회의에 대하여 어떻게 풀어 나가야 할까 고민이 되었다. 출제자가 일반 헌법학자라면 부끄러워서라도 이런 문제를 출제하지 않았을 거다. '유신헌법의 아버지'라 불리는 교수가 출제한 것이 분명하다(실제로 출제자 중의 한 분이 그런 분이었다). 변명 같지만 그때 내 눈앞에 어머니와 아내의 모습이 스쳐 갔고 우선 합격하고 보자는 생각이 절실하게 들었다. '그래, 따지지 말자. 출제자가 원하는 답안을 쓰자!' 그리고 나는 마구 갈겨 써 댔다. 김철수 교수의 교과서보다는 유신헌법 홍보 책자의 논조대로 '한국의 정치적 토양에 적합한 헌법기관'이라는 표현도 사용했다. 그 결과 헌법 과목에서 거의 최고 점수를 받았고 거뜬히 2차 시험에도 합격할 수 있었다. 첫날 치른 헌법 과목처럼 나머지 다른 과목들도 출제자의 의도에 맞게 답안을 작성한 덕택이리라….

이렇게 유신 세력에 아부하여 사법시험에 합격했고 검사 노릇도 했으니 따지고 보면 나는 '원조 수구 잔당'이라 불려도 할 말은 없다. 그런 비난을 각오하고 석고대죄하듯이 내가 이 얘기를 꺼내는 것은 평가하는 사람과 평가받는 사람을 정확히 구분해 알아야 한다는 교훈을 말씀드리기 위해서다. 만일 내가 20회 사법시험을 치르면서도 평가받는 입장이라는 것을 잊고 통일주체국민회의라는 헌법기관에 대하여 비판적으로 기술하여 이 문제를 출제한 '평가자'의 심기를 불편하게 했다면 나는 그 해에도 역시 헌법 과목에서 과락을 받았을 가능성이 높다.

그 이전에 내가 그래 왔듯이 우리는 종종 자신이 어떤 위치에 있는지를 잊는 경우가 많다. 정부나 사법부의 고위직에 있다가 국회의원에 출마하여 낙승을 예상했던 인사가 의외로 패배를 한 경우에는 대개 그 후보의 능력이나 자질에 문제가 있다기보다 자신이 평가를 '받는' 사람이라는 것을 잊어서일 가능성이 높다. 20회 사법시험 이전에는 나는 평가자인 출제자의 의도는 염두에 두지 않고 마치 자기가 평가자이기라도 한 것처럼 내 입장에서만 논리를 펴고 답안을 써 왔다. 그렇게 했으니 출제자는 내 답안의 취지에 동조는커녕 제대로 이해할 수가 없었을 것이고, 나는 자기 생각만큼 제대로 된 점수를 받지 못했던 것이다.

20회 헌법 과목을 계기로 사법시험에 임하는 나의 태도에 '코페르니쿠스적 전환'이 이루어진 것이다. 내가 평가하는 사람이 아니라 평가받는 사람이라는 인식을 확실히 한 것이다. 사실 우리에게는 누구나 자기중심적 관점에서 세상이나 사물을 보는 경향이 있다. 그러나 내가 아니라 상대방의 관점에서 평가를 하게 되면 상황이 크게 달라진다. 그러면 지구 주위를 태양이 돈다고 생각에서 벗어나 지구가 태양의 주위를 돈다고 생각할 수 있고 좋은 평가도 받을 수 있게 된다.

사법연수원 2년간의 수습을 마치고 드디어 검사가 되었다. 피해자나 고소인의 주장과 피의자의 변명을 듣고 제시된 증거들의 신빙성 등을 잘 가늠하여 공판에 회부할 것인지 여부를 판단하는 것이 일상이 되었다. 정의를 실현한다는 명분도 있었지만 기소 여부를 판단하는 '평가'라는 것이 나의 적성에 맞아서인지 과중한 업무임에도 초임 시절의 검사 생활은 매우 보람차고 즐거웠다. 그런데 2년이 지나 검사 생활 3년 차가 되고서부터는 달라지기 시작했다.

검사로서의 경험이 쌓일수록 오히려 나의 판단, 나의 평가가 틀릴 수도 있다는 생각이 들기 시작했고, 그 생각은 커다란 바위처럼 나를 짓눌러 과연 내가 검사 생활을 계속해야 하는가 하는 고민까지도 하게 되었다. 소매치기 전과가 있는 피의자가 이번에는 정말 경찰의 함정단속에 걸려든 것이고 절대로 자기가 한 것이 아니라고 끝까지 억울함을 호소하는데도 워낙 증거가 명백하여 기소하는 날, 마지막 검사실 문을 나가면서 나를 원망스레 돌아보던 그의 눈길이 계속 맘에 걸려 나는 퇴근길에 잘 마시지도 못하는 소주잔을 기울여야만 했다. 살인 사건에서도 범행 동기가 명백하고 증거물인 쇠망치에서 지문이 검출되었는데도 극구 부인하고, 뇌물 사건에서 공여자는 분명히 주었다고 구체적인 진술을 하는데 공무원인 피의자는 그건 모함이라고 변명한다. 이럴 때 기소하면 증거법상으로는 별문제가 없어 거의 대부분 유죄 선고가 예상되지만 만에 하나 그 피의자의 변명이 맞고 내 판단이 틀렸다면…. 아, 그건 상상조차 하기 싫은 일이다. 반대로 열심히 수사하였으나 충분히 증거를 확보하지 못하여 무혐의 처분을 했는데 그 피의자가 사실은 진범임에도 빠져나간 것일 수도 있다. 이런 생각이 들자 평가자인 검사 생활이 즐겁지가 않고 괴롭고 짜증스러웠다.

그러던 어느 주말, 나는 만사를 제쳐 놓고 아내와 함께 멀리 온천으로 여행을 떠났다(부끄럽게도 그 당시는 주말에도 매번 출근하여 일을 했었다). 숙소 근처의 식당 여주인이 정성스레 차려 준 산채정식은 그동안 잃었던 입맛을 되찾아 주었고, 따뜻한 온천물은 나의 온몸은 물론 영혼까지도 편안하게 해 주었다. 하룻밤을 푹 자고 아내와 나는 다음 날 굽이진 언덕을 한참 동안 올라 예쁜 이름이 붙은 쉼터에 이르렀다. 삼월 초였는데 거기서 우리는 뜻밖에도 목화솜같이 펑펑 쏟아져 내리는 함박눈을 만났다. 아내와 나는 동심으로 돌아가 하늘을 향하여 눈을 받아 먹기도 하고 바닥에 쌓인 눈을 뭉쳐 상대방에게 던지기도 하였다. 그러다가 둘이는 거의 동시에 "어, 저기 좀 봐!" 하면서 먼 곳을 가리켰는데 거기에는 커다란 십자가상이 보이는 것이었다. 눈이 많이 와서 상당히 어두운 편이었는데 마치 종교 영화에서 보는 것처럼 그쪽에만 햇살이 가득 비치고 커다란 십자가는 우리 쪽으로 다가와 무슨 말을 하려는 듯이 보였다. 둘이는 장난을 멈추고 왠지 경건한 마음이 들어 그곳을 말없이 응시하고 있었는데 조금 후에 눈발이 더 심해지면서 햇살과 십자가상도 눈 속으로 사라졌다. 아내와 나는 서로 마주 보았으나 한동안 말을 잊었다. 서울로 돌아와서는 바로 가까운 성당에 예비 신자 등록을 하고 열심히 교리 공부를 하는 등 가톨릭 신자의 길로 들어섰다.

그 후 나는 기댈 언덕이 생겨서 그런지 상당히 편안한 마음으로 검사 생활을 할 수 있게 되었다. 도피처가 만들어진 것이다. 내가 온 정성을 다해 수사를 하여 최종적으로 어떤 결론을 내렸다. 그런데 그 결론은 실체적 진실과는 어긋난 것이었다. 나는 사심이 없었고 최선을 다했다. 그런데도 그 결론이 틀린 것이라면 그건 내 뜻이 아니고 하느님의 뜻일지도 모른다. 하느님은 내가 모르는 다른 계획을 가지고 계신 거다. 그것이 하느님의 뜻이라면 나로서는 어쩔 수 없는 것이 아닌가…. 이런 얄팍한 신앙이 생긴 나는 나에 대한 평가를 하느님에 대한 평가로 돌리자 그렇게 마음이 편안해질 수가 없었고 검사 생활도 아무런 불편함이 없게 된 것이다.

이렇게 나의 행복한(?) 검사 생활은 계속 이어졌고, 영세를 받은 이후에 성당에도 열심히 나가고 나름 영성 생활에도 충실하려 했다. 그러다가 견진성사를 받은 지 얼마 후의 일로 기억된다. 아내와 함께 다시 예전의 그 온천 쪽을 지나다가 나는 깜짝 놀랄 조우를 하게 되었다. 십자가를 만난 것이다. 수년 전 그 언덕의 쉼터에서 눈 속을 뚫고 뻗친 햇살을 듬뿍 받은 그 십자가를 다시 보게 된 것이다. 그때 우리가 보았던 십자가는 환영이 아니라 그 성지에 실재하는 거대한 십자가상이었던 것이었다. 아내와 나는 누가 먼저랄 것 없이 그 십자가 앞에 무릎을 꿇고 몇 번이고 성호를 그으며 기도를 하고 또 했다.

그런데 이렇게 그 십자가의 실체가 밝혀진 이후 나의 검사 생활은 조금 달라진 것 같았다. 수사에 임하는 자세가 경건해졌다고 할까? 왠지 내가 수사를 제대로 하지 못하여 그 결과가 잘못되면 그 결과가 '하느님의 뜻'으로 치부되지나 않을까 하는 걱정이 들기 시작한 것이다. 즉, 나의 잘못이 하느님의 잘못으로 평가되어 그분이 욕되게 하지나 않을까 하는 걱정이 생겨 오히려 수사 과정의 세심한 부분까지 하나하나 더 공을 들이게 되었다. 어쩌면 내가 다시 '평가받는 자'의 자리로 돌아온 것이 아닌가 한다. 물론 그동안 내가 마음 편하자고 내가 잘못한 것도 하느님의 뜻으로 돌렸던 '치졸한 신앙심'에 대하여는 처절하게 고해성사를 하였다.

부장검사가 되고 지청장이 되면서 직접 수사를 하지는 않고 지휘나 결재를 주로 하게 되자 수사에 관한 스트레스는 많이 줄어들었다. 직접적인 평가를 받는 자리에서 약간 빗겨 서 있게 됐다고 할까…. 그러다가 사법연수원 교수가 되었다. 그동안 검사 생활을 하면서 얻게 된 노하우와 약간의 지혜를 법조 후배에게 전수한다는 것에 남다른 보람을 느끼고 강의에 정성을 들였다. 그러던 중 사법시험 형법 과목 출제위원으로 위촉되었다. 드디어 사법시험에 관한 한 내가 평가받는 자가 아니라 평가자가 된 것이다. 그리고 내 신상에도 큰 변화가 일어났다. 20년 가까이 꾸어오던 사법시험 2차 시험장의 악몽이 정말 꿈같이 사라진 것이다.

25년 가까운 검사 생활을 마치고 변호사 개업을 하게 됐을 때, 이제는 경제적 어려움에서 어느 정도 벗어날 수 있겠구나 하는 기대도 했지만 가장 고대했던 것은 '평가'에서 자유스러워지는 것이었다. 물론 처음에는 다소 자유스러운 느낌이 들기도 했다. 검사 시절에는 나에게 배당된 사건은 반드시 내가 책임지고 처리해야 했지만, 변호사는 맡기 싫거나 다소 부당한 요구를 해 오는 사건은 수임료만 포기하면 얼마든지 안 맡을 수 있는 자유가 있기 때문이다. 그러나 그것은 잠깐이었다. 변호사는 일단 사건을 맡아야 한다. 사건이 없으면 변호사 타이틀만 있지 변호사 노릇을 못 한다. 그런데 아무리 내가 사건을 맡고 싶어도 의뢰인이 사건 위임을 하지 않으면 변호사 선임계를 낼 수 없다. 사건을 맡으려면 의뢰인에게 그가 원하는 대로 성공할 수 있다는 믿음을 심어 줘야만 한다. 그런데 그런 평가를 받기가 쉽지 않다. 또 사건을 수임한 다음에도 검사나 판사에게 나의 주장이 옳다는 평가를 받아야만 내가 원하는 바를 얻을 수 있다. 그런 평가를 받는 것도 대단히 어렵다. 내 주장이 절대적으로 옳은 것만으로는 부족하고 검사나 판사를 잘 설득해야만 옳다는 평가를 받게 되는데 그 설득이 여간 어렵지가 않다. 이래저래 나는 '평가'에서 벗어나지 못하는 모양이다.

나도 이제 노년에 들어섰는데 언젠가는 그분의 부름을 받아 그분 앞에 서게 될 것이다. 그런데 그때 그분은 내가 살아온 과정을 어떻게 평가하실지 두렵다. 이제 와 돌이켜보니 너무 '평가자스럽게' 살았던 게 아닌가 하고 반성이 된다. 이제부터라도 사법시험 헌법 과목 시험을 치를 때처럼 그분이 내게 원하시는 것이 무엇인지 헤아려 그 뜻에 맞춰 살아야 하지 않을까 한다. '평가받는 자답게' 말이다.

《경제포커스》 2021. 10. 5.

결정적인 도움

어제 오후에는 카카오톡에 올라온 손흥민의 축구 동영상을 보았다. 그동안 소속팀인 토트넘의 경기에서 올린 멋진 골인 장면을 모아 편집한 것인데, 역시 손흥민은 축구를 별로 즐기지 않는 나 같은 사람까지도 마구 흥분시키는 천재적인 축구 선수다. 라이브도 아닐 뿐만 아니라 전체 게임이 아닌 숏 장면 중심으로 편집된 영상이고 스마트폰의 작은 화면으로 보는 것인데도 나는 연상 엉덩이를 들썩이며 흥분했다.

그런데 그 동영상이 거의 다 끝날 때쯤 나는 손흥민이 그렇게 멋진 골을 넣을 때 대부분 결정적인 도움이 되는 패스가 있었다는 걸 알게 되었다. 그리고 그 도움 볼 역시 손흥민의 골킥 못지않게 멋지게 느껴지는 것이었다.

우리는 이 세상을 혼자서는 못 산다. 서로 도와주고 또 도움을 받으면서 살 수밖에 없다. 힘들기는 하지만 그래도 아슬아슬한 순간에 누군가의 결정적인 도움이 있기에 우리의 삶은 좋은 방향으로 진행하는 것이다.

나의 경우는 특히 더 그랬던 것 같다.

내 삶의 커다란 이정표가 된 사법시험만 해도 그것이 합격이라는 바람직한 결과로 마무리된 것은 순전한 내 노고의 소산이라기보다는 고마운 분들의 도움 덕분이었다. 군 제대 후 뒤늦게 무모하게 사법시험에 도

전하겠다고 할 때 나를 완전히 믿고 적극 밀어주신 부모님, 철학과 출신으로서 법이나 사법시험에 대해 아무것도 모르는 나에게 자기 집에 데려다가 숙식까지 시켜 가면서 기본 교재와 수험 요령 등을 자상하게 전수해 준 친구, 한동안 아버지의 지원이 끊어졌을 때 어려운 살림에도 기꺼이 경제적 도움을 준 누나와 자형, 사법시험 합격보다는 고시 공부 자체를 즐기는 듯한 무책임한 나의 행태를 보고는 꼭 합격해야만 하겠다는 '절실함'을 깨우쳐 주기 위해 끝내 결혼까지 한 아내 - 이들의 도움이 없었더라면 사법시험 합격은 나의 것이 아니었을 것이다.

또한 제20회 사법시험 2차 시험을 볼 때는 골대 부근에서 나에게 멋지게 패스해 온 결정적인 도움 볼이 있었다.

나는 당시 서울 근교의 절에 딸린 고시방에서 공부를 했다. 그 절은 비구니가 관장하고 신도 수도 많지 않은 소규모이지만 황순원의 장편소설 『일월』의 도입부에 그 절 경내의 석벽에 새겨져 있는 마애 약사여래좌상(磨崖 藥師如來坐像)이 자세히 소개되어 있듯이 축조 연대가 고려 시대로 올라가는 꽤 유서 깊은 사찰이다. 특히 주지 스님이 매우 훌륭한 분이셨는데, 그분은 여자임에도 도를 닦아 경지에 이른 사람만이 지니는 그런 정갈한 광채를 풍겼고 마음 씀씀이가 범인과는 달리 한량없이 너그러웠다. 한번은 행정고시를 준비한다는 고시생이 석 달 치 숙식비를 못 내던 중 한밤중에 책과 옷가지 등을 이불보에 싸 가지고 그야말로 야반도주하던 중 절의 잡일을 도와주는 정 씨 아저씨에게 들키는 장면을 내가 목격한 일이 있다. 그런데 끝맺음이 예상과 달리 그 고시생이 메고 가던 무거운 이불보 뭉치를 정 씨가 들이민 리어카에 싣고는 둘이 나란히 아랫마을 쪽으로 함께 걸어가는 것이었고 그 고시생은 훌쩍이는 것 같기도 했다. 호기심에서 나중에 알아보니 주지 스님이 시켜 정 씨는 리어카를 가지고 길목에 대기하고 있다가 그 고시생의 무거운 짐을 시외버스 종점까지 실어다 준 것이라고 한다. 그뿐만 아니라 절의 밥값을 못 내서 몰래 도망갈 정도면 돈이 하나도 없을 테니 굶어서는 안 된다며 주지 스님은 '전별금'이란 걸 봉투에 넣어 정 씨 편에 전해 주기까지 했다는 것이다. 다른 사람한테는 이 이야기를 절대 하지 말라면서 설명하는 정 씨는 주지 스님의 너그러움보다도 그 신통력에 크게 감탄하는 것 같았고, 자신이 마치 옥황상제의 명을 받들어 큰일을 마친 사자(使者)라도 되는 것처럼 신나 했다.

2차 시험이 얼마 안 남은 어느 날, 저녁 식사를 마치고 공부방으로 건너가려고 하는데 고시생 식사를 수발하는 보살 아주머니가 주지 스님께서 날 보자고 하신단다.

처음 들어가 보는 주지 스님의 거처는 의외로 협소했고 대신 매우 깔끔하게 잘 정돈돼 있었다. 직접 따라 주시는 녹차를 한 모금 마시자 주지 스님이 시험 볼 때 머물 여관은 정했냐고 물어본다. 내가 내일이나 모레쯤 서울 한번 나가서 정할 거라고 하자 주지 스님이 지금은 시간을 아껴서 법조문 하나라도 더 들여다볼 때가 아니냐면서 이번에는 여관에 가지 말고 이 절에서 그대로 시험 치러 다니는 게 어떻겠냐고 한다. 내가 "예?" 하며 되묻자, 당신께서 가끔 타고 다니는 택시가 있는데 그 기사분이 나이도 제법 드셨고 운전을 아주 잘해서 그 택시를 이용하면 안전하고 잠자리를 바꾸지 않아도 되니 시험 치르는 데 도움이 많이 될 거라고 한다. 그때만 해도 지금처럼 교통 체증이 그렇게 심하진 않았기에 아침에 조금 일찍 출발하면 택시로는 시험장까지 별로 많은 시간이 걸리지 않아 아무 문제가 없는 걸 다 고려한 말씀 같다. 순간 주지 스님이 나의 2차 시험에 대해 그 정도까지 염려해 주셨다는 것이 놀랍고도 고마웠다. 게다가 여관에 숙박하지 않고 평소 자던 곳에서 그대로 자면서 시험 치를 방법이 있다는 것을 알게 된 것도 너무나 반가웠다. 그러나 그 절에서 서울 종로구 낙원동의 시험 장소까지 최소 일곱 번(마지막 넷째 날은 시험 끝나고 꼭 절에 돌아가지 않아도 되니까)을 이용해야 하는 택시비가 엄청나 큰 부담이 된다. 그런 내 눈치를 바로 알아챘는지 주지 스님이 미소를 지으면서 "택시비는 부처님이 내주신다고 하네요." 한다. 나는 한번 생각해 보겠다고만 하고 일단 그 자리에서 물러 나왔다.

도대체 누가 나의 아킬레스건을 주지 스님에게 고해 바친 것인가? 아니면 주지 스님은 정말로 신통력이 있어 내가 여관방에서 자면서 시험 치르기 버거워하는 것을 알아챈 것인가?

사실 나는 잠자리를 바꾸면 잠을 제대로 못 자는 결정적인 약점이 있다. 특히 여관에서 혼자 투숙하면 아주 작은 낯선 소리에도 날카롭게 민감한 반응을 보여 거의 뜬눈으로 밤을 새우게 된다.

사법시험을 치를 당시 우리 집안은 수년 전 모두 충남 예산으로 내려간 상태였기에 서울에서 시행되는 사법시험 2차 시험을 치르려면 나는 시험장 부근의 허름한 여관 신세를 질 수밖에 없는데, 예의 '잠자리 가림증' 때문에 잠을 설치는 바람에 셋째 날, 넷째 날 시험은 거의 예외 없이 멍한 상태로 임하게 된다. 그 전의 18회와 19회 사법시험에서 한 과목씩 과락을 받은 것도 셋째 날과 넷째 날 치른 과목에서 나왔다는 것이 결코 우연만은 아닌 것이다.

2차 시험이 다가올수록 시험 자체보다도 닥쳐올 불면(不眠)이 더 걱정되었으며, 그렇다고 시설이 좋은 호텔이나 고급 여관에 들 처지는 못 되고 해서 이번에는 수면제를 복용하는 모험을 해 볼까 하는 고민을 하던 차에 주지 스님이 묘책을 제시한 것이다. 사실 과도한 신세를 지는 듯하여 다소 심적 부담은 들기도 했지만 다급한 마음에 나는 부처님이 내주신다는 택시비 호의를 받아들이기로 했다.

시험 당일에는 점심 먹으러 식당에 가지 말고 시험장 그 자리에서 식사하면서 오후 과목을 한 자라도 더 들여다보라면서 따뜻한 국까지 담은 커다란 보온 도시락을 싸 주시는 데는 정말 눈물이 핑 돌았다.

아무튼 잠자리 걱정이 없어서인지 그해는 느긋한 마음으로 시험을 치를 수 있었고 결과도 좋아 무난히 합격했다. 그야말로 사법시험 골대 앞에 다 와서 맨날 헛발질만 하던 내가 주지 스님의 결정적인 패스를 받아 멋진 슛을 날려 골인을 시킨 것이다.

이런 45년 전의 일이 이제 와서 새삼스레 생각나는 것은 왜일까?

나이가 지긋해지면서 전에 없던 버릇이 하나 생겼는데, 걸핏하면 내가 살아온 지난날들을 돌이켜보는 것이 그것이다. 그런데 그때마다 내가 다른 사람들로부터 중요한 순간에 결정적인 도움을 받아 온 것은 하나하나 다 생각나는데 내가 과연 남에게 꼭 필요한 도움을 준 것이 있는가 하고 더듬어 보면 제대로 떠오르는 것이 없다. 그렇다면 내 인생은 별로 잘 살아온 것이라고 할 수 없는 게 아닌가 하고 나름 회오(悔悟)에 빠지게 된다.

오늘 아침 커피 타임에는 주지 스님 얘기도 하고 이런 내 심정을 아내에게 솔직히 밝히면서 지금까지의 내 인생은 빚진 삶이고 이제부터라도 남에게 '결정적인 도움'을 주는 그런 삶을 살아야겠다고 결연한 의지를 표명했다.

그러나 웬걸! 나는 아내에게 크게 혼나고 말았다. 남자들은 왜 모두 속

물스럽게 결정적인 큰 거 한 건을 하려고만 하는지 모르겠다고 말이다. 그렇게 성과주의에 사로잡혀 무리를 하게 되면 꼭 사고가 터진다고도 했다.

"주지 스님이 야반도주하는 고시생의 무거운 짐 보따리를 날라 주게 한다든가 당신에게 택시를 태워 드린 것은 그냥 그분이 하시는 보시(布施)의 일상이지 특별히 무슨 결정적인 도움을 주려는 것은 아니었을 것 같아요."

그냥 매일매일 자기 본분을 다하며 성실히 살아가면 그것이 바로 다른 사람을 돕는 일이라고 아내는 확실히 못 박아 말했다.

무슨 말을 꺼냈다가 아내에게 당하기가 일쑤지만 이번에도 아내에게 크게 한 방 얻어맞았다. 그러고 보니 내 인생에서 저질러진 잘못된 일들도 이제 와서 돌이켜보면, 모두 너무 잘해 보려고, 크게 한 건 하려고, 결정적인 도움을 주려고 욕심을 부린 것에서 비롯된 것이었다. 그저 평상심을 가지고 내가 하던 대로 내가 해야 할 도리만 다하면 되는데 말이다. 손흥민에게 멋진 패스를 하여 득점으로 연결토록 한 선수도 평소 자기가 하던 대로 그냥 패스를 했을 뿐이지 결정적인 도움을 주어 꼭 골인시키려고 한 것은 아닐 것이다.

삶에 대한 나의 태도를 바로잡는 데 이번에 아내한테서 결정적인 도움을 받았다. 그 결정적인 도움에 제대로 보답하기 위해서라도 앞으로는 운동과 건강 관리를 잘하여 아프지 말고 매일매일의 내 일상을 성실하게 이끌어 감으로써 아내를 비롯한 주위 사람들에게 걱정을 끼치지 않도록 해야겠다. 그것이야말로 결정적이지는 않을지라도 진정으로 그들에게 도움을 주는 길일 테니까 말이다.

《경제포커스》 2023. 3. 24.

양복지 사건

지금도 나는 이 일을 '양복지 사건'이라고 부른다.

초임 검사 시절이었다. 그날도 여느 날과 마찬가지로 밤늦게까지 사무실에서 사건 기록과 씨름을 하고 피곤한 몸으로 10시 30분쯤 집에 돌아왔다. 항상 밝은 표정을 짓는 아내지만 그날따라 유별나게 반가운 표정으로 나를 맞으며 양복 윗도리를 받아 들었다. 그러면서 무엇이 신나는지 "이제 당신도 제대로 된 양복을 한 벌 맞춰 입게 됐네요." 하는 것이었다.

"그게 무슨 말이야?" 영문을 모르는 나는 되물었다.

자초지종을 듣고 보니 내가 집에 갖다 주라고 했다면서 어떤 여자가 1벌 감의 양복지(한국모방 킹텍스)와 귤 1상자를 주고 갔다는 것이다.

그것을 가져온 여자의 인상착의 등을 들으니 누군지 알 만했다.

민속예술단 해외 송출 업체를 운영하는 40대 초반의 여자인데 2만 8천 달러를 휴대한 채 일본으로 가려다가 김포공항에서 적발되어 외국환관리법위반죄로 입건, 검찰에 송치되어 나에게 배당이 됐던 것이다. 그 당시 외환사범은 '5대 사회악 사범'으로 분류되어 엄히 다루어지던 시절이었다. 그 여자는 다른 전과는 없었고 여러 정황을 면밀히 조사해 보니 공연료로 받은 돈을 무심코 소지하고 있다가 급히 출국하려 했던 것이지 밀반출할 의도는 아니었던 것으로 보였다. 문제는 일본에서 하기로 잡혀 있는 공연 스케줄인데, 그 여자는 그 공연이 펑크 나면 큰일인데 하면서 출국 금지 조치가 되어 있는 것을 크게 걱정했다. 나는 기소유예 처분을 하기로 마음을 정했으나 압수물이 걸림돌이었다. 기소되면 몰수될 2만 8천 달러를 '제출인환부'로 그 피의자에게 돌려준다는 것은 너무나 큰 특혜이기 때문에 '국고귀속'을 해야 했다. 그런데 국고귀속을 하기 위해서는 먼저 제출자로부터 '소유권 포기'를 받아야만 하는데 그 여자는 "그 돈이 어떤 돈인데…." 하면서 완강히 포기를 거부하는 것이었다. 조사가 끝난 뒤 잘 생각해 보고 다시 오라고 일단 그 여자를 돌려보냈더니 다음 날 아침 일찍부터 와서 출근하는 나를 기다리고 있었다. 검사님이 자기를 그렇게 많이 배려해 주시는 줄 몰랐다며 사과하고 소유권포기서를 썼다. 그러면서 어제는 자기가 소유권을 포기하면 그 돈을 검사님이 갖는 건 줄 알았다고 말하여 나는 실소를 머금었다.

아무튼 바로 그날 기소유예 처분을 하고 출국 금지도 풀어 주었는데, 그 여자는 일본 가서 공연을 잘 마치고 돌아온 모양이다.

바로 그 여자가 양복지와 귤 상자를 갖다 놓고 간 것이다.

나는 분노가 치밀었다. 그래서 당장 양복지와 귤을 그 여자한테 돌려주라고 아내를 문밖으로 내쫓았다. 그러고는 그걸 돌려주기 전엔 다시 집에 돌아올 생각 말라고 소리쳤다. 그때가 밤 11시쯤 되었을 것이다.

정말 그때 내가 왜 그렇게 화를 냈는지 잘 모르겠다. 내 성품이 워낙 청렴해서 그랬다기보다는, 내가 그렇게 신경을 써서 그 피의자에게 최선의 처분을 하려고 배려한 것이 마치 양복지나 받으려고 그렇게 한 것으로 치부되는 것 같아 인격적으로 큰 모욕을 느꼈던 것 같다.

아내를 집에서 쫓아내고는 바로 후회했지만 어쩔 길이 없었다. 그 여자의 이름도, 주소도 모를 텐데…. 걱정이 됐지만 그 당시에는 핸드폰도 없었고, 그렇다고 경찰에 도움을 요청할 일도 아니라 정말 조마조마하며 기다리는 수밖에 없었다. 두 살 된 아들놈은 자다가 깨서 엄마를 찾으며 울어대는데 마치 나 대신 우는 것 같은, 정말 힘들고 마음 졸였던 밤이었다. …

아내가 돌아온 건 새벽 5시경이었다. 어떻게 물건을 돌려줬는지 지친 몸으로 집 앞 길모퉁이로 들어오다가 거기 나와 있던 나를 보더니, 아내는 와락 나에게 안기며 자기가 잘못했다고 말하며 흐느꼈다. 정작 못된 짓을 한 것은 나인데 말이다.

2004년 여름, 25년간의 검사 생활을 마감하고 새 출발을 준비할 때다. 아내는 나를 백화점에 데리고 가 기성복이지만 검사 시절에는 넘보기 힘든 비싼 고급 양복을 입혀 주었다. 그러면서 "변호사는 좀 있어 보여야 한대요." 하는 것이었다.

순간 나는 예의 그 양복지 사건이 떠올라 울컥 목이 메는 듯했는데, 아내는 짐짓 모르는 척 "야, 그 양복 입으니까 당신 진짜 변호사 같네." 하면서 활짝 웃었다.

《경제포커스》 2020. 5. 19.

맞춤법과 명석

내가 사법연수원 교수로 근무하며 '검찰실무'라는 과목을 가르칠 때의 일이다. 기본 이론에 대한 교육이 끝난 다음에는 사법연수생들에게 모의 기록을 내주어 공소장·불기소장 등을 작성, 제출하도록 한 후 교수인 내가 일일이 '빨간펜'으로 첨삭을 한 수정 답안을 돌려주고 총평을 하는 식으로 진행했는데, 뜻밖에도 한글맞춤법에 어긋난 표현들이 너무 많이 발견되었다.

그래서 나는 연수생들에게 여러분은 『육법전서』만 달달 외우면 되는 줄 아는데 또 하나의 법이 더 있고, 어쩌면 그것이 육법보다 더 중요할지도 모른다고 강조했다. 그것이 바로 '맞춤법'이고, 앞으로 여러분이 판사나 검사가 되어 판결문이나 공소장을 작성했는데 그것이 맞춤법에 맞지 않게 씌었다면 어느 당사자가 그 내용을 신뢰하겠느냐고 다시 또 강조했다.

그러나 그 뒤에도 별로 개선되지 않았다. 그래서 나는 고심 끝에 한 가지 꾀를 내었다. 모 출판사에서 발간한 제법 두툼한 『새국어사전』을 몇 권 사서 그중 1권을 강의실에 들고 갔다. 연수생들에게 그 사전을 들어 보이고는 여러분이 제출하는 결정문 초안 중에서 매번 맞춤법이 가장 많이 틀린 것을 골라내어 그것을 작성한 사람에게 사전 1권씩 '상'으로 주겠다고 선언한 것이다. 물론 공개 석상에서 '시상'을 하지는 않고 조용히 내

연구실로 불러 사전을 건네주었는데, 대여섯 차례의 시상이 있고 나자 더 이상의 시상이 필요 없을 정도로 연수생들의 맞춤법 실력이 급상승되어 틀리는 예가 매우 드물게 되었다. 나는 내 작전이 제대로 성공했음에 혼자서 흐뭇해했다.

어떤 일이든 반전은 꼭 있기 마련이다.

그로부터 10년쯤 지난 뒤의 일이다. 스승의 날에 즈음해서 사법연수생 시절 내 지도를 받았던 10여 명이 사은회라는 걸 해 준다고 나를 초청했다. 다들 중견 판사나 검사, 그리고 변호사로서 활발히 활동하고 있는데, 잊지 않고 나를 찾아준다는 것이 매우 고마웠다.

회식이 끝난 후 갈 곳이 같은 방향인 판사 한 명을 내 차에 태웠다. 마침 전에 연수생이었던 그에게 사전을 주었던 것이 생각나 "그 사전 아직도 잘 가지고 있나?" 하고 물었다. 그랬더니 그 판사의 대답이 "아, 그 사전요. 아직 버리지는 않았습니다만 안 본 지 꽤 됐습니다. 처음엔 궁금한 거 몇 번 찾아봤었는데 맞춤법을 의식하고 무슨 글을 쓰려고 하면 영 진도가 안 나가요. 그래서 책꽂이에 그냥 처박아 두고 있죠." 그의 솔직한 답변에 나는 다소 씁쓸함을 느꼈다. 그러는데 그가 이어서 말을 덧붙이는 것이었다. "요즘엔 사전 보는 사람 없습니다. 사전 보면서 맞춤법 맞추려면 글 못 써요. 판결문 같은 것도 맞춤법이나 띄어쓰기가 맞건 틀리건 일단 초안을 작성한 다음 컴퓨터로 맞춤법 검사를 하는 것이 훨씬 편해요."

그 판사를 그가 사는 아파트 앞에 내려 주고 집에 돌아와서도 나는 꽤나 오랫동안 깊은 상념에 빠졌다. 내가 자비로 마련해서 연수생들에게 베푼 사전이 별 도움이 되지 못했다는 것, 그것이 서운해서가 아니었다. 내가 그토록 이루고 싶었던 작가의 길을 왜 포기해야만 했는가 하는 그 근본적인 이유를 어렴풋이나마 깨달은 듯했기 때문이었다.

나는 너무 완벽하게 모범적인 문장을 만들어 내려고만 했던 것이다. 그러기 위해서는 절대로 맞춤법이나 띄어쓰기를 틀려서는 안 된다. 어떤 소설을 쓰다가 주인공이 "그 옷 색깔이 참 곱네요."라고 말하는 부분에서 갑자기 멈추게 된다. 문득 맞춤법상 '색깔'이 맞는지 '색갈'이 맞는지 의문이 들고, '빛깔'은 '빛'이 순우리말이기 때문에 소리 나는 대로 빛'깔'이 맞겠지만 '색'은 한자말이기 때문에 색'깔'보다는 색'갈'이 맞을 것 같다는 생각도 드는 것이다. 그래서 사전을 찾아보니 '색깔'이 맞는 것임이 확인되어 정확히 '색깔'로 쓰긴 썼으나 그땐 이미 글 쓰는 흐름이 깨져서 그 판사의 말대로 진도가 안 나가는 것이다. 이렇게 틀에 꼭 맞추고 거기에서 벗어나면 큰일이라도 나는 줄 아니까 좋은 글이 나오지 않았던 것이다.

언젠가 와인을 마시려고 코르크 마개를 따는데 내가 서투르기도 했지만 코르크가 너무 말라서인지 중간에 부스러지는 바람에 아주 애를 먹었다. 여러 번 다시 스크루를 돌려서 남은 코르크를 빼내려고 했으나 도무지 꿈쩍도 하지 않아 결국 포기해 버릴까 하는 순간에 그러는 나를 본 아내가 딱하다는 듯이 와인 병을 빼앗았다. 그러고는 대나무 젓가락으로 남은 코르크를 병 안쪽으로 쑥 밀어 넣었다. 그래서 그날 우리는 그 와인을 즐거이 마실 수가 있었다.

화가인 아내는 가끔 내가 생각지도 못한 어려운 문제의 해결책을 아주 쉽게 찾아내곤 한다. 그럴 때 나를 바라보는 표정을 보면 말은 안 하지만 "그러고서도 어떻게 머리가 좋다고 하는지 모르겠어요."라고 하는 것만 같다.

사실 아내의 '창조적 사고'는 나도 인정한다. 정원 가꾸는 것만 보아도 나하곤 전혀 다르다. 낡아서 거의 못 쓰게 된 정원용 손수레로 멋진 이동식 꽃밭을 만든다. 꽃들도 꼭 줄을 맞추거나 같은 꽃끼리 모아 심어 질서 있게 배열하는 것이 아니라 그냥 적당히 군데군데 심는데 나는 그것이 영 못마땅하다. 심지어 채소밭과 꽃밭도 거의 구분이 없다시피 하여 꽃과 채소가 섞여 있는데, 나중에는 꽃이 채소 같기도 하고 채소가 꽃 같기도 하다(물론 채소 중에도 유채나 고수처럼 꽃이 예쁘게 피는 것이 있기도 하지만). 심지어 애기똥풀, 씀바귀, 민들레, 엉겅퀴 같은 것들도 내가 잡초로 보고 뽑으려고 하면 기겁을 하고 말리는데, 나중에는 이런 풀꽃들까지도 모두 어우러져 신기하게도 마당 전체가 묘한 조화미(調和美)를 갖추게 된다.

그림을 그리는 것도 독특하다. 나 같으면 봉오리 지거나 활짝 핀 화사한 연꽃을 그리겠는데 다 시들어 꽃대 위에서 고개를 푹 수그리고 있는 씨방과 말라 버린 이파리의 군상을 그린다. 또 커다란 캔버스에 공들여 세밀하게 바탕 그림을 그리고는 아깝게도 그 위에 물감을 마구 덧칠해 버린다. 그런 다음 팔레트나이프로 일부를 긁어내는데 나는 숨겨져 보이지 않는 밑그림이 몹시 아깝다. 언젠가는 아내가 그린 추상화를 사 간 치과 의사한테 스케일링을 받으러 갔더니 진료실에 그 그림을 거꾸로 걸어 놓았기에 나는 큰일이라도 난 것처럼 깜짝 놀랐다. 그런데 아내는 재미있다는 듯이 "제 그림을 새로이 해석하시려는 모양이군요."라고 말했고, 그 치과 의사는 "거꾸로 봐도 좋으니 정말 훌륭한 작품입니다."라고 화답을 하는 것이었다. 나로서는 마르셀 뒤샹이 남자 소변기를 거꾸로 걸어 놓고 좋다고 낄낄대는 것처럼만 보였다.

아내는 예술가답게 자신을 구획 짓는 것을 몹시 싫어하고 항상 새로운 것을 추구한다. 그러다 보니 생동감 넘쳐 보이고 좋은 아이디어를 많이 창출해 낸다. 이에 비해 나는 먼저 내가 지켜야 할 틀을 생각하고 나를 거기에 맞추어 벗어나지 않으려고 하는 경향이 있다. 이러한 내가 답답하기도 한지 아내는 가끔 "그게 당신의 한계예요." 한다. 사실 정작 답답한 건 나일지도 모른다.

나는 작가가 되고 싶었다. 그러나 작가가 되지 못했다. 그건 왜 그랬을까?

작가도 예술가다. 예술가가 예술가다우려면 그 시대를 뛰어넘거나 앞서가야 한다. 어떤 의미로든 그 시대의 반항아 내지 반역아가 되지 않고는 훌륭한 예술가로 평가받을 수 없다. 동시대인과 같은 보편적인 같은 사고를 가지고 모범적인 삶만 살아간다면 뛰어난 창작물이 나올 수가 없다. 그런데 나는 맞춤법이나 염두에 두고 글을 쓰려고 하듯이 내 사고나 생활을 규범에 맞추려고만 하니 예술가로서의 기질은 완전 제로다. 왜 그렇게 됐을까?

어렸을 때 내 별명이 '멍석 보이'였다고 한다. 당시에는 아기 혼자 집에 놔두고 잠깐 집을 비울 땐 마루에서 마당으로 떨어지지 않게 하려고 아기의 몸을 포대기 끈 같은 것으로 묶고는 문고리에 쩜매놨다고(충청도 사투리) 하는데, 나는 워낙 순둥이라 그럴 필요가 없이 그냥 "요기서만 놀아라."라고만 하면 그 구역을 절대 벗어나지 않았다고 한다. 한번은 어머니가 시장에 다녀오기 위해 마당의 나무 그늘 밑에 멍석을 깔고 어린 나를 거기에 뉘어 놓고는 "여기서 나가면 안 된다."고 하셨단다. 그런데 시장에서의 볼일이 시간이 제법 걸려 상당히 늦게 집에 돌아오셨는데, 그때는 해의 위치가 많이 바뀌어 멍석에는 햇볕이 쨍쨍 내리쬐었고, 그런데 어린 나는 땡볕을 받고 땀을 뻘뻘 흘리며 헐떡이면서도 그늘진 쪽으로 자리를 옮기지 않고 그 멍석에 얌전히 그대로 있었다는 것이다. 그것이 뭐가 그리 신통하고 대단한 일인지 어머니는 친척 어른이나 어머니의 친구가 오시면 "우리 호경이가 이렇게 착한 애랍니다." 하고 그 얘기를 하고 또 하셨다. 그리하여 나는 멍석에서 영 못 벗어나는 사람이 되어 버렸고, '멍석보이'는 나의 아이덴디티가 된 것이다.

나에게 멍석은 규범을 의미했다. 나는 절대로 규범을 벗어나서는 안 되는 그런 사람이 된 것이다. 고등학교 때 호기심에서라도 모두들 한 번쯤은 담배를 피워 보는데도 나는 대학 입시를 마칠 때까지는 피우지 않았고, 여고 문학의 밤에 초빙되는 등 여학생들을 사귈 기회가 많았음에도 아무런 말썽을 피우지 않았으며, 문학청년이라면서도 대학 3학년 때부터 ROTC 훈련을 받아 규격화된 모범적인 그런 생활을 했다.

글쓰기에서도 그 규범이 문제였다.

문학 수업을 할 때 한 선배의 글은 나에게 좋은 텍스트가 되었다. 어느 평론가의 말처럼 '잘 다듬어진 상아 같은' 그 선배의 문장 표현은 정말 나 같은 작가 지망생에게는 배우고 또 익혀야 할 전범(典範)이었다. 그분은 일찍이 중요한 문학상도 몇 개 타셨는데, 한번은 월간지에 발표된 그분의 단편소설을 내가 놓쳤다가 뒤늦게 전집에서 읽은 일이 있다. 정말 멋진 소설이었다. 그 선배의 다른 소설에서 발견하기 쉽지 않았던 현실 비판의 목소리도 설득력 있게 담겨 있었고, 그 주제에 알맞게 끈적끈적한 문체도 딱 맞아떨어졌다.

그런데 중간쯤 되어서였다.

> 수술대 위에 놓인 에테르에 취한 환자의 긴 혼수상태와도 같은 노을이 온 마을을 물들이고 있었다.

이런 표현이 나오는 것이었다. 세상에…. 세상에…. 마취로 인해 혼미해 가는 환자의 의식처럼 점점 붉게 물들어 가는 저녁노을…. 저녁노을이 물들어 가는 것을 이처럼 멋지게 표현한 것이 또 있으랴!

그런데 나는 그 소설을 더 이상 읽지 못하고 내 노트를 찾았다. 내가 책들을 읽으면서 참으로 좋다고 생각되는 표현들이 발견될 때마다 항목별로 분류하여 메모해 두는 '표현법 사전'이라 명명한 그 노트를 말이다.

그리고 찾았다.

이제 갑시다, 당신과 나,
수술대 위 에테르로 마취된 환자처럼
저녁이 하늘에 펼쳐져 있으면,
Let us go then, you and I,
When the evening is spread out against the sky
Like a patient etherized upon a table;

T. S. 엘리엇의 시 「J. A. 프루프록의 연가」 중 첫 대목이다. 나의 멍때림의 시간은 꽤 오래 지속되었다.

나는 그 뒤 '표현법 사전' 노트는 깊이 처박아 두고 꺼내지 않았으며, 내가 읽는 그 소설과 「J. A. 프루프록의 연가」의 표현상의 흡사성에 대하여는 10년 가까이나 무슨 큰 비밀이나 되는 것처럼 나 혼자만 몰래 간직하고 있었다. 그러다가 어느 날 같은 문학 동호인인 절친과 술 한잔하던 중 그에게 살짝 그 얘기를 꺼냈다. 우리가 존경하는 그 선배 소설가가 그럴 수가 있느냐고 말이다. 그랬더니 그 친구는 껄껄 웃으면서 "야 인마, 그건 표절이 아니라 오마주야! 브라이언 드 팔마 감독이 〈언터처블〉에서 유모차 신을 써먹었다고 해서 에이젠슈타인의 〈전함 포텐킨〉을 표절했다고는 하진 않잖아."라고 하며 그냥 넘어가려고 했다. 그래서 내가 "문학에선 영화와는 다르잖아. 그리고 오마주가 되려면 원작자가 오마주를 인정하거나 최소한 인정할 것으로 추정은 되어야 하는데 이 경우는 전혀 그렇지가 않잖아." 하면서 강하게 반발했다. 그러나 그는 "그런 쓸데없는 결벽 때문에 너의 글은 더 이상 발전이 없는 거야."라고 가슴 에이는 소리만 질러대고 소주 한 병을 더 시켰다. 그러곤 소주가 나오기도 전에 "넌 가출도 한번 안 해 봤지?" 하고 내가 다양한 경험이 부족함을 탓하기 시작했다.

그 친구의 말대로 그때까지 그리고 그 뒤에도 내가 쓴 글은 영 나아지질 않았다. 소설이나 다른 창작물에서 생동감 있는 표현은 찾아보기가 어렵고, 관념적인 냄새를 더욱 풍겨 따분함만 더해진 것 같았다. 나중에 와서 생각하니 그것은 맞춤법에 맞는지 염두에 두고 글을 쓰듯이 내 글의 표현이 혹시 내가 '표현법 사전' 노트에 적어 놓은 것과 똑같아서 표절이라고 지적당하지나 않을까 항상 염두에 두면서 글을 썼기 때문이 아닐까 한다. 물론 멍석에서 벗어나는 행동은 계속 그 뒤에도 하지 않았고….

우리가 살아가는 일도 이럴 것이다. 내가 하려고 하는 행위가 법에 위반되지는 않는지, 윤리나 도덕규범에는 어긋나지 않는지 미리 염두에 두다 보면 정작 중요한 일을 놓치거나 내가 꼭 하고 싶은 일을 하지 못하는 경우가 많을 것이다. 내가 이렇게 나이가 들고 보니까 나의 천성인지, 나의 생활 태도인지 하는 것 때문에 내가 해 보지 못한 것이 너무나 많은 것 같다. 그리고 남들은 대부분 다 해 보았는데 나만 못 해 본 것 같은 그런 '짜릿한' 이야기라도 듣게 되면(비록 그 행위에 다소 범법적 요소가 들어 있다 하더라도) 일탈을 못 해 본 사람들이 갖는 그런 나만 괜히 손해 본 것 같은 느낌이 들 때도 있다.

그런 '손해 본 느낌'을 해소하기 위해서인지 언젠가 이런 꿈을 꾼 일이 있다. 내가 '표현법 사전'을 다시 꺼내어 거기에 나오는 온갖 좋은 표현들을 적절히 조합한 멋진 문장으로 단편소설을 하나 써서 발표하자 독자들이 열광함은 물론 평론가들로부터도 '더 이상 완벽할 수 없는 문장'이라는 찬사를 받는 그런 꿈을 말이다. 그런데 꿈을 꾸면서도 죄의식을 느꼈는지 기쁨보다는 가위눌림에 잠이 깨서 보니 등줄기에 식은땀이 잔뜩 흐르고 있었다.

이것도 좀 오래전, 아내와 함께 지방으로 여행을 할 때의 일이다. 그때는 내가 운전을 했었는데 편도 2차로의 고속도로였고 통행 차량이 그리 많지 않아 서울을 벗어난 적당한 쾌적함을 맘껏 즐기고 있었다. 한참을 가다 보니 앞에 가는 작은 외제 승용차를 만났다. 그 차는 시속 70km 정도로 아주 신중하게 주행하기에 나도 속도를 줄여 제법 오랫동안 뒤따라갔는데 마침 고가도로 위인지 황색 실선이 그어져 있어 앞지르기 차로로 차로 변경을 할 수도 없었다. 그 구간이 상당히 길어 다소 짜증스러워하면서도 차로 변경을 하지 않고 그냥 저속으로 계속 뒤따라 운전하는 나를 아내가 답답하다는 듯이 바라보았다. 그러는 아내를 힐끗 보고 나는 알아챘다. 아내는 지금 내가 도로교통법상의 주행 방법을 위반하지 않으려고 하는 것만 답답해하는 것이 아니다. 내가 그동안 살아오면서 너무 원칙만을 지키려 하는 융통성 없는 내 생활 태도, 그것이 답답하다는 표정이라는 것을 나는 안다. 그래서 "이러는 내가 답답하지?" 하고 물었다. 그랬더니 아내가 빙긋이 웃으며 "못마땅하진 않아요. 안심이 되니까요." 하는 것이었다.

답답하긴 한 모양이다. 그러나 못마땅하진 않고 안심이 된단다. 그러면 된 것 아닌가. 가장 가까운 사람에게, 내가 가장 아끼는 사람에게 안도감을 준다면 충분하지 않은가.

그래서 그냥 그렇게 살기로 했다. 손해 본 느낌은 갖지 않고 말이다. 작가가 못 되면 좀 어떤가.

그 후로도 나는 계속 아내에게 안도감을 주기 위해, 맞춤법은 꼭 지키고 멍석을 벗어나지 않으며 지금까지 살아오고 있다.

《경제포커스》 2022. 7. 12.

원하는 것과 옳은 것

한 사람의 삶이 어떤 모습을 띠느냐는 그가 어떤 선택을 하느냐에 달려 있다고 하는데, 사실 우리의 삶은 무수한 선택의 연속이다.

내 삶의 매 순간 선택을 해야 할 때, 나는 우선 편한 쪽보다는 옳은 쪽으로 가야 한다는 것을 신조로 삼아 왔다. 특히 법조인으로서 직무상 어떤 결정을 내려야 할 때는 나의 선택이 옳은 것이 되게 해 달라고 기도하는 마음으로 임했다.

변호사로 나서면서 나는 제일 먼저 이제는 선택에 있어 어느 정도 자유스러워질 것으로 기대했었다. 그러나 그 기대는 금방 무너지고 말았다. 검사 시절엔 내가 옳다고 생각하는 것만을 지키면 일단 그 선택은 잘못된 것이 아닐 수 있었다. 그러나 변호사가 되고 나니 형국이 크게 바뀌었다. 이제는 옳은 것만 좇아서는 안 되고 의뢰인이 원하는 것을 해내어야만 한다. 그래서 옳은 것과 원하는 것 사이에서 나의 '선택 더듬이'는 머뭇거리며 망설이는 때가 많다.

매번 그런 것은 아니지만 내가 도저히 받아들이기 어려운 것을 의뢰인이 원하는 경우도 있다. 예를 들면 거짓 증인을 내세워서라도 자기를 무죄로 빼 달라고 하거나, 품질이 괜찮은 원자재를 납품받았음에도 사소한 하자를 트집 잡아 대금을 갚지 않는 방법을 찾아 달라고 하는 경우도 있는데, 이런 고객에 대하여는 정중히 수임을 거절하면 된다.

문제가 되는 것은 나의 도움이 필요할 것 같아 일단 수임을 하였는데 진행 과정에서 서로 다른 의견이 대두되는 경우다. 예컨대 다소 억울한 점은 있으나 법리상으로는 분명히 횡령죄가 구성됨에도 의뢰인은 자신은 공금을 개인적으로 유용한 바가 전혀 없으니 무조건 무죄를 주장해 달라고 강변할 때, 과연 나는 대법원 판례도 모르는 무식을 감수하고 무죄 주장을 해야만 할지 난감해진다. 또 진정으로 의사의 진료상의 과실이 전혀 없다고 판단되는데도 환자 측의 난동에 가까운 행태에 못 이겨 꽤 많은 돈을 줘 버리고 무마하려고 할 때, 변호사인 나는 우리가 잘못했으면 당연히 손해배상을 해 줘야 하지만 그렇지 않은데도 환자 측의 물리적 실력 행사에 굴복하는 것은 문제의 해결이 아니고 어쩌면 범죄를 도와주는 것일지도 모른다고 일단 의견을 말해 본다. 그러면 의뢰인인 병원 원장은 대뜸 "아니 저쪽에서는 병원 로비에다 관을 갖다 놓고 빈소를 차린다는데, 그래서 우리 병원이 문을 닫게 되면 변호사님이 책임을 지실 겁니까?" 하는 데에는 나는 더 이상 할 말을 잃고 만다.

사실 변호사로서는 의뢰인이 해 달라는 대로 해 주면 편하다. 일단은 원하는 대로 해 줬으니 나중에 결과가 나쁘게 되더라도 변명거리가 있어 편리한 점이 있다. 그런데도 나는 양형에 나쁜 영향을 줄 쓸데없는 무죄 주장을 하거나, 주지 않아도 되는(아니, 오히려 줘서는 안 될) 합의금을 주는 것 같은 일은 정말로 하기 싫다. 그렇지만 의뢰인에게 그들이 원하는 대로 하다 보면 오히려 불리하거나 정의에 어긋날 수 있다는 것을 설득시켜 다른 쪽으로 이끄는 것은 검사가 살인 피의자로부터 자백을 받아내는 것 못지않게 정말로 어렵다.

어릴 때부터 나는 옳은 것은 '옳다' 하고 아닌 것은 '아니다'라고 해야만 하는 줄 알았고, 그것이 정의라고 생각해 왔다. 변호사 개업을 막 했을 때 먼저 개업하여 성공적으로 변호사 사무실을 운영하는 검찰 선배가 찾아와서 "의뢰인들은 옳은 말을 하는 변호사보다 자신을 이해해 주는 변호사를 더 좋아합니다."라고 도움말을 해 주었는데, 그 말은 이해가 가는데, 이해가 안 가는 의뢰인들이 너무나 많았다. 검사 시절에는 그렇게 흉악한 피의자들도 끝까지 이해해 보려고 했던 내가 왜 변호사가 되고 나서는 의뢰인을 이해하려 들지 않고 나의 옳음만 내세우게 됐는지 모르겠다. 게다가 옳은 쪽으로 생각하고 선택을 하는 것뿐만이 아니라 말까지도 '옳은 쪽으로'만 하려고 해서 가끔 문제가 생기기도 했다.

개업 초기에 이런 일도 있었다. 아는 분의 소개로 정장을 한 40대 후반의 남자가 찾아와 자신은 혼외자(婚外子)인데 적자(嫡子)들을 상대로 유류분 청구를 하겠으니 맡아 달라고 했다. 얘기를 좀 더 듣고 보니, 부친이 적출(嫡出)이 아닌 그 아들을 매우 딱하게 여겼는지 사망 직전에 아파트 한 채를 등기이전해 주고 상당한 금액의 사업자금까지 교부했음이 확인되었기에 나는 나도 모르게 "이미 받을 만큼 받았는데 더 받으려고 해요?"라고 직설적으로 말을 해 버리고 말았다. 나는 이미 상속분(相續分) 이상을 받았으니 소송을 해 봐야 더 이상 받을 수 없고 비용만 날리게 된다는 사실을 알려 준다고 한 말이겠지만, 매너 없는 나의 이 말에 그분은 황당해하며 얼굴을 붉히고 그냥 홱 나가 버렸다. 순간 참으로 난처했었는데, 지금도 그때 일을 생각하면 나의 실수가 몹시 후회스러워 실소를 머금게 된다.

이 일이 있고 나서 나는 한동안 내가 자신이 옳다고 믿는 것에만 너무 외곬으로 매달리는 반지성적 사고에 고착되어 있는 게 아닌가 하고 깊이 자기반성을 했다. 위 일화를 아는 아내까지 "당신이 옳은 것이 중요한 것이 아니라 우리 모두가 행복한 것이 훨씬 더 중요해요."라고 어느 책에 나오는 것 같은 말을 들이대며 거들었다. 그러나 어찌하겠는가? 편한 쪽보다는 어렵더라도 옳은 쪽을 선택하는 것을 내 신조로 삼았으니…. 마크 트웨인도 "옳은 일을 하는 것은 절대 잘못된 일이 아니다."라고 했다지 않은가.

그러나 종전의 방식대로 나의 옳음을 관철시키려는 것은 바람직하지도 않고 가능하지도 않다. 내가 변호사업을 그만두지 않으려면, 그리고 아내의 말대로 우리 모두가 행복해지려면 특단의 대책을 강구하지 않을 수 없다. 의뢰인 쪽이 원하는 것을 들어주어야만 한다. 아니, 최소한 그들이 원하는 것을 들어주는 것처럼 보이기라도 해야 한다. 그럼 어떻게 해야 하나? 나의 옳음이 훼손되지 않고도 의뢰인이 만족해하도록 할 수 있는 방법은 과연 있을까? 나는 내 나름대로 그 방법을 모색해 왔고 또 고안하기도 했다.

나도 이제 변호사 노릇을 한 지 제법 오래됐다. 지금은 전과 많이 달라졌다.

최근에 모 대학 학장이 사무실로 찾아왔다. 대척 관계에 있는 동료 교수가 교내 신문에 "○○○은 위선의 가면을 벗어던져라!"라는 글을 쓴 걸 들고 명예훼손으로 인한 손해배상으로 2억 원을 청구하겠다는 것이다. 이때도 나는 택도 없는 말씀 하지 말라고 하지는 않았다. 오히려 "정말 2억 원 가지고 되겠습니까? 저 같으면 10억이라도 청구하고 싶겠는데요. 이 글을 보니 정말 악의적으로 학장님을 헐뜯었는데 참 못됐습니다. 이 사람이 바로 지난번에 학장 되실 때 경쟁했던 바로 그 교수죠?"라는 식으로 한껏 동조하는 말들을 늘어놓아 의뢰인이 원하는 쪽에 일단 부응을 해준다.

그러면 이분도 마음이 상당히 누그러져 흐뭇해하는데, 그때 나는 "소송물가액이 2억 원이면 인지대는 855,000원이 되고, 우리 법인에선 이런 사건은 착수금으로 얼마를 받고 저쪽이 선임할 변호사도 대개 그 정도 받을 텐데…. 아, 만에 하나 우리가 패소라도 하게 되면 저쪽 소송비용까지 우리가 물어줘야 하는데…. 한 가지 맘에 걸리는 것은 저 교수가 칼럼으로 쓴 글만큼만 가지고는 '사실의 적시'로 보기는 어렵고 학장님처럼 사회적 영향력이 크신 유명인사에 대해서는 그 정도의 '논평'은 자유스럽게 할 수 있다고 보는 것이 요즘 젊은 판사들의 시각이란 말이에요. 여기 이 판례들 좀 보세요." 하면서 그분이 원하는 쪽으로 밀고 갔다가는 곤욕을 치를 수도 있음을 내비친다. 그러곤 잠시 뒤 내가 제시한 판례들을 꼼꼼히 읽은 그 학장에게 짐짓 "그래도 한번 해 봅시다." 하고 떠보았는데 그분은 황급히 "상담료는 얼마 드리면 되겠습니까?" 하며 소송을 포기하고 물러났다.

또 이런 일도 있었다. 모 정형외과 원장이 부인이 제기한 소장을 들고 와 흥분된 목소리로 말했다. "변호사님, 도대체 이럴 수가 있습니까? 요즘 한창 수술이 많아서 집에 좀 늦게 들어갔다고 금방 이렇게 이혼 소장을 냅니까? 제가 얼마나 자기한테 잘해 줬는데 말입니다. 이 병원 개업할 때 장인이 조금 도와준 걸 가지고 되게 생색을 내는데 이번에 다 갚아 주고 끝장을 내겠습니다." 그런데 남편이 전혀 잘못한 것이 없는 것은 아닌 것 같고, 또 어린 자녀가 있어 이혼은 전혀 바람직하지 않다고 판단되어 이렇게 말을 이끌어 갔다. "의사 선생님들은 대개 옷을 잘 못 입는데 원장님 양복은 정말 원장님의 중후한 체구와 잘 어울립니다.", "예, 좀 비싼 걸로 했죠.", "넥타이도 에르메스인 것 같은데 디자인이 멋집니다.", "아, 예 집사람이 골라 준 겁니다.", "아, 그러시군요. 그런데 사모님은 맨날 이월 상품을 세일로 사 입으신다고 하던데요….", "소장에 그렇게 썼죠. … 대개 그렇긴 해요.", "사모님이 원장님 건강을 일일이 다 챙기시고 신경 쓰시는 모양이던데….", "제가 혈압과 당이 좀 있어서…", "지난번 결혼기념일 날엔 술에 잔뜩 취해서 자정 넘겨 귀가하셨다면서요.", "그날 큰 수술이 있어서 끝나고 회식을 하느라고 그만 깜빡….", "그래도 사모님은 저녁도 안 드시고 계속 기다리셨다는데….", "그건 제가 잘못했습니다.", "하긴 대한민국 여자들은 바라는 게 너무 많아요. 남편을 위해 일상적인 도움을 주는 건 너무 당연한 건데 그걸 가지고 헌신적인 뒷바라지라도 한 것처럼 야단스럽게들 하고 말입니다….", "아녜요. 집사람이 저한테 잘하긴 해요. 된장찌개도 정말 맛있게 끓여요.", "그래도 상대방에게 무슨 보상을 바라고 헌신을 한다면 그건 사랑이 아니겠죠?", "무슨 말씀을 그렇게 하십니까? 집사람은 저를 진짜로 사랑합니다. 제가 힘든 수술을 하고 바로 집에 가면 집사람에게 짜증을 내고 하기에 술로 스트레스를 풀고 귀가하는 버릇이 생기는 바람에 그만….", "사실 저도 검사 시절에는 많이 힘들어서 마누라한테 짜증을 좀 많이 냈죠. 그러던 어느 날 집사람이 저를 위해 보약을 달이는 것을 보고는 눈물을 흘리며 깊이 반성을 했죠. 자기 옷 하나 제대로 사 입지 않으면서 나 힘들까 봐 그 비싼 보약을….", "그래서 변호사님은 어떻게 하셨습니까?", "어떻게 하긴요? 이혼을 안 했죠!" 이렇게 해서 그 정형외과 원장과 나는 함께 크게 웃었고, 며칠 뒤 그 부인이 이혼

소송을 취하했다는 전화 연락을 받았다.

고참 변호사답게 요즘의 나는 이런 식으로 약간 스마트한 방법을 써서 의뢰인이 원하는 쪽보다는 일단 내가 옳다고 생각하는 쪽으로 결과를 얻어 낸다. 그런데 이것이 과연 옳기는 한 것일까? 솔직히 내가 옳다고 생각하는 것이 모두에게 다 옳은 것이라고까지는 생각하지 않는다. 나는 그저 그것이 나에게 도움을 구하기 위해 찾아온 분들을 진정으로 위하는 길이기만을 바랄 뿐이다.

* 이 글에 나오는 예화는 인적 사항이 특정되지 않을 만큼만 변형시켰음을 양지하시기 바랍니다.

《경제포커스》 2022. 3. 21.

남자가 갖춰야 할 것

검사 출신이긴 하지만 나는 특이하게 변호사로서 이혼 사건을 많이 맡아 온 편이다. 이혼 사건의 특성상 상대방의 잘못을 많이 캐내어 적나라하게 드러낼 필요도 있는데 그 일을 함에는 검사로서의 많은 수사 경험이 도움이 되기도 한다. 그러나 그보다는 이혼과 관련하여 상담하러 온 고객들의 하소연을 중간에 끊지 않고 참을성 있게 끝까지 들어주기 때문이 아닌가 하는 생각을 해 본다.

이혼을 하려는 사람에겐 각기 그 사연이 있다. 그들이 털어놓는 사연은 백이면 백 모두 다르고 하나도 똑같은 경우가 없다. 배우자의 불륜 행위나 폭력 성향을 들고나오는 경우가 많은 편이나, 도박에 빠졌다거나 알코올 중독, 가족에 대한 무관심, 상대방 부모에 대한 홀대 등의 사유도 있고, '성격 차이'라는 표현으로 성적 불만을 조심스럽게 표출하기도 한다.

변호사 개업 초기에 내 사무실로 찾아온 30대 초반의 여자, 미인형이면서도 야무져 보이는 그 여자는 좀 색다른 사연을 내세웠다.

그 여자가 내던진 질문은 "자기 발전을 위해 전혀 노력을 하지 않는 남자와 과연 계속 함께 살아야 합니까?"였다.

사연인즉 이러했다. 오빠가 괜찮은 친구라고 소개해서 만난 그 여자의 남편은 국내 최고의 대학 출신에 국책은행에 다니고 있고 밝은 인상에 모든 것을 긍정적으로 표현하는 말투에 처음부터 호감이 갔다고 한다. 사귀어 감에 따라 그에게 더욱 끌리는 것은, 그가 시골 빈농의 아들로 태어나 어려운 환경 속에서 자랐음에도 한 번도 좌절하지 않고 스스로 노력하여 일류 대학을 나왔고, 장교로 군 복무를 마친 후 누구나 부러워하는 금융기관에 바로 취직을 했으며, 현재는 경제적 여건이 갖춰지지 않아서 실행에 옮기지 못하고 있지만 미국 유학을 가서 MBA 과정과 박사 과정을 마치고 돌아와 모교에서 교수로서 후학을 가르치며 우리나라 경제 구조를 획기적으로 개선할 방안을 찾아낼 것이라고 그 포부를 밝혔기 때문이었단다. 그래서 그 여자는 이런 남자라면 그 꿈을 이루도록 뒷바라지해 줄 만한 가치가 충분히 있다고 판단되어 결혼을 결심했다고 한다. 부모님도 처음에는 남자 쪽 집안이 너무 기울어 내키지 않아 했지만 똑똑하고 패기 있는 그 남자에 믿음이 가 결혼을 허락하고 신혼살림을 할 작은 아파트도 하나 마련해 주었다.

이렇게 모두가 부러워할 결혼을 한 두 사람은 정말 행복하게 신혼생활을 시작했고 1년 뒤에는 양가 부모의 기대에 맞게 떡두꺼비 같은 아들도 낳았다. 남편은 아들을 끔찍이 예뻐했고 기저귀 가는 거 같은 귀찮은 일을 스스로 도맡아 했으며 설거지와 빨래 같은 가사도 적극적으로 도와주어 그 여자가 느끼는 남다른 행복은 더욱 더 커지기만 했다.

그렇게 행복하기만 하던 결혼 생활, 그런데 어느 한순간 이게 아니다 싶은 생각이 들더란다.

어느 날 오후 모처럼 한가한 시간을 갖게 되어 남편의 서재를 정리하다가 앨범을 보게 된 모양이다. 고등학교 시절의 순수하고 초롱초롱한 눈매, 졸업식장에서 우등상을 받는 대견한 모습, 어느 학술대회에서 자신의 주장을 강력하게 설파하는 대학생, 열성적으로 기관총 사격술을 가르치는 소대장, 신입 사원임에도 직접 외국인 투자자에게 자신감 넘치게 투자 유치 설명을 하는 모습과 그 성공을 자축하는 부서의 회식 장면, 밤늦게까지 외국 전문 서적을 읽으며 열심히 메모하는 모습….

아, 이런 모습에 빠져들어 내가 그이와 결혼했지. 그런데 지금은 뭔가?

퇴근하면 바로 다섯 살짜리 아들과 블록 쌓기나 장난감 조립에 빠져들고, 애가 잠들어 있으면 맥주를 들이키며 선수들의 타율과 방어율을 줄줄 외우면서 프로 야구나 시청하고, 손자를 봐 주신다고 친정어머니가 오셔서 어쩌다 둘이서만 외출이라도 하게 되면 마구 때려 부수는 폭력물이나 저급 코미디 영화를 보자고 하니….

언젠가는 한번 물어보았단다.

"당신 유학 준비는 잘돼 가요?"

그랬더니 그 대답인즉 이랬다.

"하버드 대학이나 시카고 대학에서 공부하고 온 경제학자들이 실물 경제는 하나도 모르면서 자신들이 배운 어설픈 이론만 그대로 적용하려고 해서 우리나라 경제를 모두 망쳤어. 나는 우리 가정과 이웃을 행복하게 해 주는 경제학을 택했어."

공부를 안 하겠다는 거다.

"변호사님, 정말 이런 남자와 계속 살아야만 합니까?"

이 여자가 자신의 남편을 질타하는 말에 내가 그만 찔끔했다.

나는 어떠한가? 군 제대하고 뒤늦게 사법시험 전선에 뛰어들면서 다짐했던 '법적으로 도움이 필요한 선량한 피해자들을 법의 이름으로 구해주자.'는 초심을 그동안 잘 지켜 왔는가? 우리나라 의료법학을 선도할 논문을 최소한 1년에 2편은 쓰겠다고 스스로에게 한 다짐은 어떻게 되었는가? 나이가 들었다고 이제는 과거에 이뤄 놓은 것에만 안주하고 새로운 도약으로의 노력을 멈추지는 않았는가?

"변호사님 생각은 어떠세요?"

그 여자가 대답을 재촉하는 바람에 나는 엉겁결에 이렇게 말하고 말았다.

"과거가 있는 남자는 용서할 수 있어도 미래가 없는 남자는 용서할 수 없죠."

"예, 맞아요. 자기 발전을 멈춘 남자는 정말 용서할 수 없어요!"

잘못 뱉은 내 응수에 그 여자는 매우 만족해하며 이틀 뒤에 다시 오겠다고 하고 자리에서 일어났다.

졸지에 '가정파괴사범'이 되고만 나는 매우 난감해졌다.

그 여자의 남편처럼 그저 현실에 안주하고 자기 발전을 위한 노력을 하지 않는 것이 과연 민법 제840조 제6호의 '기타 혼인을 지속하기 어려운 중대한 사유'가 될 수 있을까? 이에 관하여 딱 들어맞는 판례도 아직은 없다. 만일 이러한 사유를 들어 이혼소송을 걸어온다면 판사는 "원고도 피고가 자기 발전을 위하여 계속 매진할 수 있도록 협조를 더 해 보세요."라고 권고하며 일단 기각하지 않을까 싶다. 그런데 나는 그 여자의 남편을 '용서받을 수 없는 남자'로 매도하고 말았으니 그 가정을 파탄 나게 한 것은 아닌지….

다행이라 할까 이틀 뒤에 오겠다는 그 여자는 다시 찾아오지 않았다. 내가 잘못 뱉은 말을 그대로 옮겨 그 여자의 남편이 대오각성하여 남자가 갖춰야 할 가장 중요한 것, 자기 발전을 위한 노력을 다시 시작한 것이기만을 기대할 뿐이다.

《경제포커스》 2020. 5. 12.

마을변호사

나는 양평군의 '마을변호사'다. 오늘(2021. 12. 6.)도 옥천면사무소에 직접 나가 아침 9시부터 12까지 '순회상담'을 하였다.

마을변호사 제도는 경제적 어려움이나 교통 사정 등으로 변호사를 쉽게 찾지 못하는 마을 주민을 위하여 재능기부를 희망하는 변호사와 해당 마을을 바로 연결하여 무료 법률 상담을 해주는 시스템이다. 법무부가 2013년 6월 처음 도입한 이 제도는 마을 주민은 누구나 전화·인터넷 등으로 각 마을에 배정된 마을변호사와 편하게 법률 상담을 진행할 수 있도록 하고 있어 말하자면 법률 분야의 복지 서비스라 하겠다. 나도 2018년부터 양평군에서 마을변호사로 활동하고 있는데 제법 전화가 많이 온다.

모든 일이 다 그렇듯이 마을변호사 일도 귀찮게 느껴지는 때도 있지만 나름 보람이 있어 내년에도 계속 하기로 했다. 마을 주민들이 모르고 있는 법률 지식을 알려주거나 그들이 가지고 있는 부정확한 법률 상식을 바로잡아 주는 것이 일반적인 일이라 하겠는데, 조그만 마을에서 생활오수관 매립 문제로 주민들 사이에 의견이 첨예하게 대립되어 주먹이 오가기도 하고 소송 직전까지 간 것을 명쾌하게 법 해석을 해 주어 화해에 이르게 했을 때는 수임한 큰 사건을 승소했을 때 못지않게 마음 뿌듯하기도 했다.

그런데 마을변호사 활동을 하면서 한 가지 놀라운 사실을 발견했는데, 그것은 내가 만난 마을 주민들이 모든 일을 법으로 해결하려고 하는 경향이 강하다는 것이다. 속된 말로 '법대로 하자.'고 한다. 상식과 순리에 따르면 일이 쉽게 해결될 수 있을 것 같은 경우에도 굳이 법을 끌어들여 오히려 일을 더 어렵게 만드는 경우가 상당히 많이 있음을 직접 보고 알게 되니 참으로 안타까웠다. 물론 내가 발견했다는 것이 단순한 느낌일지 몰라 정확한 것은 아닐지 모르지만, 내가 접한 상담 사안들만 보아서는 분명히 그런 것 같다.

양평군은 주변 자연환경이 좋고 교통이 비교적 편리하여 전원주택이 많이 신축되고 서울 등 외지에서 이사 오고 있다. 그러면 대부분 담장을 쌓는데, 그러다 보면 옆집과 경계를 침범했느니 안 했느니 하며 다툼이 일어나고 돈 들여 측량까지 하기도 한다. 측량을 해 보니 옆집 담이 내 집 쪽으로 조금 들어온 부분도 있고 반대로 옆집 쪽으로 더 들어가 내 집 땅이 더 넓어진 셈이 된 부분도 있다. 그러면 그 담장을 그대로 두어도 서로 크게 손해될 일이 없는데 굳이 다 헐어 버리고 경계대로 다시 담을 쌓으라고 강경하게 주장한다. 그렇게 하는 것이 법이란다.

상속인끼리 상속분이니 기여분이니 하며 다투는 경우도 마찬가지다. 서울과 지방에 있는 상속재산을 가능하면 현재의 상태를 유지하면서 적절한 가액을 정산하는 것이 합리적일 것 같은데 굳이 모두 상속분대로 공유로 하자거나 처분하여 그 가액을 나눠 갖자고 주장한다. 그럴 땐 어쩔 수 없이 가정법원으로 갈 수밖에 없는데, 법원에서 현명하게 판단을 잘 내려 주지만 때로는 그 결론이 가족들의 재산 소유 형태를 이상한 모습으로 흩뜨려 놓기도 한다.

그리고 이웃 간의 따뜻한 정은 없더라도 최소한의 배려는 해야 되지 않을까 하는데 다소 황당한 경우도 많이 보게 된다. 새로 매수한 땅에 자기 재산권 행사를 한다고 사실상 자동차가 다니던 길에 말뚝을 박아 놓는다거나, 지하수를 끌어올려 함께 마시다가 새로 이사 온 지하수 관리자가 이제는 함께 못 마시겠다고 급수관을 막아 버리는 등 하는 일이 제법 있다.

사소한 일인데도(본인들은 그렇게 생각하지 않겠지만) 법적 다툼으로 나가려고 하는 분들도 꽤 있다. 앞 집 정원수가 너무 높이 자라 그늘이 지는 바람에 내 집 정원의 예쁜 꽃들이 햇빛을 못 받아 다 시들었다면서 재물손괴죄로 고소하겠다는 분이 있는가 하면, 옆집 개가 너무 시끄럽게 짖어 잠을 잘 수 없다면서 손해배상 청구를 할 수 없느냐고 물어오는 분도 있다.

왜 이렇게 각박해지고 법적으로 다투려고만 하게 되었을까? 나대로 곰곰이 생각해 보았다. 나는 원래 우리나라는 싸움과는 그리 친숙하지 않은 사회였던 것으로 알고 있었다. "홍정은 붙이고 싸움은 말리라."는 말이 있듯이 우리나라는 예부터 싸움을 부추기기보다는 말리고 화해시키는 그런 문화 속에 살고 있지 않았던가. 폐쇄적인 농경 사회에서 살아왔던 우리 조상들은 무슨 의견 대립이 있으면 바로 송사로 나아가는 것이 아니라 마을의 큰 어른(尊長)을 찾아가 의견을 구하곤 했다. 소작농 최 씨가 김 첨지에게서 장리쌀을 얻어 쓰고 약정한 닷 말을 안 갚고 농사를 망쳤다면서 두 말만 가져왔을 때, 둘이서 해결 못 하고 큰 어른을 찾아가 여쭈면 큰 어른은 양쪽의 말을 경청한 다음 "김 첨지, 자네가 그래도 살 만하니 서 말만 받게나. 그리고 최 씨도 한 말 더 쓰고 내년엔 농사 잘 지어 김 첨지 호의에 보답하게나." 하고 결정하면 두 사람은 그 '판결'에 아무런 이의 없이 따랐다고 한다. 물론 여기에는 조선시대의 예송(禮訟)과 오늘날 정치판의 무익한 논쟁에서 보는 바와 같이 우리나라는 아무런 실익 없이 명분을 따지고 다투는 문화가 지배해 왔다는 반론도 있을 수 있다. 그러나 일반 서민들의 실생활에 있어서는 법적 쟁송보다는 웃어른의 지혜로운 조언을 따르는 그런 문화였던 것은 맞는 것 같다.

그런데 법보다는 예절을, 싸움보다는 조화를 앞세우고, 의견이 나뉠 때는 웃어른의 말씀을 따르던 우리의 문화가 왜 이렇게 모든 걸 법으로 해결하려고 하는 '법대로 문화'가 되었는가?

먼저 우리 사회가 모든 것을 함께 나누는 촌락 공동체에서 가족과 개인 단위로 극도로 분화된 도시 형태로 바뀜에 따라 공동체의식 내지 일체감이 크게 희석된 것에 근본적인 원인을 찾을 수 있을 것 같다.

다음으로 자본주의의 폐해라고 일컬어지는 황금만능주의와 불신풍조가 만연됨으로써 우리 모두가 경제적 이익을 최우선으로 삼고 이를 얻고 자기 것을 지키기 위해서 경쟁 상대인 주변 사람들을 모두 적대시하게 된 것이다.

법률 지식이 일반화된 것도 그 원인의 하나라 할 것이다. 종전에는 법률가의 전유물이라고 여겨지던 법률 지식이 매스컴과 인터넷 매체의 발달로 일반인도 쉽게 이에 접근할 수 있게 되었고, 또 자신이 알게 된 지식을 써먹고 싶은 욕구가 생기게 된 것이다(그러나 그 '지식'이라는 것이 매우 얄팍하고 정확하지 않은 것이어서 잘못된 '건강 상식'처럼 오히려 문제 해결에 방해가 되는 경우가 많다).

변호사가 너무 많이 양산되고 또 그들이 모든 것을 법으로 다 해결해 줄 것처럼 선전을 해 대는 것도 법만능주의의 사고를 조장하는 데 한 역할을 하고 있다. 이는 의사들이 모든 병을 다 치료해 줄 것처럼 과장된 선전을 하여 환자들로 하여금 비현실적인 기대를 갖게 하는 것과 비슷하다 하겠다.

물론 무엇이 옳고 그른 것인지 따지는 것이 나쁜 것은 아니다. 좋은 게 좋다는 식으로 두루뭉술한 것보다는 정확히 따질 것은 따지는 건전한 토론 문화가 우리 사회를 좋은 방향으로 이끌 것임은 분명하다. 그리고 법은 우리 사회생활에서 일단 옳고 그름의 기준이 될 것이기에 법이 무엇이냐를 분명히 해 둘 필요도 있다. 문제는 그 '법'을 자기만의 해석으로 자기에게만 유리하게 해석하고 적용하려는 의식인 것이다. 그러기에 같은 법을 두고도 그 뜻을 너무나 다르게 보기 때문에 다툼이 생기고, 송사에서 결과가 안 좋게 나오면 재판을 불신하고 억울함이 쌓이게 된다.

억울하지 않도록 하는 것이 매우 중요하다. 마을의 큰 어른이 "너는 갑이니 네가 양보하라."고만 한다면 갑은 억울할 것이다. 또 "너는 채무불이행자이니 당장 갚아라."고만 한다면 그 채무자는 갚을 의무가 있지만 왠지 억울한 느낌이 들 것이다. 억울한 느낌이 들지 않도록 함에는 설득력이 전제되어야 할 것인데, 설득력을 갖추려면 해박하고 정확한 법률 지식은 물론 오랜 경륜과 존경받을 만한 인품을 갖추어 당사자에게 믿음을 주어야만 한다.

여기서 나는 좀 엉뚱한 생각을 해 보았다. 미국 최초의 여성 연방대법관 샌드라 데이 오코너는 2006년 대법관 사임 후에도 '원로판사(Senior Judge)'로 일하며 다양하게 사회에 봉사했고, 우리나라에서도 대법관을 지내신 어느 원로법관이 지방 소도시의 시판사로 부임하여 지역 주민들의 소액 사건들을 잘 해결해주어 큰 환영을 받고 있다는 기사를 본 기억이 난다. 지금 우리나라에서 존경받는 많은 원로 법조인들이 법무법인에서 일하고 계시거나 사정상 집에서 소일하고 계시고 있다. 나는 이분들이 적극적으로 마을변호사로 나서서 재능기부를 해 주시기를 제의해 본다. 그분들이 그렇게만 해 주신다면 정말로 마을의 참된 웃어른으로서 지역 주민들에게 진정한 법률 복지 서비스를 제공하는 것이 되지 않을까 하는 생각에서 말이다. 어쩌면 이것이 우리 사회에 억울함이 훨씬 줄어들고 '함께하는 문화'가 피어나는 조그만 시작이 될 수도 있을 텐데….

정말이지 마을변호사를 통해서라도 이제 법대로 하자는 문화는 벗어났으면 좋겠다.

《경제포커스》 2021. 12. 8.

화광동진

내가 사법시험 합격하고 사법연수원 2년 차 시절 변호사 수습을 받을 때였다. 나는 당시 우리나라 1세대 인권변호사로 불렸던 분의 지도를 받고 있었는데, 같은 합동법률사무소에 계시던 고위 법관 출신 노 변호사님이 가끔 부르셔서 법조 선배로서 좋은 말씀을 해 주셨다. 그분의 집무실 책상 뒤쪽에는 '和光同塵'이라는 액자가 걸려 있었는데, 품위 있게 자리 잡은 전서체의 글씨가 아주 멋있어서 나도 빨리 사무실을 차려 같은 글의 액자를 걸어 놓고 그 정신으로 일해야겠다는 생각을 했었다.

그때는 나도 지도 변호사님 같은 인권변호사가 될 생각이었고, 또 부끄럽게도 '화광동진'이 '이 풍진 세상을 살아가는 어려운 사람들에게 고루 따스한 빛을 비춰 준다'는 정도의 뜻인 줄로만 알았었다. 나중에 함께 수습 받고 있던 다른 연수생이 '화광동진'의 뜻을 묻자 노 변호사님이 "어, 한마디로 티 내지 말라는 것이지. 일반 사람이 바로 판사인 줄 알아보면 좋은 법관이 못 되는 거야."라고 알려 주셨다.

나는 나름 자료를 뒤져 조금 더 알아보았다.

화광동진이란 "빛을 부드럽게 하여(和其光), 티끌과 하나가 된다(同其塵)."고 한 『노자 도덕경』 제56장에서 유래된 말이다. "도(道)는 언제나 무위(無爲)하면서도 무위함이 아니다."라고 말하는 노자의 도가사상(道家思

想)을 단적으로 나타내 주는 말 중의 하나라고 하는데, 무슨 선문답 같기도 하고 워낙 심오하여 그 뜻을 알아채기가 쉽지 않았다. 고사성어를 풀이한 책을 보니까, '和光'은 빛은 고결한 성스러움을 뜻하는데 이를 세지 않고 순하게 한다는 뜻이고, '同塵'은 티끌 같은 속세의 사람들과 함께하는 것을 말하므로, 이를 합친 '和光同塵'은 자신이 터득한 지혜 같은 것을 겉으로 드러내지 않고 일반 사람들과 함께 범상하게 지내는 것이라고 그 뜻이 자상하게 설명이 돼 있었다. 이 풀이를 보니까 노 변호사님의 '티 내지 말라.'는 간명한 주석이 명쾌해지는 것 같았다. 깨달음의 빛을 안으로 감추고 다시 범속함과 하나가 되는 것이다. 사실 무술에 있어서도 무예가 진짜 무르익게 되어 최고의 고수가 되면 뻗쳐 있던 무인의 기운이 사라지고 아무도 몰라보게 평범한 모습으로 돌아온다고 하지 않던가.

내친 김에 이 분야를 연구한 학자들의 문헌을 조금 더 더듬어 보니 원래 도가사상이라 할 이러한 화광동진의 정신은 중국화된 불교인 선종(禪宗)의 깨달음에서도 많이 볼 수가 있었다. 참 빛은 빛나지 않는다는 선가(禪家)의 말 '진광불휘(眞光不輝)'도 노자의 화광동진의 응용 버전으로 보인다. 다른 종교나 불교의 다른 종파와 달리 선사(禪師)들은 철저하게 신비스러운 이적(異蹟)을 부정했다고 하는데, 그것은 이적을 추구하게 되면 진정한 깨달음의 길에서 벗어난다고 생각했기 때문이다. 선사들이 이러한 자세를 지니게 된 것은 바로 노자의 화광동진의 영향으로 보인다.

이런 일화도 있다.

선종 초기에 우두(牛頭)라는 선사가 있었는데, 그는 학자 집안에 태어나서 젊었을 때 『반야심경』에 심취했다. 공(空)의 깊은 뜻을 터득한 그는 마침내 출가하여 우두산의 한 토굴에 은거했다. 전설에 따르면 도의 경지가 깊어 사나운 짐승들도 그에게 감화를 받아 온순하게 되었고, 새들도 마치 성자를 대하듯이 꽃을 물고 와 그에게 바쳤다고 한다. 어느 날 4조 도신(道信) 선사가 우두산을 지나가다가 소문을 듣고 우두 선사를 찾아갔다. 도신 선사는 우두 선사가 상당한 수준에 있기는 하지만 아직은 더 깊은 경지까지는 이르지 못했음을 알고 그에게 선의 참뜻을 전해 주었고, 이에 우두 선사는 진정한 깨달음에 도달하게 되었다. 그런데 우두 선사가 진정한 깨달음을 얻게 된 뒤에는 새들도 더 이상 꽃을 바치지 않고 사나운 짐승들도 찾아와 고개를 숙이는 신비한 현상이 사라졌다고 한다(박석,『대교약졸(大巧若拙)』).

우두 선사가 발하는 깨달음의 빛 때문에 산짐승과 날짐승이 그에게 공경의 예를 표했다. 그러나 빛을 밖으로 발산하는 것은 아직은 설익은 단계라 할 것이다. 빛나는 것은 어느 정도 노력하면 가능하겠으나 번쩍거리지 않기는 정말 어렵다. '진광불휘(참빛은 밖으로 번쩍거리지 않는다)' 나중에 깨달음이 무르익어 화광동진의 경지에 이르게 되자 그런 번쩍거림이 사라졌던 것이다.

선종 불교 역시 도가사상 못지않게 비현실적이다 싶을 정도로 심오하고 높은 경지여서 속인들이 따라가기는 어렵다. 그러나 거기서 대충 삶의 방향을 읽을 수는 있다.

화광동진의 경지까지는 가지 않더라도 나는 그 뒤 검사가 되고 나서 노 변호사님 말씀대로 검사 티가 나지 않게 하려고 애를 많이 썼다. 그리고 어느 정도 효과를 보았다. 검찰청 밖에서 나를 만난 사람들 중 나를 검사로 알아보는 사람은 거의 없었다. 단골 식당의 아줌마는 나를 가정에 충실한 착한 은행원 정도로 생각했고, 비디오 대여점 주인은 내가 무슨 사건 수사 관계로 TV에 얼굴을 비칠 때까지는 고등학교 국어선생인 줄로만 알았다고 한다. 외부 인사를 처음 만나 인사를 나누게 될 때 내가 가장 자주 듣는 말이 "전혀 검사 같지 않으세요."였다.

검사 티가 안 나는 것이 수사에 도움이 되기도 했다. 나는 평검사 시절 살인 사건을 많이 담당했는데, 한 번은 예비군 동원 훈련을 나간 남편이 몰래 부대에서 빠져나와 처와 갓 백일을 지낸 아들을 살해하고 돌아간 '○○동 모자 살인사건'을 맡았다. 이 사건은 경찰이 엉뚱한 쪽으로 나가는 것을 내가 방향을 잡아 주어 어렵게 범인을 잡긴 했으나 동기가 다소 불분명하고 증거들도 상당히 미약하여 매우 걱정이 되는 사건이었다. 그런데 뜻밖에도 그 피의자는 송치된 첫날 쉽게 자백을 하고 동기 부분 역시 나중에 재판부도 설득이 될 만큼 상세히 진술했으며, 범인만이 알 수 있는 세부 범행 과정까지 얘기해 주어 증거 관계도 명확해졌다. 나중에 기소하기 직전 구치소로부터 그 피의자가 나를 뵙고 싶어 한다고 연락이 왔기에 검사실로 불렀는데, 그가 하는 말이 대뜸 자기가 검사님한테 속았다는 것이다. 첫날 검찰청 구치감에서 10층의 내 방으로 올라오면서 30번도 더 자백을 하지 않고 버티겠다고 다짐을 했었는데, 막상 검사실에 들어와서 나를 보니까 이건 전혀 검사 같지가 않고 시골에 사는 자기 외삼촌하고 비슷하더란다. 그래서 자기도 모르게 이 사람이라면 자기를 이해해 줄 것 같아서 모두 술술 다 말해 버렸다고 한다. 그런데 구치소에 들리는 소문으로는 '추 모'라는 검사는 깐깐하기가 이를 데 없어 그 검사한테 걸리면 빠져 나올 수가 없고 또 엄청 엄하다고 하니 이건 자기가 속은 거 아니냐는 것이다. 그래서 내가 "그럼 조서를 새로 받을까요?" 했더니 그가 멋쩍은 듯 씩 웃고는 "됐습니다. 덕분에 저도 제 죄를 제대로 뉘우치게 됐으니까요." 했다. 그런 그에게 나는 사형 구형을 할 수가 없었다.

정말 검사 같아 보이지 않아서 그런지 나는 내가 맡았던 그 많은 살인 사건들을 별 무리 없이 다 잘 마무리할 수가 있었다.

이렇게 해서 나는 화광동진은 몰라도 검사 티 안 내는 것에는 나름 성공한 것인 줄로만 알았었다. 그런데 검사 생활을 그만둔 지도 어언 18년이나 된 최근 반전이 일어났다. 어느 날 저녁, 집에서 아내와 단둘이서 한가로이 식사하면서 담소를 나누다가 내가 무슨 생각이 나서 그랬는지 아내에게 불쑥 "왜 사람들은 나보고 전혀 검사 같지 않다고 했지?" 하고 물었다. 그런데 아내의 대답은 뜻밖에도 "뭐가 검사 같지 않아요? 검사 말고는 절대 다른 건 못 할 사람 같았는데…."라고 하는 것이었다.

아내의 설명인즉 이러했다.

식당에서나 어디 놀러 가서는 혹시나 검사임을 알아볼까 봐 극도로 조심하고 해서 일반 사람들이 나를 검사인 줄 몰라본 것은 맞다. 그러나 가족들에게는 너무나 검사스러웠다는 것이다. 생활은 꼭 일과표대로 해야 하고 시간 약속도 꼭 지켜야 하며, 교통법규는 물론 식사 예절 같은 것도 절대로 어겨서는 안 되는 것으로 가족들에게 강제하다시피 했다고 한다. 특히 아내가 억울해하는 것은 어쩌다 곗돈이라도 타서 노후 대책으로 시골에 자투리땅 같은 걸 사 놓으려고 하면 공직자의 가족이 무슨 투기를 하려느냐고 노발대발을 했는데, 그 땅을 그때 그냥 사 뒀으면 얼마나 좋았겠냐는 것이다. 아니 그보다 더 분해하는 것이 있다. 애들을 피의자 다루듯이 했다는 것이다. 어쩌다가 귀가 시간이 늦기라도 하면 애비 된 입장에서 걱정이 되어 혼내는 것까지는 이해하지만, 아들이나 딸이 마치 피의자이기라도 한 듯이 거짓말하지 말라고 다그치며 신문을 했다고 한다.

나는 내가 그렇게까지 했나 하고 의아해하고 있는데 아내가 화살을 더 퍼붓는다. 오죽하면 초등학교 들어가기 전에는 커서 "추 검사가 될 거예요." 하던 아들이 절대 검사는 안 되겠다고 하고 과학 쪽으로 방향을 틀었겠냐고 말이다(참고로 아들은 정말로 초등학교 6학년 때 '과학어린이대상'을 받았고, 나중에 컴퓨터 프로그래밍 쪽 일을 하게 됐다).

괜히 말을 꺼냈다가 그동안 참았던 울분을 뿜어대는 아내의 일방적인 공격에 나는 완전히 녹초가 됐다. 화광동진의 경지는커녕 티 안 내는 정도에도 이르지 못해서 가족들을 그렇게 괴롭히고는 쓸데없는 자만에 빠져 있었던 것이다. 그러나 한편 그동안 억누르고 있었던 불만을 터뜨림으로써 아내의 가슴속 응어리가 풀어졌으면 하는 바람이고, 또 나 역시 이번 일을 다시 화광동진의 자세를 가다듬을 좋은 기회로 삼으면 나쁠 것도 없을 듯하다.

드물게도 우리나라에서 '화광동진'에 관하여 깊이 천착한 학자가 있다. 그분은 화광동진의 사상적 의의는 성스러움과 범속함의 통합에 있으며 그것은 감추기의 방식을 통해 이루어지고 있다고 한다. 범속함에서 성스러움으로 나아갔다가 다시 범속함으로 되돌아오는 것은 표면적으로 볼 때 분명 순환이다. 그러나 나중에 도달한 범속함은 성스러움을 속으로 감추면서 한 차원 승화된 범속함이기 때문에 그것은 단순한 순환이 아니라 '나선형적 발전'이라고 말할 수 있다는 것이다(박석, 「중용과 화광동진의 연관성」). 변증법적 역동성이 느껴지는 성찰이다.

화광동진은 이와 같이 지고의 성스러움이나 최상의 지혜에 이르기 위한 수양의 과정을 설명하는 말인데, 이 화광동진이 그동안 크게 주목받지 못한 이유는 일단은 그 논리구조가 어렵기 때문이다. 회귀를 하면서도 발전을 하는 나선형적 논리구조는 평면적 사유 체계에서는 쉽게 이해되지 않을 것이기에 말이다. 그러나 위 학자는 그보다 더 중요한 이유는 화광동진의 참뜻을 제대로 알기 위해서는 실제로 그와 같은 깊은 깨달음의 세계를 체험해야 하는데, 그 깨달음의 경지에 이른 경우가 매우 드물기 때문이라고 보았다. 마치 나를 두고 분석한 논평인 것 같아 부끄러워진다. 밖으로 발산되는 빛을 감추고 다시 티끌과 하나가 되는 수양의 과정을 거치지도 않고 그저 피상적으로 티를 안 내려고 하는 정도로만 해서는 어디 최상의 지혜는커녕 가족에게서 사랑이나 존경을 받겠는가 말이다.

내가 검사 티를 안 낸다는 것이 바깥에서는 어느 정도 통했는지 모른다. 그런데 가장 가까운 집안의 가족에게는 나도 모르게 오히려 더 티를 내고 괴롭혔으니 이런 아이러니가 어디 있는가? 검사임을 지킨다고 해서 가족뿐만 아니라 친구나 가까운 이웃에게는 더 서운하게 하거나 소홀히 했던 것 같아 뒤늦게 큰 걱정이 된다.

우리는 이렇게 사회생활에서의 대인관계는 곧잘 훌륭하게 잘 해 나가면서도 가장 가까운 이들에게는 함부로 대하는 경우가 많은데, 마찬가지로 대의명분이 있는 큰일을 한다고 해서 일상생활은 아무렇게나 하는 사람들을 자주 본다. 이제 와서 생각하니 나도 그래 왔던 것 같은데, 화광동진을 실천하는 수행자들은 거창하고 원대한 것보다는 가까운 것과 매일매일의 일상을 소중히 여기고 잘 가꾸어 나간다고 한다.

그렇다. 가까운 가족과 이웃부터 사랑하고 행복하게 해 줌으로써 나아가 인류애라는 큰 이상을 실현할 수 있는 것이고, 하루하루 주어진 자신의 과제를 성실히 수행함으로써 목표로 삼은 커다란 과업을 이룰 수 있는 것이다. 자신이 지향하는 최고의 깨달음을 속으로 감추고 범상해 보이는 가까운 것, 매일 매일의 일상에 충실히 하는 것이 바로 화광동진이 아닌가 한다. 아니, 우리가 범상해 보인다고 그냥 넘겨 버릴 수도 있는 가까운 것, 평범한 일상이 어쩌면 우리가 가장 소중히 해야 할 성스러운 것일지 모른다는 생각도 들었다.

내 생각이 그렇게 틀리지는 않았는지 앞의 학자도 이렇게 풀이하고 있다. 즉, 화광동진 속에는 종교적인 성스러움을 뛰어넘어 다시 평범함으로 돌아온다는 의미가 있는데, 화광동진 속에 담겨 있는 또 하나의 중대한 의의는 일상성을 중시하는 것에 있다는 것이다. 일반적으로 깨달음의 세계는 삶과 죽음을 넘어선 곳, 일체의 번뇌와 망상이 끊어진 곳이기에 이 속에는 일견 일상성이 들어설 여지가 없는 것으로 인식되어 있다. 그러나 화광동진의 의미를 제대로 알게 된다면 거기에 머물지 않고 다시 평범한 일상의 세계로 돌아올 수 있다고 보는 것이다(박석, 「화광동진이 선종 깨달음에 미친 영향」).

여기서 좀 엉뚱한 생각이 하나 더 떠올랐다. 화광동진은 자신을, 자신의 뛰어남을 감추고 남들보다 아래에 서서('understand') 다른 사람들을 이해하려는 자세라고 말이다. 이해하려고 하면 소통도 가능하게 되고 배려도 자연스럽게 되는 것이다. 그런데 남들보다 좀 뛰어나다고 하는 사람들은 대체로 다른 사람들의 아래에 서거나 함께 걸어가려고 하지는 않고 앞에서 이끌려고만, 심지어는 위에 서려고('overstand') 하기가 일쑤다. 그래서 그가 지니고 있는 지덕(智德)이 다른 사람들에게 제대로 전해지지 않고 오히려 반발심만 생기도록 하는 것 같다. 내가 우리 가족에게 그랬던 것처럼 말이다.

지혜는 빛이다. 그러나 빛은 그대로 바로 비추면 눈이 부셔서 오히려 앞이 잘 안 보이게 된다. 적절히 가려서 부드럽게 내비춰야만 어두움을 제대로 밝혀 길을 가르쳐 줄 수 있는 것이다. 여기에 화광동진의 참뜻이 있다. 그것을 이번에 아내가 제대로 지적해 줌으로써 조금 깨닫게 된 것 같다.

정말이지 젊었을 때부터 나는 제 잘난 맛에 너무 내 주장이 강했었고, 또 너무 거창한 것을 추구하느라고 오히려 아주 가까이 있는 소중한 것과 일상을 소홀히 한 것 같다. 이번 기회에 다시 깊이 반성한다.

요즘은 없는 빛이라도 내서 자신을 드러내려고 하고, 또 그걸 잘하는 것이 마치 성공의 비법인 것처럼 처세를 가르치는 이른바 '멘토'들이 많이 있다. 여기에 나는 역으로 자신의 빛남을 드러내지 않고 먼지 속에 숨어서 묵묵히 가까운 이들을 즐겁게 해 주고 일상을 알차게 지내는 것이야말로 우리가 갖춰야 할 참된 모습이라고 고루한 주장을 한번 해 본다. 그리고 이제부터라도 가까운 사람들을 조금이라도 더 행복하게 해 주고 사소해 보이는 일상에 좀 더 충실함으로써 거기서 보람을 찾는 화광동진의 자세로 살아야겠다.

《경제포커스》 2022. 2. 21.

콜럼버스의 달걀

요즘 같은 다중(多衆)·다매체(多媒體) 시대에는 튀어야만 산다고 한다. 패션이건 예술이건 정치건 그 메시지가 상식선에 머물러서는 그냥 묻혀 버리고 아무도 기억을 못 하게 된다. 그래서 시대를 앞서가고 부와 명성을 얻으려는 사람들은 좀 더 튀고 좀 더 엽기적이려고 아등바등 애를 쓴다.

사실 역사상 기억되는 많은 일화들은 모두 튀는 이야기다.

'콜럼버스의 달걀'만 해도 그렇다. 달걀 세우기 내기에서 그 밑 부분을 깨뜨려 세우는 바람에 콜럼버스가 이겼다. 콜럼버스는 자신이 신대륙을 발견한 것이 뭐 그리 대단한 것이냐고 시기하는 사람들에게 달걀 밑을 깨뜨려 세우는 신기술을 보여 준 것이다. 세상일이란 누군가 하고 나면 쉬워 보이지만 처음 시도할 때는 그렇지 않다는 것을 가르치고 싶어서였다. 그래서 콜럼버스의 달걀 이야기는 사고의 경직성, 고정관념을 깨뜨린 대표적 에피소드로 널리 알려지게 되었다.

그러나 그것은 다른 한편에서 보면 반칙(反則)이다. 물론 콜럼버스가 신대륙을 발견한 것은 위대한 일이다. 당시 사람들이 갖고 있던 사고의 틀, 미지의 세계에 대한 두려움을 극복하고 새로운 진리를 공표했다는 것은 정말 큰 의미가 있다고 본다.

그러나 역시 달걀의 밑부분을 깨뜨려 세운 것은 반칙이다.

우리가 달걀을 세운다고 할 때는 글이나 말로 명시하지는 않았지만 이미 우리 사이에는 그 달걀을 깨뜨리지 않고 세운다는 그런 약속을 한 것이고 그 약속을 전제로 내기를 한 것이다. 달걀 밑부분을 깨뜨린 것은 그러한 약속을 깨뜨린 것이다. 시험을 볼 때 우리는 말은 하지 않았지만 커닝을 안 한다는 약속을 한 거나 마찬가지다. 커닝을 해서 1등을 했더라도 그것은 반칙 행위이고 진정한 1등이 아니다. 남자들이 맞짱을 뜨고 싸울 때 칼을 쓴다거나, 국가와 국가 간의 전쟁에서 핵무기 쓰는 것도 그렇게 하면 이길 수는 있겠지만 모두 반칙이다. 그래서 어떤 목사 한 분은, 콜럼버스의 달걀은 상식을 깬 발상의 전환의 모델이 아니라, 생명을 깨뜨려서라도 자신이 목적한 바를 달성하겠다는 탐욕적·반생명적 발상이라고 비판하기도 하였다.

개인적으로는 자신이 원하는 것을 얻기 위해서, 또 인류 전체로 볼 때는 문화의 발전을 위해서 고정관념을 깨뜨리는 발상의 전환이 꼭 필요한 것이기도 하다. 그렇지만 또한 그 기발함은 반칙 내지 사술(詐術), 그리고 때로는 범죄가 될 수도 있다. 그런 점에서 이를 어느 정도까지 허용할 것인가 하는 그 한계가 문제다.

사실 모든 사람들이 콜럼버스처럼 기발한 행위들을 한다면 우리 사회는 상대방이 어떻게 나올지 그 예측이 불가능하기 때문에 어떤 거래나 약정을 할 수 없게 되어 매우 불안정한 상태에 빠질 것이다. 나는 좀 덜 발전되더라도 우리 사회는 상식이 통하고 예측이 가능한 그런 곳이 되었으면 한다.

그런데 요즘 들어 판결 중에도 가끔 콜럼버스의 달걀처럼 튀는 것이 보이기에 다소 걱정이 되기도 한다. 물론 그중에는 다소 공감이 가는 것도 전혀 없지는 않다. 그러나 그런 판결의 대부분은 무조건 종전의 틀을 깨뜨려 새로워 보이기 위한 목적이 너무 앞선 그런 것들이다. 진정으로 위대한 판결은 신문이나 방송에 보도되는 특출 나고 엽기적인 그런 판결이 아니라 평범하더라도 당사자와 사건 관계인들이 거부감 없이 받아들이는 상식적이고 설득력 있는 판결이 아닐까 한다.

《법률신문》 2005. 11. 21.

이름

나는 이름을 꽤 많이 지어 주었다. 줄잡아도 50여 명은 되는 것 같다. 조카들과 손녀·손자들의 이름은 물론 사법연수원 제자인 판사의 아들, 개명을 원하는 사건 의뢰인의 이름까지 지어주기도 했다. 왜 다들 나한테 이름을 지어 달라고 부탁하는지 모르겠다. 아마도 내가 철학과 출신이다 보니까 '성명철학관'은 안 차렸어도 이름을 잘 지을 거라고 생각들을 하는 모양이다.

나는 이름을 지어 주되 작명료는 받지 않는다. 철저히 무료 봉사다. 그 대신 그 이름을 받아 가는 분들에게 꼭 '이름값'을 하시거나 하도록 키우시라고 당부한다. 좋은 이름이라는 확신이 서야지만 그 이름을 택하고, 또 그 확신을 이름을 받아 가는 분들에게 심어 주기 위해서다.

이름 짓는 일이 쉬운 것은 아니다. 어떤 때는 좋은 이름이 나오지 않아서 보름 이상을 끙끙대기도 한다. 그럼 어떤 이름이 좋은 이름인가? 나는 나대로 몇 가지 기준을 정해 놓고 이름을 짓는다.

첫째, 이름은 부르기 쉬워야 한다. 김춘수 시인은 "내가 그의 이름을 불러주기 전에는/그는 다만/하나의 몸짓에 지나지 않았다."라고 읊었다. 이름은 자기 자신이 자기라고 주장하는 정체성을 뜻하기도 하지만, 그보다 먼저 남이 자기를 부를 때 쓰는 도구다. 남이 불러주지 않으면 그 이름은 별 의미가 없다. 그러므로 이름은 부르기 쉬워야 한다. '정경형', '곽환령'이라는 이름은 참으로 부르기 어렵다.

또한 부르기 쉽다는 것은 '이름 석 자'(물론 두 자 성명과 넉 자 이상의 성명도 있지만)가 제값을 그대로 나타내고 달리 착각이 되지 않는 것을 의미한다. 예컨대 '송강호'라고 부르면 '송', '강', '호' 석 자가 착오 없이 잘 들리지만, '안욱진'의 경우는 '아', '눅', '찐'으로 석 자가 하나도 제 글자대로 들리지 않는다.

또 "이규현입니다."라고 할 때 이론적으로는 '이', '규', '현' 석 자가 제값을 나타낸다고 하겠지만, 실제로 그 이름을 들은 사람에게 들은 대로 써보라고 하면 '이기현', '이규연', '이기연', '이규형', '이주연' 등 제각각으로 나타날 것이다. 이쯤만 해도 '최복렬'과 '최서진' 중 어떤 이름을 택할지 기준이 설 것이다.

여기서 한 가지 덧붙일 것은, 요즘 세상에는 모든 것이 국제화되고 있으니 그 이름을 알파벳으로 표기할 때도 되도록 우리가 발음하는 것과 같은 발음이 나도록 표기할 수 있는 그런 이름을 권하고 싶다. 'Bora'는 누구라도 '보라'라고 발음하겠지만, '승연'이란 예쁜 이름을 외래어 표기법에 맞게 'Seungyeon'이라고 표기할 때 '승연'이라고 제대로 읽을 외국인은 거의 없을 것이다(심지어 '시언자이언'이라고 읽을 가능성도 있다). 나는 내 손녀딸 이름을 '안지(安智)'라고 지으면서 영문 표기는 'Angie'를 염두에 두었는데, 이렇게 기존의 영어 이름을 원용할 수도 있다.

둘째, 이름은 아름다워야 한다. 발음상으로도 아름다워야 하고 그 뜻도 아름다워야 한다. 한글 이름으로 '누리', '다온', '슬기', '새롬', '시내' 등은 참 아름답다. 아름다운 이름은 성과도 잘 어울려야 한다. 아내가 딸을 낳았을 때 한 송이 연꽃같이 예쁘다며 이름을 '한연'으로 짓자고 농담을 했다가 오지게 혼났다. '추한연'이 뭐냐고…. '리라'도 예쁜 이름이지만 '고'씨에겐 곤란하다. '재민'이란 좋은 이름도 성이 '이'씨면 '이재민(罹災民)'이 된다. 언젠가 손자 이름으로 '근소(根昭)'가 어떠냐고 물어온 분이 있었는데 나는 절대 안 된다고 했다. 그분이 '주'씨였기 때문이다.

듣기에는 좋아도 그 뜻이 좋지 않으면 아름다울 수 없다. 언젠가 사건 관계로 만난 분의 이름이 '○유민'이어서 참 좋은 이름이다 하는 느낌이 들었는데 서류를 보니 한자로 '流民'으로 쓰는 것이었다. 깜짝 놀랐다. '일정한 거처 없이 이리저리 떠돌아다니는 백성'이라는 뜻이 좋을 수 없다. 내가 개명하는 것이 좋겠다고 권했더니 개명허가신청을 하여 법원으로부터 허가를 받아냈다. 바꾼 이름이 괜찮았는지 오래 끌었던 분쟁 건도 승소로 끝났다. 또 으뜸이라는 뜻의 '마루'를 장남의 이름으로 쓰려고 했는데 행정기관의 접수 직원이 한자를 꼭 써야 한다고 하기에 '馬樓'라고 써 넣었다는 분도 있었는데 이분도 결국 개명을 하였다.

그리고 남자들 이름을 지을 때는 너무 거창하게 짓는 경우가 종종 있는데 그것도 삼가는 것이 좋겠다. 물론 이름에는 그 이름을 쓰는 사람이 이루고자 하는 바람을 담는 것은 좋겠으나, '大'나 '巨'같이 너무 거창하거나 '權', '富'처럼 너무 속내를 드러내는 한자는 피하기를 권한다. 예를 들어 '정세'나 '세익'은 남자 이름으로 꽤 괜찮은 이름이지만, '정세(征世)'라고 한다면 너무 공격적이어서 남들이 좋아하지 않을 것이고 세상을 이롭게 한다는 '세익(世益)'에는 호감을 가질 것이다.

그리고 동음이의어가 나쁜 뜻을 지니고 있는 것도 가능하면 택하지 않는 것이 좋겠다. '성기'를 한자로 쓸 때에는 여러 가지 좋은 뜻이 가질 수 있지만 그냥 들을 때는 바로 연상되는 다른 것이 있고, '주리' 그 자체는 예쁘지만 '주리를 틀다'에서의 형벌과 발음이 같으며, '종명'이라는 이름도 '終命'이 연상되어 권할 만하지 않다. 넉넉한 재산과 높은 사회적 지위 갖추라고 '부고(富高)'라고 이름을 지어 봤자 '부고(訃告)'처럼 들려 좋을 리 없다.

셋째, 이름은 『주역』 상으로도 나쁘지 않아야 한다. 나는 점을 쳐 본 일도 없고 『주역』도 그다지 믿지 않는 편이다. 그러나 주역 상 나쁜 이름을 굳이 골라 쓸 필요는 없다. 요즘은 인터넷으로도 '성명 풀이'를 얼마든지 해 볼 수 있는데, 대개 수리오행(數理五行) 등을 적용하여 획일적으로 풀이한 것이어서 크게 신뢰할 만한 것은 못 된다. 그렇지만 만일 자기 이름을 넣어 조회해 보았을 때 말년이 불운하게 될 것이라든지 과부가 될 것이라는 괘가 나온다면 기분이 좋을 리가 없다.

내 딸이 처음 회사에 들어갔을 때 입사 선배 언니들과 저녁 회식을 하고 찻집엘 갔는데 그곳이 '사주카페' 비슷한 곳이었는지 컴퓨터로 성명 풀이도 해 주더라고 한다. 선배 언니 한 사람이 먼저 자기 한자 성명과 생년월일시를 입력을 해 보았단다. 한 항목에 100점 만점으로 5항목, 그러니까 전체로는 500점 만점이었는데 결과는 겨우 200점이 나왔다고 한다. 마음이 언짢아진 그 언니가 막내인 내 딸에게도 해 보라고 해서 할 수 없이 딸도 자기 성명 등을 입력했다고 한다. 그런데 웬걸, 각 항목 100점씩 총 500점 만점이 나왔더란다. 그래서 내 딸은 그날 비싼 찻값을 자기가 낼 수밖에 없었다고 푸념을 했지만 이로써 나는 확실하게 실력 있는 작명가로 공인받게 되었다.

부르기 쉽고 아름다운 후보 이름 몇 개를 선정한 다음, 그중에서 이왕이면 주역상로도 좋은 괘가 나오는 것으로 택하는 것이 후일 원망을 듣지 않는 길이 될 것이다.

끝으로 이름이 좋다고 해서 꼭 잘 살고 이름이 나쁘다고 성명 풀이대로 잘못 풀리는 것은 아니라는 것을 말씀드리고 싶다.

옛날에는 어린이에게 아명을 달아 줄 때 '개똥이'처럼 일부러 안 좋은 이름을 쓰기도 했는데, 그것은 이름이 흉측해 귀신(병마)이 피해 가도록 하기 위한 방책이었다고 한다. 비과학적이기는 하지만 자기 자식을 건강하게 키우려는 부모들의 소박한 심정을 엿볼 수도 있다. 이렇게 아명을 지은 뒤에는 그것이 아름답거나 나쁘거나 집안에서 그대로 불렀다고 한다. 그것은 우리 선조들이 아름다운 이름이 곧 그 사람을 이롭게만 하는 것이 아니듯이 나쁜 이름이 바로 그 사람을 해롭게만 하지는 못한다는 것을 잘 알았기 때문이 아닌가 한다.

좋은 이름을 짓는 것도 중요하지만 잘 지어진 이름을 잘 불러야 한다. 장자도 "길은 다녀서 만들어지고 사물은 불러서 그리 된다(道行之而成 物謂之而然)."고 하였다. 그리고 좋은 이름을 가진 사람도 그 이름에 걸맞도록 지혜를 갖추고 인격 수양을 해야만 그 이름값을 제대로 하게 될 것이다.

* 이 글 중에 언급된 이름들은 하나의 예시로 사용한 것일 뿐입니다. 그 이름이 절대적으로 좋거나 나쁜 것은 결코 아닙니다. 이 글 때문에 마음 상하시는 일이 없기를 바랍니다.

《경제포커스》 2020. 7. 1.

점(占)

유난히 점을 좋아하는 사람들이 있다. 이들은 아침에 신문이 배달되면 '오늘의 운세'부터 찾아보고, 이사 갈 곳이나 대학과 직업, 그리고 배우자를 고를 때도 점부터 보고 그에 따라 의사 결정을 한다. 심지어는 주식 투자까지 점에 의존하기도 한다.

나는 어떤가? 내 타고난 성품이 합리적이기만 한 것은 아닌데도 이상하리만큼 점에 대하여는 어릴 때부터 반감을 가지고 있었다. 그냥 점이 싫었다. 점만 싫어한 것이 아니라 점 보러 가는 사람도 싫고, 점쟁이도 싫고, 점치는 집의 높다란 대나무 장대에 걸려 있는 빨갛고 하얀 깃발도 싫었다.

점이란 무엇인가? 그것은 우리 인간의 통상의 지각이나 합리적인 추론에 의해서는 확실히 알 수 없는 일에 관하여 일정한 징표를 해석함으로써 현재나 과거의 숨겨진 사실, 미래에 생길 일, 개인의 운명 등에 관한 정보를 얻는 방법을 말한다. 그 징표라는 것은 성명이나 생년월일시(사주), 얼굴의 생김새(관상)나 손금(수상), 주사위나 카드에 나타난 숫자와 그림, 산통에서 뽑힌 산가지, 꿈이나 별의 운행 등인데 이의 해석을 점쟁이(점성술사)가 맡는다. 결국 점의 신뢰도는 점쟁이의 신통력 내지 예지력에 대한 믿음에 달려 있다. 그런데 이 세상을 지배하는 원리에는 인간이 지각할 수 없는 필연적인 원리가 있을 수 있으나, 헤겔도 말했듯이 미래의 일에 대하여 점쟁이(점성술사)가 명확히 예지한다는 것은 있을 수 없으며, 징표에 대한 해석은 점쟁이의 상상력의 산물일 뿐이라고 본다. 운명은 스스로 만들어 가는 것이고 그 운명은 용기 있는 자를 사랑한다고 믿어 온 나는 진즉부터 헤겔의 이러한 점에 대한 견해에 전적으로 찬동해 왔다. 어떻게 나와 세상의 운명을 점쟁이의 상상력이나 헛소리에 맡길 수가 있는가?

그런데 그런 나에게도 점에 의존하려 한 때가 있었다. 내가 원하고 내가 노력하면 이루지 못할 일이 없다고 그렇게 자신만만하게 살아온 내가 그 오기를 내려놓고 점집을 찾아갔었던 것이다.

그날은 가는 비가 추적추적 내리는 초겨울이었다. 지금은 고인이 된 나의 절친이 사법시험 공부를 하는 나를 위로한다고 저녁을 사 주었다. 술을 잘 못하는 나이지만 그날은 소주도 적당히 곁들였다. 끝날 무렵에 그 절친이 조심스럽게 입을 열었다.

"호경아, 법조인이 네 적성에 맞지 않을 것이라고 걱정하는 친구들이 있어…."

네 번씩이나 사법시험에 낙방한 내가 안쓰러워 보여서 한 말일 게다. 아, 이제 친구들까지 나를 못 믿고 불쌍히 여기기까지 하는구나….

취기가 싹 가시는 듯했다. 서둘러 자리를 마무리하고 헤어진 나는 우산을 쓰는 둥 마는 둥 하고 종로 5가와 동대문 사이의 뒷골목을 터벅터벅 걸었다. 한참을 가다 보니 모서리의 나지막한 한옥집 대문에 매달려 있는 간판이 보였다.

○○철학관

점, 사주, 작명

나는 걸음을 멈췄다. 잠시 머뭇거리다가 결심을 했다.

그래, 한번 알아나 보자. 내가 사법시험에 합격은 할 운명인지 아닌지. 법학을 전공하지 않았으면서 무모하게 사법시험에 도전하여 8개월 만에 1차에 합격을 한 내가 2차에서는 매번 한 과목 때문에 '아슬아슬하게' 낙방을 해 온 건 법조인이 되지 말라는 하늘의 뜻을 보여 준 것일지도 모르지 않은가? 포기해야 할 것이라면 하루라도 일찍 포기해야 하는 것이 순리가 아닌가?

잠기지 않은 대문을 밀려고 손을 뻗었다. 자세가 불안했던지 우산의 물이 몰려서 내 손등에 떨어졌다. 나는 그 차가움에 흠칫 놀라 멈춰 섰다. 그리고 마음속으로 크게 소리쳤다.

"안 돼!"

내가 사법시험에 합격하고 못 하고 하는 것이 점쟁이의 말 한마디에 의하여 결정된다는 것은 정말 말도 안 돼. 내 운명은 내가 창조하는 것이지 그 누구도 내 앞날을 함부로 만들 수는 없는 거야.

그날 고시원으로 돌아간 뒤 나는 더욱 공부에 매진하였다. 그러나 다음번에 본 사법시험에서 나는 여지없이 또 떨어지고 그 다음번에야 겨우 합격할 수 있었다.

내가 검사 생활을 10년 가까이 했을 때 나는 그 절친에게 저녁을 한번 거하게 사면서 말했다. 검사가 내 적성에 꼭 맞는다고.

그러나 지금도 가끔 생각해 본다. 그때 내가 그 점집에 들어가 점을 쳐 보았다면 오늘의 나의 모습이 이대로일까 하고 말이다.

《경제포커스》 2020. 9. 8.

우산

지난주에 법무부 직원이 한 행사장에서 무릎을 꿇은 채로 법무부 차관에게 우산을 받쳐 준 일이 화제가 되어 지금까지 갑론을박 중이다. 도대체 인권을 고양시켜야 할 주무 부처의 차관이 인권 의식이 있기나 한 것이냐고 강하게 힐난하는 것이 주류를 이루고 있다. 한편으로는 사진기자들이 구도가 잘 안 나오니 자세를 확 낮춰 달라고 그 직원에게 요구해서 할 수 없이 무릎 꿇은 자세를 취한 것이니 원인 제공은 자기네들이 해 놓고 법무부 차관에게 다 뒤집어씌우는 언론의 작태야말로 한심하다는 반론도 있다. 아무튼 사진만으로는 참으로 볼썽사납다. 무릎을 꿇은 그 자세도 자세지만 우산 안에 있는 법무부 차관은 비를 안 맞고 있지만 무릎 꿇은 그 직원은 비를 쫄딱 맞고 있는 모습이 영 아니다 싶다. 그 직원은 그러려고 법무부에 들어갔나 싶기도 하다.

원래 우산이란 그런 것이 아니다. 양광모 시인의 시 「우산」을 보면 이런 대목이 나온다(인터넷상에는 고 김수환 추기경의 글이라고 떠돌기도 하는데 그건 잘못이다).

세상을 아름답게 만드는 것은 비요
사람을 아름답게 만드는 건 우산이다.

한 사람이 또 한 사람의 우산이 되어줄 때
한 사람은 또 한 사람의 마른 가슴에 단비가 된다.

또 윤수천 시인의 「우산 하나」란 시도 있다.

비 오는 날에는
사랑을 하기 좋다
우산 한 개만으로도
사랑의 집 한 채 지을 수 있으니까…

이런 시들과 잘 어울리는 이야기가 하나 있다.

오래전에 사법연수원 교수 시절 제자였던 판사한테서 자기 결혼식에서 주례를 서 달라고 부탁을 받았었다. 신부 될 사람을 만나게 된 에피소드를 들어 보니 마치 TV 드라마의 한 장면을 보는 듯해서 흐뭇했다. 그 판사가 대학원 재학 시절, 저녁도 거른 채 밤늦게까지 도서관에서 공부를 하다가 집으로 돌아가는 길에 이번에도 또 사법시험에 떨어지면 어떡하나 하는 걱정에 터벅터벅 힘없이 걷는데 갑자기 소나기가 쏟아졌다고 한다. 시름에 싸여 비를 피할 생각도 없이 계속 걸어가는데 뒤에서 누가 우산을 받쳐 주며 "가을비 맞으면 감기 걸려요." 하더란다. 마침 야간 근무를 마치고 교대하고 나온 간호사였는데, 몸과 마음이 지쳐 있던 그 대학원생에겐 걱정스러워하면서도 살짝 미소를 머금은 그 모습이 정말 천사처럼 아름다웠다고 한다. 그 우산 덕분에 감기 안 걸린 대학원생은 더욱 열심히 공부했고 그 후 두 사람의 만남이 이어졌다. 대학원생은 가정사와 경제 사정 등 자신이 처한 어려운 처지를 솔직히 털어놓았는데 그 간호사는 "저는 평생 당신께 우산을 받쳐 드릴게요."라고 격려하여 둘이는 드라마의 정석처럼 연인 사이로 진전이 되었고, 사법시험 합격 후 판사가 되어 이렇게 결혼까지 하게 되었다는 것이었다. 그 당시 내가 주례를 설 수 없는 사정이 있어 그 판사의 대학 선배이고 사법연수원 부원장을 지낸 검사장께 함께 가서 간곡히 청했더니 흔쾌히 수락하셨다. 내가 주례사 소재로 쓰시라고 이 우산 이야기를 말씀드렸는데 달변이신 그 검사장은 주례사에서 멋지게 이 에피소드를 소개하여 내빈으로부터 큰 박수를 받았다. 지금도 그 판사 내외는 딸 둘 아들 하나를 낳고 화목하게 잘 살고 있다. 부인이 우산을 잘 받쳐 주는 모양이다.

이렇게 우산은 다른 한 사람의 마른 가슴에 단비가 되는 아름다운 것이다.

그러나 항상 그렇지만은 않은 모양이다.

앞의 경우보다 훨씬 뒤, 내가 어느 지방의 지청장으로 근무할 때의 일이다. 비가 추적추적 내리는 오후 나는 3층의 지청장실에서 무심히 창밖을 내려다보았다. 지청장실과 거의 붙어 있다시피 법원 청사가 이어져 있었는데 창밖으로 내려다보이는 곳은 바로 형사 법정으로 가는 길목이었다. 그때 다소 어색한 풍경이 내 시야에 들어왔다. 사제복을 입은 나이 드신 신부(神父)가 앞장서고 바로 뒤에 부제(副祭)로 보이는 젊은 사람이 그 노신부에 바짝 붙어 우산을 받쳐 주는데 자신은 우산 바깥에서 비를 흠뻑 맞고 있는 것이었다. 나에게는 그 모습이 무척 거북해 보였으나 우산 속의 노신부나 비에 흥건히 젖어 있는 부제는 그것이 당연하다는 식의 표정이어서 그것을 보는 내가 더 당황스러웠다.

그 노신부는 정부에서 금지한 어떤 영화 상영을 주도했다고 기소되어 재판받으러 온 유명 인사였다. 사실 나는 당시 검사였지만 공안 감각이 없어서인지 이 정도의 영화 하나도 포용 못 하고 상영 금지를 한다는 것을 이해할 수가 없었다. 또 상영장에 최루탄을 터뜨리고 헬기까지 동원하는 등 호들갑을 떨어 대는 경찰이나 이러한 강력한 단속을 따돌리고 상영을 감행한 사람들만 영웅으로 만드는 처사를 매우 못마땅하게 생각해 왔다. 또 한편으로는 나와는 생각이 많이 다르기는 하지만 자신의 신념에 따라 여러 사건에서 처신을 꼿꼿이 해 온 그 노신부에게 어느 정도 존경 비슷한 감정도 지니고 있었다. 아, 그런데 부제는 비를 흠뻑 맞아도 자신만 비를 안 맞으면 괜찮다는 식의 모습을 목도하고는 그 노신부의 모든 행적이 위선으로만 느껴지니 어찌 된 일인가? 물론 아주 짧은 시간에 내가 본 것만 가지고 판단한다는 것은 부정확할 수 있겠지만 왜 그 노신부는 자신이 직접 우산을 쓰고 갈 수는 없었을까 하는 의문은 과연 풀릴 수 있을지 모르겠다.

나는 우산은 자기가 드는 것인 줄 알았는데 원래는 그렇지 않았던 모양이다. 우산의 영어 umbrella가 라틴어로 '그늘'을 의미하는 'umbra'에서 나온 것에서 나타나듯이 햇볕으로부터 피부를 보호하는 일산(日傘) 역할이 먼저였고, 처음 사용한 고대 이집트와 메소포타미아나 중국에서 모두 신하나 하인이 왕이나 귀족을 뒤에서 씌워 주었다고 한다. 비를 피하는 우산 역할을 하면서도 마찬가지여서 높은 신분의 사람이나 여성들을 다른 사람이 받쳐 주었던 것이다. 우리나라에서도 우산은 왕이나 상류층 사람만의 전유물이었고, 사극에 나오는 임금님 행차 시 큰 파라솔 같은 걸 들고 햇볕을 가려 주는 장면처럼 시녀가 뒤에서 씌워 주는 식으로 사용되었다고 한다. 지금도 비 오는 날 사장이나 기관장이 출근 시 승용차에서 내리면 비서나 수위가 대기하다가 우산을 받쳐 주는 풍경이 그리 낯설지 않다.

그러고 보니 우산의 유래대로 한다면 우산은 본래 자기가 직접 쓰는 것이 아니고 다른 사람이 씌워 주는 것이 맞는 것 같기도 하다. 그래서 앞의 노신부나 법무부 차관의 예에서는 우산이 원래의 용도에 맞게 잘 사용된 것인지 모른다. 그러나 아무래도 이를 바라보는 사람은 영 씁쓸하다. 한 사람은 비를 쫄딱 맞고 한 사람은 우산 안에서 비를 안 맞는다는 것이….

우산은 아름답다. 그러나 하나의 우산을 둘이서 함께 쓸 때 그 우산은 아름다운 것이지 한 사람은 비를 흠뻑 맞으며 다른 한 사람만 비를 안 맞게 할 때는 그 우산은 아름답다고 할 수가 없다. 우리 사회가 아무리 풍요롭고 안전하다 해도 그것이 어느 일부의 사람의 쓰라린 희생 위에 이루어진 것이라면 결코 값진 것이 아닐 것이다.

'우산'은 고난을 이겨 내도록 도와준다는 것을 상징하기도 한다. 그래서 어려움에 처한 소기업·소상공인을 돕는 공제제도를 '노란 우산'이라 이름 지었고, 또 어려운 환경의 아동들을 이끌어주는 복지재단의 명칭도 '초록 우산'이다. 오늘날의 우산의 역할은 내가 보호받기 위해 남이 나를 씌워 주는 것이 아니라 내가 남을 돕고 지키기 위해 받쳐 주는 데 있는 것이 아닐까 한다.

시인 도종환은 이렇게 「우산」을 읊었다.

나는 당신을 가리는 우산이고 싶다

언제나 하나의 우산 속에 있고 싶다

우리는 지금 모두 무척 어려운 처지에 있다. 또 다른 시인의 말대로 사랑이란 한쪽 어깨가 젖는데도 하나의 우산을 둘이 함께 쓰는 것이다. 이 고난을 이겨 내려면 한쪽 어깨가 젖더라도 하나의 우산 속에 함께 있어야 한다고 본다.

우산을 펴주고 싶어
누구에게나
우산이 되리
모두를 위해

이해인 수녀는 시 「우산이 되어」에서 이렇게 간절하게 바랐는데, 정말 우리 모두가 이 세상 누군가를 위해 몸도 마음도 젖지 않게 해 주는 다정한 우산이 된다면 이 세상은 참으로 밝고 아름다워질 것이다.

《경제포커스》 2021. 9. 3.

애국가

우리나라를 사랑하지 않는 우리 국민은 없을 것이다. 그러나 '애국가'를 그다지 사랑하지 않는 사람들은 꽤 있는 모양이다. 나라를 사랑하자는 '애국(愛國)'의 노래인데 말이다. 지금은 그렇지 않은 모양인데 한동안 국가의 공식 기념식에서 애국가가 기피되기도 했었다고 한다.

우리보다 한두 세대 앞서 사신 분들에게는 항일 독립운동이나 6·25 전쟁 등을 겪으면서 생긴 애국가와 관련된 감격스러운 사연이나 애절한 추억이 많이 있을 것이다. 그래서 애국가의 선율만 들려도 눈물을 흘리시곤 하는 분도 나는 보았다.

그 정도까지는 아니지만 나에게도 애국가에 얽힌 소중한 에피소드가 하나 있다.

벌써 5년이나 지난 일인데, 손녀딸이 초등학교에 들어가게 됐다. 마냥 어린아이로만 봐 왔던 손녀가 학생이 된다는 것이 신기하기도 하고 해서 나는 하루 사무실 출근을 접고 손녀의 입학식에 직접 가 보았다. 사실 걱정이 되기도 했다. 너무 어릴 때 서울서 양평으로 데리고 내려왔고, 그동안 다닌 어린이집과 유치원도 서울 같지 않아 무얼 가르친다기보다 아이들을 맘껏 풀어 놓는 '놀이학습' 식으로 하는 것 같아 혹 학력이 뒤처지는 것은 아닐까 하는 우려도 했던 것이다.

드디어 입학식이 시작되었다. 개회사가 있고 나서 반주에 맞춰 애국가 제창을 하겠다고 한다. 그러나 이러한 의식이 낯설고 애국가 가사를 잘 모르는 입학생 어린이들은 멍하니 서 있거나 뒤돌아보며 다른 아이들과 장난을 친다. 그런데 웬걸! 앞에서 두 번째 줄에 서 있던 내 손녀딸 혼자만은 큰소리로 애국가를 씩씩하게 불러 대는 것이었다. 그 모습이 얼마나 기특하고 대견스러운지 지금도 눈에 선하다. 유치원에서 배운 것 같지는 않고 며느리가 따로 가르친 모양이다. 손녀 혼자서 하도 진지하게 애국가를 크게 부르니까 옆에서 장난치던 아이들도 장난을 멈추고 손녀를 따라 그냥 노래를 부르는 흉내를 내었다. 나는 마음속으로 크게 박수를 쳤다.

그날 점심에는 손녀가 좋아하는 연어 초밥을 맘껏 먹도록 할아버지가 한턱을 냈다.

애국가에 대하여 태극기와 함께 상당히 거부 반응을 보이는 인사들이 있다. 그들은 애국가는 국가(國歌)가 아니므로 공식 행사에서 불려서는 안 된다고 주장하기도 하고, 애국가의 노랫말을 지은 윤치호나 이를 작곡한 안익태가 모두 '친일파'이므로 이들의 작품을 범국가적으로 찬양하는 것은 시대착오적이며, 또한 애국가의 가사가 진취적이지 못하고 운명 의존적이며 특정 종교에 쏠려 있다는 것이다. 물론 그들의 주장에도 들을 만한 부분이 전혀 없지는 않지만, 과연 애국가가 공식 행사에서 불려서는 안 될 정도인지에 대해서는 의문이다. 오히려 그들이 그렇게 부르고 싶어 하는 〈임을 위한 행진곡〉만 부르기 위한 억지 논리가 아닌가 하는 생각이 들기도 한다.

애국가의 자취는 조선 후기 개화기와 갑오개혁 직후까지 올라가기도 하지만(그 당시 각 지방에서 불린 '애국가'는 10여 종류에 이른다고 한다), 현재의 애국가 노랫말은 1907년쯤 만들어졌고 스코틀랜드 민요 〈올드 랭 사인〉 곡에 맞춰 대한민국 임시정부의 공식 행사 등에서 부르게 됐다. 이때의 애국가는 워낙 구슬픈 곡조여서 나라 잃은 설움과 함께 반드시 독립을 쟁취하겠다는 비장미가 담겨 있었다. 그러다가 애국가에 남의 나라 곡을 붙여 부르는 것을 안타깝게 여긴 안익태가 1936년 현재의 애국가를 작곡했고, 1948년 8월 15일 정부 수립 기념식에서 애국가 제창이 있었는데 이로써 현재 형태의 애국가가 국가로 공식 인정됐다고 볼 수 있다.

물론 지금까지도 여전히 애국가를 '국가(國歌)'라고 직접 규정한 법령은 없다. 그러나 그것은 이미 애국가가 국가로서의 역사성과 정통성을 확고히 갖고 있기 때문에 특별히 법령 같은 것으로 정할 필요조차 없다고 보는 것이 맞을 것이다(서울이 대한민국의 수도임이 너무나 명백하여 관습헌법 상 인정되는 것과 같은 법리로 보면 된다). 또한 「대한민국국기법 시행령」 제4조에서 국기에 대한 맹세를, 제19조에서 국기의 게양식 및 강하식을 애국가의 연주에 맞추어 행한다고 하거나, 「국민의례 규정」(대통령 훈령)에서 국민의례 절차에 애국가 제창과 연주를 규정하고 있는 것은 애국가가 국가임을 전제로 한 것이라고 볼 수도 있다. 대한민국 국민이 되기 위한 귀화 면접 심사에서 애국가 가창 능력을 보는 것도 같은 취지라 할 것이다(수년 전 한 외국인이 애국가 가창 등의 항목에서 부적합 평가를 받아 귀화 불허가 처분을 받고 행정소송을 제기하였으나, 법원은 국어능력 및 대한민국 국민으로서의 기본자세 등을 판단하는 정당한 기준을 삼은 것으로 보고 원고 패소 판결을 내린 바 있다).

애국가의 작사자 윤치호는 친일 부역자이고, 작곡자 안익태 역시 친일 행적과 나치에 협조한 전력이 있다는 이유로 애국가를 폄훼하기도 하는데, 온 국민이 찬양하는 애국가는 그 순수성을 지켜야 한다고 하는 그

충정은 충분히 이해가 간다. 그러나 윤치호가 친일 행위에 가담한 것은 1920년 이후의 일이고 애국가 가사를 만들었다고 하는 1907년 즈음은 그가 도산 안창호 등과 자주독립의 애국 활동을 한창 할 때이고, 안익태가 친일·친나치 부역을 했다는 주장에 대하여는 그 반박 논거 역시 만만치 않다. 학자들은 애국가의 가사가 어느 한 사람의 작품이라기보다는 여러 사람이 다듬고 또 다듬은 것으로 설명하기도 하고, 안익태의 작곡은 도산 안창호의 의뢰로 이루어진 것이라는 근거 자료를 낸 바도 있다. 대한민국 임시정부에서도 애국가의 가사 개작 등의 논의가 있었으나 김구 주석이 작사자·작곡가의 성향보다 애국가 안에 담긴 정신이 더 중요하다며 논란에 종지부를 찍었다고 한다. 나 역시 윤치호가 애국가의 가사를 만들거나 안익태가 그 작곡을 할 때, 그 순간만은 순수한 나라 사랑의 마음으로 했을 것이 분명하다는 생각이 든다.

또 애국가의 가사를 보면, "이 기상과 이 맘으로 충성을 다하여 괴로우나 즐거우나 나라 사랑하세"처럼 국가에 대한 맹목적인 충성만을 강요한다고 볼 여지가 있거나, "하느님이 보우하사 우리나라 만세"처럼 스스로 개척하는 진취성보다는 절대자에게 나라의 운명을 일임하는 듯한 부분도 있는 것은 맞다. 그러나 그렇다고 해서 자유주의 성향이 강한 운동권이나 진보 진영에서 주장하는 것처럼 애국가를 바로 폐기하거나 그 가사를 시급히 바꿀 정도는 아니라고 본다.

'애국가'이니까 나라 사랑을 강조하는 것은 당연하다고 할 것이고, 그래도 '왕실 찬가'라 할 수 있는 영국의 〈God Save the Queen〉을 보면 그냥 국왕에게 영광을 달라고 신의 가호를 기원하는 내용인데 애국가는 이보다는 훨씬 낫지 않은가(영국에서도 〈God Save the Queen〉이 법령에 '국가'라고 규정된 바는 없는데 관습법상 이를 국가로 인정하고 있다고 함). 또 애국가는 '하나님'이나 '한울님'이라고 하지 않고 '하느님이 보우하사'로 되어 있어, 종교적 논란을 살짝 비껴가며 절대자 또는 자연의 섭리를 지칭하는 하늘의 존칭인 '하느님'이 우리나라를 지켜 준다는데 나쁠 것은 없지 않은가('하나님'이라고 명기하지 아니한 바로 이 점이 오히려 개신교 측에서는 상당히 불만이라고 한다).

한편 진취성으로 말한다면 프랑스 대혁명 발생 직후 마르세유 출신 의용군들이 파리로 진군하면서 부른 노래에서 기원한 프랑스의 국가 〈라 마르세예즈〉를 따라갈 만한 국가가 없을 것이다. 그러나 무기를 들라고 하고 적군의 피로 밭고랑을 적시자는 등 살벌한 가사로 되어 있어 프랑스인조차도 외국인 앞에서는 부르다가 멈칫하는데, 이와 달리 우리 애국가는 가사도 점잖고 그 가락이 다소 단조롭기는 하지만 평화스럽고 마음을 안정시켜 주니 정말 문화 국가의 국가(國歌)로서 그 품위를 지키고 있다 할 것이다.

10여 년 전 통합진보당의 이석기는 애국가를 두고 독재 정권에서 강요해서 만든 것이라고 주장했었다. 당시 그의 애국가에 대한 문제 제기는 자신의 의원직 사퇴 여론을 희석하려는 정치적 의도를 가진 것으로 여겨졌기 때문에 여론은 이에 대해 극히 부정적이었다. 이 논란 당시 진보 매체로 분류되는 《한겨레》조차 그 사설에서 '태극기와 애국가는 대한민국 국민들이 사랑하는 나라의 상징'이며, 애국가를 이념 논쟁의 대상으로 만드는 것은 백해무익한 일이고 보수 세력에게 좋은 먹잇감을 제공하는 것이니 당장 그만두라고 했다.

사실 그렇다. 과거 획일적인 사고가 지배되던 시절처럼 애국가가 너무 넘쳐나고 애국가를 부르지 않으면 사상을 의심받는 것도 문제지만, 역으로 애국가를 부르지 않는 것을 가지고 '나는 진보다.' 하는 식으로 자신을 내세우는 것도 우스운 꼴이다.

뭐든지 완벽한 것은 있을 수 없다. 기존의 제도나 전통 같은 것이 다소 결함이나 문제점이 있다고 하여 무조건 없애거나 바꾸는 것만이 능사는 아니다. 애국가는 우리 선열들이 나라를 잃고 가장 고통스러울 때 나라를 되찾기 위한 일념으로 불렀던 바로 그 노래다. 그 본래의 좋은 취지를 잘 살려 유지하는 것이 현명한 나라 사랑의 길이라고 본다.

우리는 이미 영화관에서 영화 시작 전에 틀어 주는 애국가를 자리에서 일어나 듣거나, 오후 6시에 온 나라에 애국가가 울려 퍼지고 '국기에 대한 맹세'가 나오면 누구나 가던 길을 멈추고 오른손을 왼쪽 가슴 위에 올린 채 서 있어야 했던 시절을 경험했다. 내가 지금 그런 식의 '제도화된 애국심'의 강요를 그리워하는 것은 아니다. 영화를 유난히 좋아하는 나였지만 '본 영화에 앞서 애국가를 상영하니 모두 기립해 주기 바란다.'는 그 멘트가 정말 싫어 애국가가 끝나기를 기다렸다가 안으로 들어가기도 했었다. 그리고 그때 '영화가 시작하기 전에 우리는/일제히 일어나 애국가를 경청한다'로 시작되는 황지우의 저항시(抵抗詩)「새들도 세상을 뜨는구나」를 얼마나 많이 읊조렸는지…. 고3인 조카에게는 수능 국어 문제에 이 시가 틀림없이 나올 거라고 장담했었는데 실제로 출제되기도 했다.

그보다 훨씬 전 대학 시절, 졸업반 선배가 정론지(正論紙)를 표방하는 주요 일간지의 수습기자에 합격했다고 탕수육과 배갈을 사 줬던 기억도 난다. 그때 그 선배는 입사 시험에 애국가를 4절까지 가사를 다 쓰라는 것이 나왔고, 한자말은 모두 한자로 적으라고 했는데 자기는 다 맞췄다고 자랑삼아 말했다. '가을 하늘 공활한데'의 '空豁'까지 맞췄다면서 자기의 애국심이 검증되어 합격된 것 같다고 한껏 '업'돼 있었고, 나한테도 기자가 되려면 애국가 가사 정도는 한자까지 완전히 통달해야 된다고 조언을 하였다. 그런데 정작 그 선배는 사건기자로 막 뛰기 시작할 무렵 어떤 기사와 관련하여 상부와의 의견 대립으로 그 언론사에서 나와야만 했다. 그 뒤에 '자유언론투위'라는 데 소속돼 활동하기도 하고 모 재벌 회사에서 사보(社報) 편집 일을 좀 봐 주더니 일찍 낙향하고는 간간이 시작(詩作)을 통해 소식을 전할 뿐이다. 애국가의 애국심만으로는 세상 살기가 힘들었지 않나 싶다.

애국가를 듣고 싶다. 우리나라 양궁이 특히 센 건 애국가 가사에 '하느님이 보우(bow)하사(下賜) 우리나라만 세'가 있기 때문이라고 하는 농담이 있다. 양궁 선수가 올림픽에서 금메달을 따서 애국가가 울려 퍼지면 우리는 무조건 눈물 나도록 좋다. 1976년 몬트리올 올림픽 레슬링 경기에서 양정모 선수가 금메달을 획득하여 올림픽 사상 처음으로 애국가가 울려 퍼진 그 감격적인 순간을 지금도 잊을 수 없다. 그 순간처럼 애국가의 가사나 곡에 대한 논쟁을 완전히 잊고 일단 모든 국민을 하나가 되게 하는 그런 애국가가 울려 퍼지는 좋은 일이 많이 있었으면 좋겠다. 물론 세계 마라톤 대회 우승 같은 좋은 일이 많이 생기면 애국가가 자주 울려 퍼지겠지만, 국민들이 애국가를 먼저 많이 부르면 그에 따라 좋은 일이 자꾸 생길 것만 같기도 하다.

이번 설날에 손녀가 내려오면 새해 기원의 뜻으로 5년 전의 입학식 때처럼 애국가를 크게 불러 달라고 해야겠다. 이왕이면 4절까지. 그렇게 하려면 아무래도 세뱃돈은 좀 두둑하게 준비해야 하지 않을까….

《경제포커스》 2023. 1. 19.

버킷리스트

지난해 이맘때쯤 가톨릭 교우인 군대 동기(ROTC 7기)들과 그 배우자 등 22명이 피정을 갔다. '피정(避靜)'이라고 하지만 멀리 조용한 수도원 같은 곳으로 떠나지는 못하고 가톨릭평화방송 건물 4층에 있는 한국교회사연구소 강의실에서 모임을 가지는 식으로 진행했다.

먼저 조한건 신부님의 '초기 한국 교회 순교자의 영성'에 대한 강의를 듣고 난 다음 각자 준비해 온 '나의 버킷리스트'를 발표하고 의견을 나누었다. 침묵 속에서의 묵상·성찰·기도 등을 하는 종래의 피정과는 약간 다르게 만남(encounter)·대화 등의 방법을 통한 종교적 수련을 한 것이다.

필자로서는 매우 뜻깊은 하루였다. 먼저 제1부에서의 120분에 걸친 조 신부님의 열성적인 강의는 그동안 내가 품어 왔던 초기 천주교 신자들이 목숨까지 바쳐야 하는 고난과 박해 속에서도 왜 그토록 하느님을 찾을 수밖에 없었나 하는 의문을 상당히 해소시켜 주었다. 신부님의 맑은 영혼에서 우러나는 설득력 있는 목소리는 우리의 심성까지도 정화시키는 듯했다.

제2부는 남녀 2개 조로 나누어 한 사람씩 자신의 버킷리스트 발표와 배경 설명을 하고 의견을 나눈 다음 조장이 이를 정리해 전체 모임에서 보고하는 형식으로 진행했다. 다 아시다시피 '버킷리스트(bucket list)'는 죽

기 전에 꼭 해 보고 싶은 일과 보고 싶은 것들을 적은 목록인데, '죽다'라는 뜻으로 쓰이는 속어인 'kick the bucket'으로부터 만들어진 말이다. 중세 시대에는 교수형을 집행하거나 자살을 할 때 뒤집어 놓은 양동이(bucket)에 올라가 올가미를 목에 두른 뒤 양동이를 걷어참으로써 목이 조이게 했는데, 이로부터 'kick the bucket'이라는 말이 유래했다고 전해진다.

'버킷리스트'라는 말을 우리가 자주 쓰게 된 것은 아마도 롭 라이너 감독의 영화 〈버킷리스트: 죽기 전에 꼭 하고 싶은 것들(The Bucket List)〉(2007) 때문이 아닌가 한다. 잭 니컬슨과 모건 프리먼이 주연으로 나오는 이 영화는 서로 성격과 환경이 전혀 다른 두 노인이 암에 걸려 6개월 시한부 선고를 받은 병원 중환자실에서 만나 친해지고 각자의 소망 리스트를 실행에 옮기는 내용이다. '우리가 인생에서 가장 많이 후회하는 것은 살면서 한 일들이 아니라, 하지 않은 일들'이라는 영화 속 메시지처럼 버킷리스트는 후회하지 않는 삶을 살다 가려는 목적으로 작성하는 리스트라 할 수 있다. 이렇게 삶의 '방향성'과 '구체성'을 주기 때문에 버킷리스트는 삶의 방향과 속도를 설정할 때 매우 유용한 도구라고 평가된다.

죽음을 앞둔 시한부 인생에 관한 영화로는 1952년 베를린영화제에서 은곰상을 수상한 구로사와 아키라 감독의 〈이키루〉가 또 있다. 영화 제목 '이키루(生きる)'는 '살다'를 뜻하는데 영화의 내용은 죽음에 직면하면서 비로소 삶의 의미를 찾게 되는 이야기이다. 시청의 말단 과장인 주인공(시무라 타카시)은 위암 말기 판정을 받은 후 실의에 빠져 있던 중, 아무리 사소한 것이라도 뭔가를 창조하는 데서 즐거움을 얻을 수 있다는 사실을 깨닫고는 몇 달 안 남은 마지막 삶에서 자기가 할 수 있는 일을 하나만이라도 끝마치고 떠나야겠다는 생각을 하게 된다.

그래서 가난한 사람들이 살고 있는 지역에 아이들을 위한 놀이터를 만들어 달라는 민원을 해결하는 것을 '버킷리스트'로 정한다. 이를 추진하는 과정에서 그는 온갖 수모를 받았으나 결국 그 난관을 극복하고 뜻한 바를 이뤄 낸다. 놀이터 개장 전날 밤 그는 혼자 그네에 앉아 내가 하여야 할 일을 하나 마쳤다는 안도감 속에서 나지막하게 노래를 부르다 숨을 거둔다. 정말이지 우리처럼 나이 든 사람들에게 많은 생각을 하도록 해 주는 영화다.

로마의 철학자 M. T. 키케로는 "지혜로운 사람에게는 삶 전체가 죽음에 대한 준비다."라고 말했다. '나의 버킷리스트'를 작성해 오라는 과제를 받은 나는 정말 내가 죽기 전에 꼭 해야 할 버킷리스트를 만들고 앞으로 이를 실행함으로써 죽음에 잘 준비해야겠다고 생각했다.

이번 피정에서 버킷리스트 작성을 주제로 삼은 것은 우리가 얼마를 더 살다가 죽을지 모르지만 남은 기간 동안 후회 없는 삶을 살아가도록 그 기회가 주어진 것으로 하나의 행운처럼 느껴졌다. 사실 이번 피정 같은 계기가 없었더라면 스스로 버킷리스트를 작성하지는 않았을 것 같다.

그러면 내가 작성한 '나의 버킷리스트'는 무엇인가? 몇 가지 적어 놓고 다시 보니 매우 부끄러웠다. '내가 해야 할 일'이라기보다는 내가 이뤘으면 좋겠다는 희망 사항이고, 모두가 나 자신을 위한 일들인 것 같아서 말이다. 그래도 다른 분들의 버킷리스트와 많이 일치하는 '성지 순례(우리나라)'가 내 버킷리스트에 하나 끼어 있어 그나마 다행이었다.

다른 참가자들이 발표한 '나의 버킷리스트' 중에는 멋진 것들이 제법 있었다. '자전거 타고 남도 맛집 탐방하기'라든가 '말기 암 환자 5명 돌보기', '신·구약 성경 전체 필사하기', '외부와 완전히 연락을 끊고 휴양지에서 부부만 10일 동안 지내기', '텃밭이 딸린 공소 관리하기' 같은 것 말이다. 아내는 딱 하나 '줌바 춤 배우기'를 적어 냈다.

그런데 개중에는 '남편 많이 사랑해 주기'처럼 그 뜻은 좋으나 구체성이라는 버킷리스트의 요건이 갖춰지지 않은 것도 있었다. 내가 적어 낸 '아름다운 꿈꾸기'도 명확하지 않다는 비판을 받았다. 비판받아 마땅하다. 과거 사법시험 준비 시절과 검사 때 겪었던 어려움, 그리고 평소 일상에서 시달리는 스트레스가 재현되는 그런 악몽에서 벗어나 손녀·손자들과 아름다운 풀밭에서 함께 뛰노는 그런 아름다운 꿈을 꾸는 것은 내가 바라는 것이지 내가 해야 할 일은 아닌 것이다. 아름다운 꿈을 꾸려면 먼저 '자신의 영혼을 정화시키는 마음 수련하기'를 나의 버킷리스트를 삼는 것이 순서가 아닌가 하는 생각이 들었다.

이렇게 버킷리스트 발표와 의미 있는 의견 교환이 끝맺으면서 우리는 각자 자신에게 물어보았다. 영화 〈버킷리스트〉에서 카터 챔버스가 물었듯이 말이다.

"당신의 인생이 다른 사람들을 기쁘게 해 주었는가?"

나에게 주어진 남은 날들을 낭비하지 않고 긍정적 자세로 나누는 삶을 실천하는 것, 그것이 나에게 주어진 숙제인 것만은 분명한 것 같다.

《경제포커스》 2019. 12. 19.

잣대

몇 달 전 형사사건 변호를 위해 그리 크지 않은 지방 도시의 법원에 간 일이 있다. 예상보다 너무 일찍 도착했는데 특별히 할 일도 없고 해서 미리 법정에 들어가 앞 사건들의 진행을 들여다보게 됐다. 내가 수임한 사건의 앞의 앞 사건은 성폭력 사건이었는데 피해자 측의 동의가 있었는지 피해자에 대한 증인신문이 그냥 공개로 진행되었다. 검사가 먼저 공소사실에 맞춘 신문을 간단히 했다. 이어서 피고인의 변호인이 피해자 스스로 피고인의 승용차에 탄 것이고 본건 성행위는 서로 합의하에 이루어진 것이 아니냐고 강도 높게 추궁을 하자 증인인 피해자가 상당히 당황스러워했다. 그러고 나서 재판장(여자 부장판사였다)이 확인차 몇 가지 물었다. 고등학교 3학년 때 왜 자퇴를 했는지, 대학 진학은 아예 포기한 것인지, 새벽까지 술집에서 놀며 집에 안 들어가도 부모에게 혼나지는 않는지, 나이트클럽에 함께 갔던 친구들 이름은 정말 모르는 것인지, 범행 현장인 피고인의 차 안에 떨어진 귀고리는 정말 증인의 것이 아닌지를 하나하나 캐물었다.

3주일 뒤 내가 맡았던 사건의 선고 결과를 통보받고 마침 위 성폭력 사건 선고도 같은 날 있었기에 괜한 호기심에 그쪽 변호사 사무실에 그 사건의 선고 결과를 알아보았더니 과연 내가 예상한 대로 그 사건은 무죄가 선고됐다고 한다.

내가 그 성폭력 사건을 맡았던 것도 아니어서 그 구체적 내용을 알 수 없기에 실체적 진실을 거론할 처지는 못 된다. 검사는 여자가 반항이 제압된 상태에서 성폭행당했다고 판단되어 기소했을 것이고, 판사는 다소 다른 견해를 보였는데 형사 증거법상의 원칙에 맞게 정확히 판결했을 것이다. 그런데 그때 내가 검사 시절에 어느 성폭력상담소의 소장에게서 들은 말이 떠오르는 것은 왜일까?

"맑은 물에서만 살아온 사람은 흙탕물 속의 맑음을 볼 수 없어요."

다소 한탄이 섞인 이런 말을 한 소장은 내가 맡았던 성폭력 사건의 피해자였다. 사건 당시에는 의대 졸업 후 인턴 수련 중이었는데 그만 선배인 남자 레지던트한테 성폭행을 당했던 것이다. 그 사건을 경찰에서는 가해자인 남자의 변명에 부합하는 듯한 자료 한두 가지를 첨부하여 무혐의 의견으로 송치했는데, 나는 경찰에서 빠뜨린 몇 가지 사항을 보완 수사한 후 혐의 인정된다고 보아 그를 구속하여 기소했고 물론 유죄 판결까지 받아냈었다. 그 피해자가 10년 가까이 지나서 본업인 의사로서의 길도 접고 '성폭력 피해자의 이모'라 불리는 성폭력상담소의 소장이 되어 나에게 인사를 왔던 것이다. 우리는 경찰이 혐의가 없다고 한 그 사건에서 내가 찾아낸 '결정적인 증거'('증거'라기보다는 어쩌면 '논리'라는 것이 더 맞을지도 모르겠다)에 대한 추억담 같은 것을 잠시 나눴는데, 그 소장은 위와 같이 '흙탕물 속의 맑음'을 이야기하며 제발 검사님이나 판사님들이 성폭력 피해자의 눈높이에서 사건을 바라봐 달라고 애절하게 간청하고는 헤어졌다.

앞서 내가 우연히 지방법원 법정에서 봤던 성폭력 사건으로 돌아가 보

자. 그날의 증인신문 정황만으로 봐서는 피해자인 그 여자가 뭔가 감추는 것이 있기는 하지만 자기의 의사에 반하여 강제로 당한 것만은 분명해 보였다. 수사 검사나 공판 검사가 조금만 더 수사와 공소 유지를 면밀하게 했었으면 '반항을 억압할 만한 강제성'을 입증할 '결정적인 증거'를 법정에 충분히 현출할 수 있지 않았을까 하는 아쉬움도 있었다. 무엇보다도 무죄라고 선언한 판결은 피해자의 입장은 거의 고려되지 않고 '법관의 눈높이'로만 판단한 것이 아닌가 하는 느낌이 드는 것도 어쩔 수 없다.

성범죄나 언어폭력 사범같이 피해자의 진술 외에는 별다른 증거랄 것이 많지 않은 사건에서는 피해자 쪽 증언의 신빙성이 결정적이다. 피해자의 증언이 우왕좌왕하며 일관되지 않거나 별로 중요하지 않은 사항이라도 일부 사실과 다른 부분이 나오기만 하면 피해 사실 전체에 대한 주장이 다 배척되기 쉽고, 특히 피해자에 대하여 인격적으로 신뢰가 가지 않을 때는 더욱 그렇다.

판사들은 공부를 많이 하여 학식이 풍부하고, 몸가짐을 바로 하여 항상 모범적이며, 인품도 훌륭하여 덕망이 높다. 그리고 체계적인 사고를 하는 두뇌를 보유하고 있어 말의 앞뒤가 논리정연하고 일관된다. 또한 성장 과정을 통하여 지적으로 잘 발달하였고 인격적으로도 잘 다듬어져 왔으며, 그러기에 그들의 '생각의 문법'은 항상 정확했고 그 표현 역시 틀림없었다. 그래서 세상을 그들의 기준으로 바라보고 판단해 왔으며 다른 사람들도 당연히 그 기준에 맞춰 살아가리라고 생각했다. 절대 거짓말은 하면 안 되고, 옷차림은 단정하고 밤늦게 유흥가 뒷골목 같은 데 가서는 안 되며, 의사 표현은 조리 있게 해야 하고 횡설수설해서는 안 된다. 그러니 성폭력 피해자라고 증인으로 나온 여자가 고등학교 자퇴생이고 밤늦게 친구들하고 나이트클럽에 갔다가 피고인의 승용차에 동승했던 것 자체가 이해가 가지 않는다. 그런데다가 나이트클럽에 함께 간 친구 이름을 제대로 대지 못하는 것도 쉽게 수긍할 수 없고, 범행 현장이랄 수 있는 차 안에서 나온 귀고리 한 짝이 자기는 모르는 일이라는 주장도 거짓임이 분명하다. 그러니 호텔 방에서 하는 것보다 카 섹스가 더 좋다며 피해자가 졸라대는 바람에 차에서 하게 됐다는 피고인의 주장 쪽에 더 쏠리게 되는 것이다. 아무리 몸을 함부로 하는 여자라도 싫은 남자와는 죽어도 하기 싫은 것이라든지, 불량끼 있는 소녀들 사이에서도 자기가 불이익을 받더라도 친구는 꼭 보호해 주고 싶은 의리 같은 것이 있다든지, 어떤 일이 있더라도 아빠가 데리고 들어온 새엄마 격의 젊은 여자의 귀고리를 몰래 하고 나왔다는 말을 자기 입으로 결코 하고 싶지 않은 피해자의 속마음을 알아내기는 쉽지 않을 것이다.

그러다 보니 더 옛날 생각이 난다. 초임 검사 시절 같은 청에 근무하는 부장검사 한 분이 저녁을 함께하자고 해서 따라간 적이 있다. 약속 장소인 오래된 중국집에 도착하니 K 교수가 기다리고 있었다. 최근까지 형사단독판사로 근무하면서 깔끔하면서도 명징한 논리의 판례평석을 가끔 발표해 왔기에 나도 그분의 존함은 익히 알고 있었는데, 최근 사표를 내고 모교 형사법 조교수로 부임하여 법조계의 조그만 뉴스거리가 되기도 했었다. 인사를 나누고 자리에 앉으면서 부장검사께서는 대뜸 "아니 천하의 명판사가 법정을 뛰쳐나오면 어떻게 하나? 왜 그랬어?"라고 물었다. K 교수는 "아이 선배님도…. 이제 학회는 꼬박꼬박 잘 나가겠습니다." 했다.

음식이 나오고 초면인 나에 대한 소개도 있었지만 부장검사의 주된 관심사는 엘리트 코스를 밟으며 잘나가던 K 판사가 왜 갑자기 법원을 떠나게 됐냐 하는 것이었기에 K 교수는 결국 그 사유를 소상하게 이야기했다.

어느 날 점심을 구내식당에서 먹는데 전에 부장으로 직접 모셨던 항소심 부장판사와 마주 앉게 되었다고 한다. 그런데 그 부장판사가 지나가는 말처럼 "K 판사는 정말 판결을 간명하게 잘 쓰더구만. 하지만 절도죄 형은 좀 센 거 같아…."라고 하더란다. 그분은 가벼운 충고 정도로 하신 말씀이겠지만 K 판사로서는 자기가 재판한 절도죄의 형량이 과중하다는 그 말이 내내 몹시 신경이 쓰여 일이 제대로 손에 잡히지 않았다고 한다. 그래서 비공식적으로 다른 단독 판사들이 담당한 사건들과 자신이 담당한 절도 관련 사건들의 재판 결과를 심사 분석하듯이 비교해 봤다고 한다. 그랬더니 놀랍게도 평균적인 형량이 다른 판사들의 경우보다 상당히 높았고(이 부분을 말할 때는 몇 %라고 수치까지 대면서 자기한테 재판을 받은 사람은 참 억울했을 거라고 진정으로 걱정하는 모습이 역력했다), 자기가 선고한 판결 중 사기와 배임죄에 관한 사건은 무죄가 제법 있는데 유독 절도죄와 관련해서는 단 한 건도 무죄가 없었다고 한다.

그 얘기를 들으면서 나는 K 판사가 다른 판사들이 담당한 사건들과 재판 결과를 비교해 보았다는 그 방법에 문제가 있어 거기서 도출됐다는 분석 의견은 그리 신뢰할 수 없다고 생각하고 있었는데, K 교수는 마치 고해성사라도 하듯이 심각하게 자신의 심정을 토로했다.

몇 년 전, 무교동에서 고시 떨어진 법대 동창 몇 명하고 술 한잔하고 좀 늦은 시각이라 택시를 타려고 하는데 갑자기 여러 사람이 서로 택시를 잡으려고 몰려드는 것 같더니 누군가가 뒤에서 K 판사의 왼쪽 손목에 차고 있던 시계를 순식간에 채뜨려 갔다고 한다. 뒤돌아서 사람들을 제치고 보니 누가 그랬는지는 흔적도 찾을 수 없었다. K 판사는 술이 확 깨고 정말 황당해서 멍하니 서 있을 수밖에 없었다고 한다. 그 시계는 아주 고가는 아니지만 결혼 예물이고, 고시생 시절 서로가 어려울 때 결혼을 하면서 K 판사의 아내가 남자는 반지가 별 필요 없으니 시계나 제대로 된 것으로 하자고 하여 마련해 준 것이어서 더욱 애착이 가는 것이었단다. 그 시계를 잃고 너무나 커다란 마음의 상처를 입은 K 판사는 그때부터 절대 남의 재물을 탐해서는 안 된다는 것을 지상의 명제로 삼게 됐음은 물론 소매치기를 비롯한 절도범은 이 땅에서 반드시 사라지도록 하는 것이 자신의 소명인 것처럼 생각하게 된 것 같다고 했다. 그러니 절도범에 대하여 형이 셀 수밖에 없고, 절도죄 피고인이 무죄 주장이라도 하면 그건 거짓 변명으로만 들렸을 것이니 이런 편견에 빠진 사람이 어떻게 법원에 남아서 재판을 할 수 있겠냐며 거의 울 듯한 표정이었다. K 교수는 이 얘기를 아무에게도 하지 않았었는데 오늘 이렇게 두 분께 털어놓고 나니 마음이 개운하다고 했다.

아무튼 그날 K 교수에게서 들은 얘기는 우리가 살아가면서 어떤 소신이나 신념 같은 것을 앞세워 편견에 빠져서는 안 되겠다는 소중한 교훈을 주었고, 그 이후 내가 검사 생활하는 데도 좋은 지침이 되었다.

사실 그때까지 나는 검사로서 사건 수사를 하면서 한쪽 쏠림이 상당히 있었다. 특히 왜 사람들은, 특히 나에게 붙들려 온 피의자들은 왜들 그렇게 술 핑계를 많이 대는지 도저히 이해할 수가 없었다. 코뼈가 뭉개지도록 피해자를 두드려 패 놓고는 술에 취해서 전혀 기억이 안 난다고 하거나, 평소 멋진 오토바이를 타고 싶어 하기는 했지만 술에 만취한 내가 오토바이를 훔쳤다는 것은 말도 안 된다고 엉터리 변명부터 해 댄다. 원래 술을 잘 못하기도 하지만 "항상 깨어 있으라!"는 말씀을 생활신조처럼 삼아 한 치라도 흐트러지지 않은 삶을 살려고 하는 나에게 술에 취해서 해롱해롱하는 모습은 정말 못 봐 줄 꼬락서니였고, 술에 취해서 남의 오토바이 끌고 온 것이 전혀 기억이 안 난다는 피의자에게는 만취 상태에서 무의식적으로 도둑질한 자야말로 천성적인 도둑놈이라며 더욱 엄히 다뤘다. 그러나 K 교수의 '고해성사'를 들은 다음부터는 나의 그런 판단은 항상 깨어 있어야 한다는 신념을 가진 사람의 기준에 의한 것이지 세상을 그때그때 편히 사는 사람이나 곧잘 술에 취해서 정신을 잃는 사람들에게는 진리가 아닐 수 있다는 것을 받아들이게 되었다. 그리고 그런 사람들에게도 그들 나름의 진리가 있을 수 있다는 것도 인정하게 되었다.

신념이란 절대자에 대한 숭고한 종교적 신앙이나 자유민주주의에 대한 정치적 신조처럼 고귀한 것이라 할 수 있다. 그래서 헬렌 켈러도 어떤 독재도 신념의 힘은 꺾지 못한다고 했던 것이다. 그러나 나에게 옳은 신념이 꼭 다른 사람에게도 똑같이 옳은 것은 아니고, 일반적으로는 타당하지만 구체적인 경우에는 맞지 않거나 특수한 사람에게는 해당하지 않기도 하는 것이다. 그래서 '친구 간의 의리는 끝까지 지켜야 한다.'거나 '매사에 주인 의식을 가져야 한다.'는 신념이 항상 옳기만 한 것은 아니고, '남자는 결코 여자 앞에서 눈물을 보여서는 안 된다.'는 멋진 말도 맞지 않을 때가 있는 것이다.

그런데도 사람들은 일단 자기 마음속에 '신념'이라는 것이 형성돼 버리고 나면 이를 좀처럼 바꾸려 하지 않고 또 남도 그와 같은 신념을 갖기를 원하고 때로는 강요까지 한다.

일찍이 F. 니체도 "신념을 가진 사람이 가장 무섭다. 신념을 가진 사람은 진실을 알 생각이 없다. 강한 신념이야말로 거짓보다 더 위험한 진리의 적이다. 신념은 나를 가두는 감옥이다."라고 신념에 사로잡힘의 위험성을 경고한 바 있다. 뭐 어렵게 철학자의 말을 들먹일 필요까지도 없다. 고등법원 부장판사까지 하고 나온 동료 변호사가 어느 날 이제야 자기가 변호사가 된 것 같다면서 이런 말을 했다.

"선배님, 제가 그토록 소중하게 여겼고 그것을 지키기 위해서라면 목숨이라도 걸 수 있을 것 같았던 그 신념이란 것도 세월이 지나고 보면 그저 10대의 연애담처럼 부질없는 것임을 깨닫고는 스스로 부끄러워지더군요."

물론 누구나 자기가 꼭 지켜야 할 신념은 얼마든지 있을 수 있다. 그러나 새로 유입된 정보가 자신이 지금까지 지녀온 신념을 뒤흔들 것이 두려워 기존의 신념을 보호하기 위해 그 신념을 뒤흔들 만한 신규 정보를 스스로 거부함과 동시에 기존의 신념에 더욱 굳게 달라붙는 오류를 저질러서는 안 될 것이다. 오히려 자신의 신념이 잘못된 것은 아닌지 돌아볼 줄 아는 지혜와 도량이 필요하다.

또 사람들이 모두 같은 신념을 가질 수는 없으며, 그럴 필요도 없고, 또 그래서도 안 된다. 신념은 자기가 지켜야 할 가치일지는 몰라도 그것이 남을 판단하는 잣대가 될 수는 없다.

최근에 〈더 글로리〉라는 드라마를 정주행했다. 팔뚝 등 온몸을 전기인두로 지짐을 당하는 등 처참하게 학폭을 겪은 여주인공이 18년 동안 치밀하게 준비하여 '고맙게도' 전혀 반성하지 않고 있는 가해자들에게 시원하게 복수를 하는 내용이다. 스토리 자체가 그렇게 복잡하지 않아 별 부담없이 복수의 상쾌함에 빠져 나름 카타르시스를 즐기다가 문득 여주인공이 삶의 모든 것을 포기하고 오로지 복수에만 목숨을 거는 것이 섬뜩하고 복수의 방법도 너무 극렬하고 잔인한 것 같아 "꼭 저렇게 복수를 해야만 하나? 용서할 수는 없을까?" 하고 혼잣말처럼 중얼거렸다. 그런데 웬걸, 옆에서 그 말을 들은 아내가 대뜸 "당해 보지 않은 사람이 용서 같은 소리 하는 게 아니에요!" 하고 바로 반격하는 것이었다. 나는 좀 부아가 나 "그럼 당신은 당해 봤단 말이야?" 하고 재반격을 하려다가 그만뒀다. 말싸움을 하게 되면 항상 내가 지다시피 할 뿐만 아니라 이번 역시 아내 말이 맞는 것 같기도 하기 때문이다.

나는 아직도 남을 판단하려 들고 있다. 지금은 검사도 아니고 물론 판관(判官)도 아니면서 말이다. TV 드라마를 보면 주인공 입장이 한번 되어 보고서 간접 체험이나 하면 그만인데 꼭 옳고 그름을 따져야만 속이 풀리는 모양이다. 그것도 자기만의 잣대로 판단하니 문제다.

그렇다. 그 잣대가 문제다. 이제 나이도 들 만큼 들었고 경험도 할 만큼 한 셈인데도 자기만의 잣대를 벗어나지 못하고 있다. 나는 정말 좋은 부모 만나서 어려서부터 별 어려움 없이 사랑받으며 커 왔고, 다행히 머리가 나쁘지 않아 공부에서는 뒤떨어지지 않고 큰 병 없이 잘 자랐으며, 가까이에 좋은 친구와 본받을 만한 선배나 상사가 항상 있어 비뚤어진 길로 가지 않을 수가 있었고, 부지런하고 판단력이 정확한 아내와 착하고 건강한 아들·딸 덕분에 별걱정 없이 편히 지내왔으며, 일복도 있어 하고 싶은 일은 거의 다 해 보고 공직을 무사히 마쳤으니 혜택이란 혜택은 거의 다 받은 처지인 셈이다. 그런 사람이 지닌 가치관이나 잣대는 뻔하다. 나같이 누릴 걸 다 누린 사람이 〈더 글로리〉의 여주인공처럼 처참하게 짓밟혀 끔찍하게 망가진 삶을 살아온 피해자에게 용서니 포용이니 하고 너무 쉽게 말하니 이게 바로 자기만의 잣대를 대는 것이고 위선이 아니겠는가? 나는 아직도 먼 것 같다.

아마도 우리가 가장 먼저 버려야 할 것이 있다면 그것은 자기만의 잣대와 편협한 신념이 아닐까 한다. 그것들만 버리면 쓸데없는 판단도 훨씬 줄어들고 이 사회의 불필요한 갈등도 많이 없어질 것이다.

《경제포커스》 2023. 7. 28.

당황과 황당 사이

우리가 쓰는 한자어 중에는 평화·화평이나 호칭·칭호 또는 정욕·욕정처럼 그 글자 순서를 바꿔 써도 뜻이 같거나 거의 달라지지 않는 것들이 있다. '당황'과 '황당'도 그렇다고 알고 있는 사람들이 많다. 물론 황당한 일을 당하게 되면 당황하게 되므로 전혀 관련이 없지는 않다고 할 수도 있겠다. 그러나 원래는 별개의 단어인 것이다.

우선 국어사전에서는 '당황'은 놀라거나 다급하여 어찌할 바를 모른다는 뜻을 지니고 있고, '황당'은 말이나 행동 따위가 참되지 않고 터무니없다는 뜻을 지니고 있다고 풀이한다. 기본적인 의미가 '당황'은 동사적이고, '황당'은 형용사적이다. 그래서 '~하다'를 붙여 쓸 때 '당황하다'는 동사가 되고 '황당하다'는 형용사가 된다. 또한 '당황스럽다'는 성립하지만 '황당스럽다'라는 말은 없다.

그렇지만 이런 정도의 설명만으로는 '당황'과 '황당'이라는 단어를 실제의 언어생활에서 명확히 가려내어 사용하기는 쉽지 않다. 그래서 오래전부터 '당황'과 '황당'을 잘 구별할 수 있는 사례를 우스갯소리 비슷하게 떠도는 것들이 여러 개 있어 왔다. 그중 가장 고전적이라 할 수 있는 것을 들면, 한 아주머니가 급한 나머지 길옆에 세워진 트럭 뒤에 쪼그리고 앉아서 볼일을 보고 있는데, 트럭이 갑자기 출발해 버리면 당황하게 되지만, 그 트럭이 후진해 오면 정말 황당하다는 예시다. 재미도 있고 제법 그럴듯해 보이기도 한다. 그러나 엄격히 말하자면 정확한 분석은 아니다. 위 예시와 반대로 트럭이 출발해 버리는 바람에 볼일 보는 걸 들켜 황당했고, 갑자기 후진해 와서 크게 당황했다고 설명하는 '짝퉁판'도 있는데, 그런 설명도 딱히 틀렸다고 할 수 없기 때문이다. 정말이지 큰 트럭이 갑자기 뒤로 돌진해 올 때 얼마나 당황했을까 말이다.

기본적으로 '당황'은 예상하지 못한 놀라운 일을 당하여 어찌할 바를 모르는 움직임을 말하나, 그 '놀라운 일'은 좋고 나쁘다거나 옳고 그르다거나 하는 어떤 가치판단이 전제된 것이 아니다. 그러나 '황당'에는 사전적 의미대로 '참되지 않고 터무니없다'는 부정적인 가치판단이 개입된 형용사적 표현인 것이다. 그런데 트럭 운전사가 트럭을 앞으로 운전하건 뒤로 후진하건 거기에 참되지 않다거나 터무니없다는 가치판단이 개입될 여지는 없는 것이다. 우리의 언어 습관이 당황할 정도를 넘어 더 놀라운 상태를, 즉 '당황'의 비교급 정도의 센 표현으로 '황당'을 사용하기도 하나, 위와 같은 사전의 풀이로 볼 때 정확한 사용법은 아니라고 본다.

그 밖에도 많은 이야기들이 떠돌아다니면서 우리를 웃겨 주지만(개중에는 성인판이라 할 정도로 야한 것도 있음), 모두 위 사례가 범한 오류를 그대로 이어가고 있다. 그런데 최근 인터넷에서 다른 것을 검색하다가 우연히 어느 젊은 여자가 쓴 글을 읽게 되었다. 혼자 드라이브를 하던 중 강가에 경관이 좋은 카페가 있어 들어가 커피를 주문했다고 한다. 손님이 많아 베란다 한구석에 겨우 자리를 잡아 놓고 잠깐 화장실에 다녀와 보니 다탁 위에 레몬티가 놓여 있어 순간 당황했단다. 그래서 카페 주인에게 자기는 커피를 시켰으니 커피로 바꿔 달라고 했더니 황당하게도 그 주인이

"커피보다 레몬티가 건강에 좋으니 그냥 드세요." 하더란다.

이 예화에서의 일이 실제 있었던 일이라기보다는 '당황'과 '황당'의 차이를 설명하기 위해 창작한 것처럼 아주 적절하게 예시하고 있다. '당황하다'와 '황당하다'를 그 품사에 맞게 정확히 사용했고, 커피를 주문했는데 레몬티가 나온 것은 예상 밖의 놀라운 일로 당황할 만하며, 자기가 잘못해 놓고 손님에게 그 잘못된 결과를 그대로 받아들이라고 억지 논리를 펴는 것은 어처구니없는 황당한 일이라 할 것이다.

사실 '당황'과 '황당'은 한자의 글자를 순서만 바꾼 것 같지만 그렇지가 않다. 당황은 '唐惶' 또는 '唐慌'이라고 쓰고, 황당은 '荒唐'이라고 써서 '당' 자는 같은 한자를 쓰지만 '황' 자는 전혀 다르다.

'唐'은 '당나라 당'으로 알고 있는 그 글자인데, 원래 '허풍 떨다', '종잡을 수 없다'의 뜻도 있다고 한다. 그래서 중국어로 '唐唐'이라고 하면 걷잡을 수 없거나 허황한 모습을 표현하는 것이라고 한다(떳떳한 모습이나 태도를 표현하는 '堂堂'하고는 완전히 다름). '惶'은 두려워하다는 뜻이고, '慌'은 흐리멍텅함을 뜻하는데 '唐'과 결합한 '당황'은 종잡을 수 없는 뜻밖의 일을 당하여 놀래서 정신이 나가는 움직임을 표현해주는 단어가 된 것으로 설명할 수 있겠다. 이에 반하여 '荒'은 '거칠다'의 본래의 뜻에서 '다듬어지지 않고 막되다'로, 더 나아가 터무니없어 미덥지 못한 상태를 형용하는 뜻으로도 쓰인다. 그러니 자연스럽게 '唐'과 결합하여 황당한 느낌을 잘 표현하는 '황당'이란 단어가 만들어진 것이다.

이렇게 '당황'과 '황당'은 따지고 보면 근원이 다른 말이다.

우리는 살아가면서 황당한 일을 당하여 당황하는 일이 참 많다. 나는 여태까지 살아오면서 웬만한 큰일이 닥쳐도 중심을 잘 잡고 절대로 흔들리지 않으려고 애써 왔다. 그런 마음가짐이 종종 큰 도움이 되기도 했다. 그런데 이상하게도 상대방의 터무니없는 부당한 태도를 보게 되면 황당한 나머지 그만 당황하게 된다.

한번은 운전을 하다가 네거리의 교통신호가 노란 불로 바뀌어 나는 아무 생각 없이 브레이크를 밟았다. 그 순간 뒤에서 세게 달려오던 차가 내 차를 추돌하는 바람에 나는 잠시 정신이 얼얼해서 멍하니 앉아 있었다. 그런데 뒤차의 운전자인 젊은 아주머니가 쫓아와서는 나에게 냅다 소리를 지르는 것이었다.

"노란 불이면 빨리 속도를 내서 지나가야지 멈추면 어떡해요?"

정말 너무나 황당해서 나는 어떻게 해야 할지 당황스러웠다. 게다가 그 아주머니는 내가 쩔쩔매는 줄로만 알고는 더 쏘아붙인다.

"내 차는 뽑은 지 한 달도 안 됐단 말이에욧!"

적반하장이 바로 이런 걸 두고 하는 말인가. 나는 순간 욕설이 나오려는 걸 간신히 참았다. 그리고는 낮은 목소리로, 그러나 또박또박하게 한마디 했다.

"황색신호는 '녹색신호의 연장'이 아니라 '적색신호의 시작'입니다. 따라서 교차로 진입 전 황색신호를 마주치면 모든 차는 정지선이 있거나 횡단보도가 있을 때 그 바로 앞에 정지하여야 합니다. 도로교통법 시행규칙 제6조 제2항!" 했다.

뜻밖에 내가 이렇게 법령 조문까지 들먹이며 당당하게 나오자 그 아주머니는 그야말로 당황해하면서 바로 기가 죽어서 "그럼 보험 처리하죠, 뭐…." 하고 꼬리를 내렸다.

법률문제를 다루는 직업에 종사하다 보니 나는 검사 때나 변호사 때나 황당한 일을 많이 접해 왔다. 검사 시절에 나쁜 피의자를 많이 수사해 왔지만 자기 이익만을 좇고 남을 위한 배려는 전혀 하지 않는 고약한 고소인도 제법 자주 만났다.

이런 경우도 있었다. 고소인이 피해를 당한 것은 맞는데 형사 건이 될지 단순 민사 사안일지 그 경계가 불분명한 사건이라 그 처분에 대하여 고민을 한 끝에 피고소인을 잘 설득해서 받은 원금만 돌려주는 선에서 합의를 주선하였고 고소도 잘 취소됐다. 그런데 다음 날 아침 출근하는데 검사실 앞에서 기다리고 있던 고소인이 따라 들어와 서류를 하나 내미는 것이었다. 고소 취소한 것을 취소하겠다는 문서다. 원금은 받았지만 집에 가서 곰곰이 생각해 보니 그동안의 법정 이자만 해도 얼만데 그것도 못 받았고, 또 고소하여 조사받고 하느라고 경찰과 검찰청에 여러 차례 출입했는데 그 일당과 교통비도 손해 난 것이니 꼭 받아야 함에도 못 받아서 억울하다는 것이다. 그 억울함 때문에 어젯밤 내내 잠을 못 잤다는 호소까지 한다. 참으로 황당했다. 그런 마음을 가져서는 안 되지만 어렵게 애를 써서 합의에 이르도록 해 준 것이 솔직히 약간 후회되기까지 했다.

최근에는 마을변호사로서 무료 법률상담을 하다가 이런 일도 겪었다. 상담 신청인이 돈을 벌어보려고 큰돈을 지인에게 건네주었는데 그게 뜻같이 되지 않아 처음에 두어 달만 수익금 명목으로 얼마간 받고 원리금 모두를 날리게 된 사안이었다. 사안 자체가 투자금인지 대여금인지 불분명하고, 상대방에게 현재 압류할 재산 같은 것이 전혀 없는 것 같아 소송을 할 실익도 없어 보여 내가 조심스럽게 구제의 방법이 쉽지 않음을 내비쳤다. 그랬더니 갑자기 그 민원인은 화를 벌컥 내면서 국가는 국민이 재산권 피해를 봤으면 즉각 이를 복구시켜 줘야지 뭘 하고 있냐면서 당장 그 상대방을 구속하고 자기가 손해 본 것을 되찾게 해 달라는 것이다. 그래서 민사 사건에서 승소 판결을 받는다고 해도 상대방에게 집행할 재산이 없으면 아무 소용이 없고, 구속 여부 역시 최종적으로 법관이 결정할 일이나 코로나19 때문에 갑자기 사정이 나빠졌다는 그쪽의 변명이 먹혀든다면 형사 건이 되기 어려울 수도 있다고 아주 조심스럽게 설명을 드렸다. 그랬더니 갑자기 언성을 더 높이면서 "그딴 소릴 하려면 뭣 하러 여기 나왔어요?" 하는 것이었다. 정말 황당했다. 그러나 나는 화를 낼 수도 없어 오히려 목소리 톤을 낮춰서 공손하게 "사모님께서 어느 정도로 재산적 여유가 있으신 모양인데, 저는 무료로 법률상담을 해 주는 변호사라 서비스의 질이 아주 낮습니다. 그러니까 약간의 비용이 들더라도 훌륭한 변호사님을 찾아가셔서 좋은 법률 서비스를 받아 보시죠." 하고 다음 상담 신청인이 기다린다는 이유로 내보냈다.

이렇게 법률 관련 업무 종사자들은 곧잘 화풀이의 대상이 된다. 돈 벌 욕심에 일은 본인이 다 그르쳐 놓고는 그것을 바로 해결해 주지 못한다고 말이다. 그러니 황당해서 당황할 수밖에….

위의 몇 가지 예화에서 보는 바와 같이 황당한 경우는 대개 사람의 행위가, 그것도 부당한 처사가 개입된 경우이다. 그래서 그런 일을 당하는 사람은 다른 경우보다도 더 당황하게 되는데, 그것은 자신이 특별히 잘못한 것도 없는데 부당한 처우를 받아 심한 모멸감, 억울함, 서러움 내지 분함을 느끼기 때문이라 할 것이다. 이것은 강한 스트레스이기도 한데, 한 조사기관의 발표에 의하면 특별한 이유 없이 회사를 그만두는 사람들의 결정적인 퇴사 이유를 알아보면 일이 과중해서도, 연봉이 너무 적어서도,

진정한 자아실현을 위해서도 아닌 바로 직장 내에서 당한 황당한 일 때문이라고 한다. 즉, 자신이 당한 부당한 처우에 대한 스트레스가 그 결정적인 원인이라는 것이다. 회사 중요 사업의 새로운 프로젝트를 세울 때 부장과 상무가 그렇게 억지를 부려 자기들 주장대로 밀어붙여 놓고는 나중에 결과가 안 좋게 되자 엉뚱하게 기안 책임자라고 해서 문책당한 김 과장은 황당해서 그런 조직에서 더 이상 근무하고 싶지 않을 것이다.

그런데 사람은 누구나 다른 사람들과 부딪치며 살 수밖에 없다. 항상 좋은 관계를 유지하며 정당한 대우를 받고 살아가면 좋겠지만 그게 어찌 가능한 일이겠는가. 도무지 이해할 수 없거나 받아들이기 어려운 황당한 경우는 언제든지 일어날 수 있는데, 그럴 때마다 어쩔 수 없어 하기만 한다거나, 벌컥 화를 내거나, 회사를 그만둘 수는 없다. 피할 수 없다면 이를 잘 극복해 나가는 것이 험한 세상을 슬기롭게 살아가는 지혜가 되지 않을까 한다.

심각할 정도는 아닐지라도 황당한 경우를 많이 당하다 보니 나는 그냥 당황만 할 게 아니라는 적절한 방어논리를 개발해 보려는 시도를 자연스럽게 하게 됐다. 당황망조(唐慌罔措: 당황하여 어떤 행동이나 조치를 취해야 할지 모름)하면 일을 그르쳐 나만 손해니까 말이다.

상대방으로부터 심히 부당한 처우를 받았을 때 즉각 화를 내거나 그 자리에서 울어 버리는 것은 내 마음을 보호하는 방법이 되지 못하고 오히려 더 상처를 받게 되리라고 본다. 나에 대해 오해를 하고 욕을 할 때 바로 내가 대들면 저쪽에서도 격한 감정이 상승이 되어 더 세게 나올 수 있다. 내가 의연히 대처한다면 저쪽도 약간 주춤하게 되고, 그러면 조금 생각하며 오히려 반성할 기회도 주는 셈이 된다. 억울하다고 울어 버리면 그쪽에서 오해한 것을 그냥 사실로 인정한 것으로 볼 수도 있다. 그래서 상담을 전문으로 하는 분들은 감당할 수 없을 정도로 황당한 경우를 당했을 때는 일단 그 자리를 피하라는 충고를 하기도 한다. "약한 자는 복수하고 강한 자는 용서한다. 그러나 현명한 자는 무시한다."라는 격언으로 조언을 대신하는 분도 있다. 그렇지만 마냥 무시할 수만은 없는 경우도 있을 것이다.

나는 황당한 일을 당했을 때 너무 쩔쩔매거나 어리벙벙하지 말라고 하고 싶다. 내가 잘못한 것이 없다면 분하고 화가 나는 것이 당연한 감정이고, 그것 자체를 인정하지 않는다면 위선이거나 자존감마저 포기하는 것이라고 본다. 다만 작전상 내 감정을 바로 폭발해 버릴 것이 아니라(바로 반응하면 당장은 속이 시원하나 곧 후회와 자괴감에 빠지게 된다), 조금 숨을 고른 다음 적절한 방법으로 상대방의 잘못을 지적하고 내 주장을 제대로 펴는 것이 좋은 방법이다. 한마디로 당황해하지 말고 당당해질 필요가 있다('唐唐'이 아니고 '堂堂'이다). '당당하다'는 것은 내가 무엇을 할지, 어떤 마음을 가질지는 내 스스로 선택할 수 있다는 자율성을 확인하는 태도를 의미한다.

앞서의 강변의 카페에 갔던 젊은 여자는 매우 슬기로웠다. 어이가 없었지만 짐짓 살짝 미소를 짓고는 이렇게 말했다고 한다.

"이 카페는 커피보다는 레몬티가 더 자신 있는 모양이죠. 그런데 저는 레몬 알레르기가 있어서 레몬티는 다음에 친구를 데리고 와서 마시도록 할게요."

카페 주인은 두말없이 레몬티를 거둬 가고 커피를 가져와서는, 자기네 카페는 원래 비엔나 커피가 전문이라면서 아인슈페너 무료 시음 티켓 2장을 함께 놓고 가더란다.

사실 우리는 그동안 당황하기만 하고 당당하지 못한 채 너무 자기주장을 하지 못하고 살아왔다. 내 주장이 무엇인지 제대로 표현되지 않은 채로 지내 왔기에 그래서 우리 주변에는 황당한 일이 점점 더 늘어나기만 하고, 우리는 그런 황당한 일을 당하고는 또 당황하기만 해 왔다.

그런데 한번 당당해 보자. 나를 통제할 수 있는 것은 오직 나일 뿐이라는 마음가짐으로 당당해지면 떳떳한 사람들 특유의 객관적 사고가 형성되게 된다. 전에는 자기에게 닥친 황당한 일들이 나만 당하는 일이고 왜 하필 나에게만 이렇게 불행한 일들이 생기냐고 원망 비슷한 감정을 가졌었는데, 당당하게 자기주장을 펴고 나니까(물론 상대방도 그 나름의 경험과 인생관을 지녔기에 나의 지적이 그대로 먹혀들어 가긴 어렵겠지만) 이상하게 자기연민 섞인 원망 같은 것은 사라지고, 인간이라면 누구나 삶에서 뜻밖의 고난을 만나게 된다는 식의 객관적 시각이 생기게 되는 것이다. 이것은 나의 힘듦이 인간이라면 누구나 겪는 것이라는 식의 보편성으로 바라보게 되는 것인데, 이 얼마나 건강한 인생관인가. 더 나아가 어떤 때는 나에게 도무지 이해되지 않는 황당한 짓거리를 한 상대방도 나와 마찬가지로 저 나름대로 어려운 삶을 살고 있겠거니 하는 생각까지 들기도 한다.

당황은 당사자의 상식이나 기대 등 익숙한 것과는 다른 뜻밖의 상황이 발생했을 때 보이는 불안정한 정서적 움직임이다. 당황하더라도 곧 바로잡을 수는 있겠으나 일이나 사태를 그르칠 수 있는 리스크가 커져 있는 불안한 상태이기도 하다. 황당한 일을 당했을 때 당황하여 일을 더욱 그르치지 말고 잘 수습하기 위해 우리는 미리 마음 훈련을 해 두어 당당해질 필요가 있다고 본다.

우리 모두가 '당황'과 '황당'에서 '황' 자를 뺀 '당당'한 모습을 지켜 나감으로써 이 세상에서 황당함이 사라지기를 기대해 본다.

《경제포커스》 2022. 8. 16.

Ⅳ

토끼와 거북이

거꾸로 보기

대화 내용 모두 삭제

거리두기

피해자 코스프레

담

동병상련

비교에 대하여

토끼와 거북이

우리가 잘 아는 우화 중에 토끼와 거북이 이야기가 있다.

토기와 거북이가 경주를 했다. 걸음이 빠른 토끼가 느림보 거북이를 훨씬 앞섰다. 그런데 토끼는 거북이를 얕보고는 목표 지점 거의 다 와서 풀밭에 누워 쉬다가 그만 잠이 들었다. 거북이는 쉼 없이 꾸준히 전진하여 잠든 토끼를 앞질러 결국 1등을 하였다.

이 이야기를 하면서 우리는 모두 토끼의 자만과 게으름을 비난하고 거북이의 끈기와 꾸준한 노력을 칭찬해 왔다.

우리는 토끼를 닮아서는 안 된다. 그리고 정말 거북이의 자강불식(自彊不息)하는 성실함은 높이 사 줄 만하다.

그러나 좀 더 깊이 헤아려 보면 잠든 토끼를 보고도 옳지 잘됐다고 생각하며 살그머니 지나쳐 저 혼자만 앞으로 간 거북이의 처사는 잘한 것처럼 보이지 않는다. 진정한 페어플레이는 토끼를 깨워서 함께 가는 것이라고 본다. 그렇게 한다면 토끼도 자기만 앞서가려 하지 않고 거북이와 보조를 맞춰 나란히 가려 할지도 모른다. 똑같이 결승점을 통과한다면 모두가 1등이 아니겠는가.

우리는 지금 무한대의 경쟁 사회에서 살고 있다. 무수한 시험과 경쟁에서 어떻게 하면 확실히 이기느냐 하는 것을 교육받아 왔고, 그리고 이기는 것만이 최선인 것처럼 길들여져 왔다. 경쟁이 치열하다 보니 다른 경쟁자의 실수는 나에게 기회가 되고, 또 그 기회가 왔을 때 이를 놓치지 않는 것이 성공 비결 중의 하나로 간주되었다.

우리 법조계는 그 어느 직역보다도 경쟁이 치열한 사회다. 시험에는 꼭 합격해야 하고, 인사에서 좋은 보직을 받아야 하며, 승진은 맨 먼저 해야 되고, 소송에서는 무조건 이겨야 한다. 시험에 떨어지거나 한직으로 밀리거나 승진에 탈락되거나 패소하는 것은 무능한 것이고, 무능은 곧 악(惡)으로 취급되는 것이 우리 법조계인 것 같다. 그래서 그런지 유능하고 경쟁에서 잘 이겨 낸 법조인들은 부와 사회적 지위를 누리며 참으로 잘 살고 있다.

잘 사는 건 좋은 것이다. 능력을 키우고 남들보다 열심히 노력해서 얻은 삶의 보람이다. 거북이 같은 성실함에 대한 보상이라고 할 수 있다.

그러나 어찌 보면 우리 법조인들은 남의 불행(피해를 봄)이나 실수(죄를 짓거나 가해자가 됨) 때문에 살아가는 직업인이라고 할 수 있다. 우리의 성공 뒤에는 반드시 다른 사람의 불행과 실수가 있는 것이다.

그러므로 성공한 법조인은 자신의 성공의 원인(遠因)이라 할 수 있는 불행하고 실패한 사람들을 보살피고 이끌어 갈 필요가 있다고 본다. 경쟁에서 이긴 법조인이 자신이 성취한 것에만 안주하고 도움이 필요한 사람들을 보살피지 않는다면 그것은 자만에 빠져 낮잠을 자는 토끼와 다를 바 없고 또 아무도 그를 깨우지 않을 것이다.

《법률신문》 2006. 3. 20.

거꾸로 보기

'꺼꾸리'라는 것이 있다. 먼저 고리에 발을 끼우고 널판에 등을 붙여 고정시킨 다음 몸을 뒤집어 발이 하늘로 향하고 머리는 바닥 쪽으로 물구나무를 서게 하는 운동기구다. 내가 척추관협착증이라는 고약한 병명으로 허리의 통증을 호소하자 아내는 그런 질환을 이미 겪은 여류 소설가가 추천한 그 기구를 바로 장만하였다.

운동기구라고는 하지만 꺼꾸리를 이용해서 하는 것이 '운동'이라기에는 좀 그렇고 그저 기구에 의지해 적당한 각도에 맞춰 몸을 뉘어 쉰다고 보는 것이 더 정확할지 모르겠다. 처음에 아내의 강권에 억지로 몇 번 해보았지만 다소 어지러운 것 같기도 하고 할 때마다 아내에게 기구 조작 도움을 받아야 하는 것도 귀찮았다. 그래서 꾀를 내어 그걸 매일 하다 보니까 오히려 허리가 더 아파지는 것 같다는 핑계를 대고 보름 정도 만에 그만두었다.

이런 사유로 꺼꾸리는 우리 집 베란다 한쪽 구석에 청승맞게 내팽개쳐져 있는 신세가 되었다. 그렇게 두어 달 정도 지나다가 이달 초순 무렵 내가 아내 몰래 혼자서 조작하며 꺼꾸리 '운동'을 다시 해 보았다. 한번 해보니 조작이 그리 어려운 것도 아니고, 물구나무서는 것처럼 완전히 거꾸로 서지는 않고 꺼꾸리 등판에 몸을 고정시킨 다음에 90도를 약간 넘기는 정도까지만 머리를 밑으로 가게 회전시켜 보니 그것까지는 할 만했다. 그렇게 한 1주일쯤 하고 나니까 제법 효능이 느껴지는 것 같기도 했다. 압착됐던 신경이 조금은 신전(伸展)이 되는지 제법 시원해지는 느낌이 들고 통증도 줄어드는 것 같으니 말이다. 물론 그 뒤로도 한동안 어지럼증을 피하기 위해 뒤로 젖힐 때는 꼭 눈을 감아 왔다.

그러다가 오늘 아침 나는 대단한 경험을 하게 됐다. 꺼꾸리에 몸을 고정시키고 몸을 뒤로 젖힌 뒤 용기를 내어 감았던 눈을 살짝 떠 본 것이다. 아, 그 순간 거꾸로 보이는 새로운 세상이 펼쳐지는 것이었다. 우리 집 거실 베란다에서 내려다보이는 경관은 언제 보아도 아름답기 그지없어 이곳에 사는 것이 크나큰 행운이라는 것을 그때마다 일깨워 준다. 그런데 오늘 아침에 내가 거꾸로 본 남한강 일대의 풍경은 지금까지 보아 온 것과는 전혀 새로운 모습이어서 그것은 하나의 충격이었다.

그동안 비가 많이 와서 강물이 많이 불었고, 구름이 잔뜩 끼어 포근하게 우리 집 쪽을 감싸던 양자산의 모습을 제대로 볼 수 없다는 것은 그런대로 이해가 가겠는데, 이상하게 나무나 집 같은 사물들이 나와 함께 자꾸만 밑으로 또 밑으로 내려가 구름 낀 하늘 속으로 빨려 들어가는 듯했다. 하늘로 올라가는 것이 아니라 하늘로 내려가는 것이다. 강물도 하늘로 빠져 내려가려고 용을 쓰고 있지만 빗물로 너무 흙탕물이 돼서 안 된다고 구름이 제지하는 것 같고, 이미 많이 내려간 듯한 아파트도 뭐가 잘못됐는지 더 이상 못 내려가고 구름에 막혀 있다. 저 멀리 중부내륙고속도로를 달리다 멈춰 선 승합차도 자기네도 하늘로 빠져 내려가려고 무슨 수를 쓰는 것 같기도 하다. 다만 양근 성지의 성당만이 아직 지상에서 할 일이 남았다며 하늘로 내려가는 것을 거부하고 대지를 굳건히 받치고 있는 것 같다. … 이건 '앨리스의 이상한 나라'를 보는 듯한 완전히 색다른 경험이고 어쩌면 새로운 창조라는 생각도 들었다.

시간이 어느 정도 돼서 꺼꾸리를 제 위치로 세운 다음 잠금장치를 풀었다. 약간의 어지럼증이 있었으나 바로 가다듬고 이번엔 바로 서서 남한강을 내려다보았다.

이 모습 역시 아름답고 거꾸로 보는 것과는 다른 안정감이 느껴진다. 오빈역 역사(驛舍)는 수평으로 제 자리를 잘 지키며 양평역 쪽에서 오는 전철을 받아들이고, 남한강 강물도 약간 누런 흙탕물이긴 하나 굳이 하늘로 올라가려고 하지 않고 조용히 제 갈 길대로 흘러 내려가고 있다. 멀리 중부내륙고속도로에서도 차들이 제 방향대로 잘 달린다. 양근 성지의 성당도 힘들어하지 않는 모습으로 나에게 한번 내려와 십자가의 길을 돌며 14처 기도를 올려 보라고 권하는 것 같다. 물론 나무나 집들도 각기 제 자리의 땅에 잘 터 잡고 있고….

언젠가 동생 내외와 함께 골프를 친 적이 있는데 몇 홀이 지나서도 몸이 영 안 풀리고 공이 뜻대로 잘 나가지 않아 약간 짜증까지 났었다. 그때 먼저 티샷을 잘 날린 동생이 "형, 거꾸로 머리를 숙이고 가랑 사이로 저쪽을 한번 봐 봐." 하길래 그의 권유대로 거꾸로 선 다음 머리를 땅바닥까지 내리고 가랑이 사이로 공을 보낼 그린 쪽을 바라보았다. 그랬더니 아, 정말 하늘과 구름과 나무 그리고 해저드인 연못 바닥에 비친 햇살까지 어찌나 아름다운지…. 정말이지 이 복된 곳을 맘껏 누리면서 짜증을 냈었다는 것이 몹시 부끄러웠다. 바로 일어나 쇼트 홀인 그 홀에서 친 샷은 무난히 온그린시켰고 파를 잡았다.

그렇다! 우리가 무슨 일이 잘 안 풀릴 때 거꾸로 바라보거나 반대로 생각해 보면 일이 쉽게 풀리는 수가 있다. 세상살이도 항상 모범적이고 규범에 어긋나지 않게만 살아가려고 하면 크게 성공하지 못하고 오히려 남보다 손해 보며 정작 큰일을 당했을 때 해결책을 못 찾고 허덕이는 수가 많다. 그래서 성공학 내지 처세훈을 가르치는 책들은 어떤 일을 하다가 난관에 부딪힐 때 교과서나 지침서대로만 하기보다는 그 반대로 한번 해보라고 가르치기도 한다. 어느 수능 만점 득점자는 자기는 수험서의 문제를 풀 때 답을 먼저 보고 그 풀이법을 찾아가는 식의 '역순법'으로 공부했기에 효율적이었고 남보다 시간 절약도 되었다고 고백하기도 했다. 우리 역사상 큰 업적을 이뤘다는 사례들을 보더라도 좀 엉뚱하다 싶은 행동에서 이뤄진 것들이 많이 있다.

확실히 상식이나 고정관념에 얽매이지 않고 자유로운 사고에 맡겨야만 창의성이 발휘되고 우리에게 새로운 발전을 선사한다. 흔히 예를 들듯이 콜럼버스가 달걀 밑동을 약간 흠집 내어 세우는 창조적 사고를 지녔기에 아메리카 신대륙을 발견할 수 있었을 것이다.

문학 작품도 형식이나 내용이 종전의 것을 그대로 답습해서는 성공하지 못한다. 은퇴한 대법관이 연쇄 살인을 한다는 식의 고정관념을 깨뜨리는 이야기여야 일단 독자들의 관심을 끈다. 80세의 외모를 가지고 태어나 부모에게서 버려져 양로원에서 노인들과 함께 지내던 주인공이 시간이 지날수록 젊어진다는 줄거리를 지닌 F. 스콧 피츠제럴드의 소설『벤저민 버튼의 시간은 거꾸로 간다』처럼 아예 '거꾸로 가는' 작품도 있다.

역사를 새로운 시각에서 보았다는『거꾸로 읽는 세계사』라는 스테디셀러도 있다. 그러나 이 책은 제목과 달리 세계사 전체를 '거꾸로' 읽는 것이 아니라 근대사의 중요한 사건 몇 개를 집중적으로 쉽게 설명한 책이라 할 것이다. 특히 첫머리에서 드레퓌스 사건을 통하여 진실은 멈추지 않고 계속 전진할 수밖에 없다는 것을 '역사적 논증'을 통하여 역설한 것은 제법 감동적이기도 하다. 그래서 나는 이 책을 몇몇 후배들에게 읽어 보라고 권해 왔었는데, 이 책의 저자가 '출세한' 이후 너무 거꾸로 가는 행태만 계속 보이기에 그 추천을 멈추었다.

사람들은 우연히 거꾸로 된 길을 걷다가 크게 재미를 보기도 한다. 선배 뮤지션의 권유로 대마초를 한 번 피워 본 가수가 갑자기 대범한 악상이 떠올라 막 오선지에 그렸던 악보의 노래가 대 히트를 친 일도 있다. 그러나 거꾸로 가거나 뒤집어 보는 것에 한 번 맛을 들였다가 빠져나오지 못하고 신세 망치는 경우도 꽤 있다. 대마초의 힘을 빌려 대범하게 통상의 곡조를 크게 벗어난 신선한 노래를 하나 만들어 냈던 그 가수는 좀 더 거꾸로 가고, 아주 뒤집어 보려고 계속 대마초에 흠뻑 취해 있다가 거의 폐인이 되고 결국 구속까지 되고 만다.

사실 한번 거꾸로 본 풍경이 아름답다고 해서 계속 거꾸로만 볼 수는 없다. 어느 연예인의 기행이 재미있어 보이고 한 번 흥미를 끌었다 해서 계속 이상한 짓만 한다면 그 연예인의 인기는 그리 오래 가지 않을 것이다. 콜럼버스가 처음에 달걀 세우기 내기에서 밑동에 흠집을 낸 것은 참신한 아이디어라 할 것이지만, 누가 내기할 때마다 달걀 밑동에 흠집을 내는 식의 행위를 한다면 그를 내기에 계속 끼워 주고 싶어 할 사람은 없을 것이다.

이 순간 대학 시절의 후배 K가 떠오르는 것은 왜일까?

K는 나이나 학년으로는 나보다 하나 밑이지만 세상을 보는 눈은 매우 예리하여 어떤 때는 그가 오히려 선배 같은 느낌도 드는 그런 후배였다.

특히 그는 그때까지 세상사를 모두 선의로만 받아들여 왔던 나에게 어떤 사회 현상이든 그 안에는 어두운 측면이 숨어 있다는 점을 구체적 사건을 통해서 입증까지 해 가며 깨우쳐 주어 나를 놀라게 했다. 나에게 소외(疏外; Entfremdung)의 개념을 정확히 알려준 것도 그였다. '노동의 생산물에 대한 소외'에서 시작한 그의 설명이 '인간에 의한 인간의 소외'로 매듭지어질 때는 '유레카!'까지는 아니지만 뭔가 나의 깨우침이 한 단계 올라간 듯한 느낌까지 들었다. 그렇다고 그가 마르크스주의 신봉자인 것은 결코 아니다. 학생 운동을 하긴 했지만 주동 세력에는 끼지 못하고 오히려 그들의 이념적 쏠림을 비판하다 왕따를 당하기도 했다. 그가 무척 똑똑하고 머리가 좋다는 것은 알겠는데, 너무 비판적이다 보니 세상을 항상 거꾸로만 본다는 것이 사실 좀 불안하게 느껴져 왔다. 내가 먼저 졸업을 한 다음 군에 있을 때 모 사건에 연루되어 구속됐다 나왔다는 얘기를 들었고, 제대 후 뒤늦게 고시 공부를 하게 된 나는 자연스럽게 그와 연락이 끊어졌으며, 검사가 된 다음에 수소문을 해 보니 그가 무슨 출판사를 하나 차렸다가 실패하고는 낭인처럼 지낸다는데 소재를 쉽게 알 수가 없었다. 나 역시 검사로서 바쁜 일상을 지내면서 사실상 그를 잊고 있었다.

내가 검사 생활을 접고 변호사 개업한 지 2년쯤 됐을 때였다. 제법 큰 사안인 두 건의 재판을 마치고 약간 피곤한 상태로 법정을 나서다가 복도에서 K를 마주쳤다. 30년 가까이 지났지만 나는 거의 변한 바가 없는 그를 바로 알아볼 수 있었다. 오히려 그가 처음에 나를 바로 못 알아봐 내가 누구라고 말해야 할 정도였다. 구속된 지인의 재판에 방청 왔던 길이라는 그를 데리고 나는 바로 이른 저녁을 먹으러 갔다. 일식을 마다하고 그가 굳이 삼겹살을 먹겠다고 하여 우리는 화로구이 집으로 가 오랜만에 마주 앉아 소주잔을 기울였다. 옷차림 같은 것으로 보아 그의 삶이 신산하다는 것은 짐작되었으나 또렷하고 자신 있는 그의 말투는 옛날 그대로였다. 그리고 그는 역시 나를 다시 깨우쳐 주었다. 당시 사회적 이슈가 되어 있었던 어떤 사건에 대하여 하나하나 근거를 대며 뒤집어 보는 논평을 하는데 너무나 정확한 듯하여 감탄할 지경이었다. 대학 시절과 다름없이 그는 여전히 선배 같은 후배였다. 내가 좀 생뚱맞게 "K가 그렇게 원하던 민주화가 이뤄졌으니 인제 마음이 편안하겠네." 했더니 "민주화는 무슨 개뿔!" 하면서 현 정권의 부패와 난맥상을 신랄하게 지적하는데 대학 시절 군사 독재를 비판하던 것과 너무나 똑같았다. 하나도 달라지지 않았다. 그는 여전히 순수하다. 그렇다! 그는 아직도 순수하긴 하지만 모든 걸 거꾸로만 본다. 그런데 그 옛날 거꾸로 보는 그가 그렇게 좋았고 때로는 존경스럽기도 했던 그의 시각이 이제 왠지 진부하게 느껴지고 좀 싫기까지 했다. 밤이 그리 깊지는 않았지만 둘 다 어느 정도 취해서 자리에서 일어났다. 내가 급히 봉투에 넣어 준비한 약간의 용돈을 그에게 건넸으나 기겁하며 뿌리치고 도망치듯 먼저 나가 버렸다. 나는 이미 사라져 버린 그의 뒤통수에 한마디 던졌다. "언제까지 그렇게 거꾸로만 볼 건가?"

꺼꾸리를 하면서 풍경을 한번 거꾸로 보더니 웬 상념이 K에게까지 이어지는가?

내가 척추관협착증이 와 허리가 아픈 건 요즘 내가 너무 타성에 빠져 신선한 사고를 하지 않으니까 꺼꾸리를 하면서 세상을 좀 거꾸로 보고 새로운 각도에서 창의력을 좀 키워 보라고 하는 것 아니겠는가…. 그렇다면 K는?

그가 보고 싶다. 그리고 그가 허리가 아프지 않더라도 우리 집 베란다로 데리고 와 꺼꾸리 기구를 이용해 남한강 풍경을 한번 거꾸로 보여 주고 싶다. 세상을 거꾸로만 보아 온 K도 가끔 그가 보던 방식과는 다른 '새로운 거꾸로의 세상'을 한 번씩 바라본다면 그도 신산한 삶을 조금이나마 벗어날 수 있지 않을까 해서 말이다.

《경제포커스》 2023. 8. 25.

대화 내용 모두 삭제

카카오톡은 대단하다. 사실 나는 전자기기에 대하여는 얼리 어답터라 할 수 있다. 그 옛날에 컴퓨터 이전 워드프로세서 전용기도 남보다 일찍 구입하여 그걸로 박사 학위 논문을 썼고, 갤럭시 워치 4도 출시되자마자 바로 샀다. 반면에 게임은 전혀 하지 않고, '나만의 시간'을 지키기 위해 페이스 북이나 트위터 같은 소셜 미디어는 지금까지 철저히 피하고 있다. 그런 나까지도 진즉에 확실하게 끌어들였으니 카카오톡의 위력은 가히 대단하다고 할 만하다.

솔직히 말하면 카카오톡은 나뿐만 아니라 우리 사회, 우리 일상을 모두 장악하고 있다고 해도 과언이 아닐 것이다. 2010년에 스마트폰의 데이터 통신 기능을 이용하여 문자 과금 없이 메시지를 주고받을 수 있도록 서비스를 시작한 이래 이제는 카카오톡을 안 쓰는 사람을 거의 찾아볼 수가 없는 정도다. 그렇기 때문에 여기에 가입하지 않은 사람은 사회생활을 하는 데 많은 불편함을 겪고 무형의 불이익을 받기까지 한다. 여러 사회 조직들이 카카오톡의 단톡방 기능을 이용하여 공지를 하고 구성원들끼리의 공적인 회의를 진행하기도 한다(내가 근무하는 법무법인의 변호사들은 단톡방에서 점심 식사 장소를 고르고 참석 여부를 미리 알리는 기능을 이용하는데, 매우 유용하다). 최근에는 행정기관이나 공공기관에서도 일반인을 대상으로 고

지서나 코로나19 방역 상황을 카카오톡으로 전달하기도 한다. 그러니 어느 누구도 카카오톡으로부터 자유스러울 수 없는 것이 오늘의 우리 현실이다.

내가 소속된 단톡방만 해도 꽤 많이 있다. 거의 대부분 단체나 조직이 구성되면서 초대되어 '비자의적으로' 가입된 것이다. 개중에는 내가 왜 거기에 초대되었는지 모르겠는 단톡방도 있고, 같이 이름을 올리고 싶지 않은 사람이 함께 올라 있는 단톡방도 있다. 그러나 나는 나가기를 하지 않고 있다. 과거에는 단톡방으로의 초대 거부가 불가능했기에 일단 초대받은 사람은 나갈 수 없도록 초대를 반복하는 '카카오톡 감옥'을 만들기도 했었다. 2014년 12월에 업데이트를 하여 '초대 거부 및 나가기' 기능이 생기면서 그 문제가 해결됐다고 한다. 그런데 언젠가 내가 속해 있는 한 단톡방에서 어느 친구가 다른 구성원과 격렬하게 논쟁을 하다가 나가기를 해 버리자 바로 "지가 뭐 잘났다고….", "그 자식 저쪽 편인 모양이야." 하는 비난성 글이 몇 개 올라온 걸 보고 흠칫 놀란 적이 있다. 그래서 한 번 초대받으면 그 단톡방에서 쉽게 나가지를 못하는 모양이다.

카카오톡을 통하여 나는 많은 유용한 정보를 얻고 있다. 내가 전혀 있는지도 몰랐던 어느 지방대 교수의 소중한 특강을 들을 수도 있었으며, 미처 알지 못했던 당구 스리쿠션 기법을 터득할 수 있었고, 오래 소식이 끊겼던 대학 동창의 근황도 알게 되었다. 그리고 단톡방 구성원들이 자신들의 일상생활에서 느끼고 깨달았던 소소한 일들을 꾸밈없이 알려주기도 하는데 그런 것들이 오롯이 내 생활의 지혜가 되기도 한다.

반면에 정말 쓰레기 같은 것들이 올라오기도 한다. 더구나 이념 다툼이 되거나 선거철이 되어 지지 정당에 대한 대립 양상이 되어 격렬하게 논쟁이 벌어지면 나중에 가서는 인신공격이나 쌍욕이 터져 나오기도 한다. 그리고 하루에도 20여 개를 올리는 등 단톡방에 글 올리는 것을 직업으로 삼다시피 하는 친구들도 있는데, 대개 자기 글은 없고 전부 남의 글이나 유튜브를 퍼 나르는 것이고 심지어 자기가 아침에 올린 것을 오후에 또 올리기도 한다. 정말 그 사람이 그 글이나 기사를 다 보기나 하고 올리는 것인지 모르겠다. 어떤 때는 2015년에 일어난 폭발 사고를 방금 일어난 사고인 것처럼 외출 자제하라고 올리고, 지난 대통령 때의 뉴스를 지금 대통령이 한 것처럼 올리기도 한다.

미안한 얘기지만 단톡방에는 대개 문제가 있는 구성원이 몇 명씩 있기 마련이다. 어느 단톡방에서는 항상 강한 톤으로 발언하고 괴상한 기사를 찾아서 올리는 친구가 있었는데, 한 보수 논객이 신문에 쓴 칼럼이 못마땅했는지 그 논객을 '참수형'에 처해야 한다고 극언을 올렸다. 그것을 보다 못해 다른 한 구성원이 '아무리 자기주장과 다르다고 해도 남을 저주까지 해서는 안 되지 않냐.'는 취지의 댓글을 올렸다. 그러자 그 친구가 바로 "저주도 투쟁의 한 방법이야. 이 단톡방이 싫으면 나가!"라고 반박글을 올렸다. 그 글을 본 순간 내가 당장 '초대 거부 및 나가기'를 누르고 싶었으나 아직 못 누르고 있다.

카카오톡은 계속 진화하고 있다. 그래서 지금은 상당히 편리한 기능을 많이 보유하고 있다. '대화 내용 모두 삭제'도 내가 많이 이용하고 있는 것 중의 하나다. 나가고는 싶지만 못 나가고 있는 단톡방에 대화 내용이 쌓여서 한꺼번에 삭제할 때 매우 유용하게 쓰고 있다. 한편 꼭 알아야 할 소식을 전해 주고 유익한 정보가 많이 올라오는 단톡방에서도 유독 몇몇 자기과시형 독점자들의 게시글(그것도 대부분 남의 글을 퍼 나르는 것)만 보면 기분을 잡치게 되는데, 그런 사람의 글이 올라올 때 '대화 내용 모두 삭제'를 눌러 버리면 깨끗이 해결된다.

'카톡 예절'이란 것도 종종 거론이 된다. 쌍욕이나 비속어를 사용해서는 안 됨은 물론이거니와, 한밤중이나 새벽에는 올리는 것을 자제해야 하고('무음'으로 설정하면 방해가 안 된다고 하지만 '진동'으로 해 놓아도 울림은 있고, 또 사정상 소리를 켜 놓을 수밖에 없는 구성원도 있을 수 있다), 하루에 최대 서너 개 정도만 올리는 것이 바람직하고 10여 개씩 도배하다시피 무절제하게 독점적으로 올리지는 말아야 하며, 다른 구성원이 중요한 내용의 메시지를 올렸으면 그것이 어느 정도 전파되도록 여유를 주도록 하고, 공식적인 단체방에서는 극히 사적인 개인 채팅은 금해야 하며, 나와 다른 의견을 표명하는 구성원에게 해당 주제와 상관없는 인신공격을 해서는 안 된다는 것 등등이다. 이런 예절을 잘 지켜 모범적으로 운영되고 있는 단톡방이 많이 있지만, 간혹 한두 명의 물 흐리는 악성 구성원이 있어 그를 제외한 나머지 구성원들이 모두 나가기를 한 다음 다시 다른 단톡방을 만드는 예도 제법 있다.

'대화 내용 모두 삭제'의 원인 제공자들은 물론 이런 예절을 지키지 않는 사람들이다. 나는 오늘도 '대화 내용 모두 삭제'를 꽤 많이 했다. 앞서 말한 저주도 투쟁의 한 방법이라고 한 사람, 어느 선거 캠프에 소속돼 있으면서 상대방 후보 쪽을 원색적인 표현을 써 가면서 욕을 해 대는 사람, 사회적으로 성공한 인사들은 모두 친일 매국노이거나 수구 잔당이라고 매도하는 열렬한 누구 추종자 등 자기만의 사고에 갇혀 있는 사람들의 글은 읽을 가치도 없을 뿐만 아니라 괜히 그것을 읽었다간 기분만 나빠지기 때문에 그런 사람의 이름이 뜨면 얼른 '대화 내용 모두 삭제'를 해 버린다.

그런데 그러다 보니까 상당수의 다른 메시지도 못 보고 그냥 한꺼번에 지워지는 불상사가 많이 생기게 된다.

오늘은 문득 홀로코스트(유대인 대학살)가 생각나 이 글을 쓰게 됐다. 물론 하나의 잡념에 불과할지 모르지만 한번 그런 생각이 들고 보니까 머리에서 영 떠나가질 않고 나를 괴롭힌다. 나치 독일은 왜 '대화 내용 모두 삭제'를 하듯이 그렇게 대량으로 유대인들을 학살했을까? 탈무드를 근간으로 한 사고방식과 공동체 의식, 참고 들어주며 존중하는 자녀 교육, 전통을 지키기 위한 의지와 신념, 그리고 뛰어난 예술성과 경제 감각 등 배울 점이 많은 민족인데(유대인은 세계 인구의 0.2%에 불과하지만 노벨상 수상자의 40%를 차지하고 있을 정도로 우수하다고 한다) 왜 이들을 말살하려고 했을까?

물론 이들의 극단적인 선민의식과 다른 사람들은 틀렸고 자기들만 옳다는 식의 배타성이 반감을 일으켰을 것이다. 그러나 그보다 더 직접적인 것은, 극도의 사악함으로 다른 사람에게 직접적으로 피해를 주었던 일부 유대인, 예컨대 피도 눈물도 없이 철저히 배금주의만을 따르는 고리대금업자나 갖은 성추행을 일삼으면서도 자기는 항상 옳다며 윤리를 가르치는 랍비 같은 악랄한 극소수의 유대인 때문에 전체 유대인에 대한 반감이 생기지 않았을까 하는 쉬운 추론을 했다. 대개 일부에 대한 인식이 전체에 대한 평가로 확장된다. 남친에게 학대받은 여자는 '남혐'이 되고, 여친에게 배신당한 남자는 '여혐'이 되기 마련이다. 섣부른 '특수성의 일반화' 때문에 수많은 선량한 유대인들이 희생되었다는 데에 생각이 미치자 소름이 쫙 끼쳤다.

'대화 내용 모두 삭제'도 그렇지 아니한가? '질이 안 좋은' 메시지만 골라 없애면 될 것을 그냥 모두 다 삭제를 해서 '질이 좋은' 메시지들까지 전부 말살되어 버리는 것이다. 사실 '질이 안 좋은' 메시지를 정확히 가려내려면 그 글을 다 읽어 봐야 하고 그러면 결국 그 나쁜 글에 오염돼 버리니까 첫머리만 보고 지워 버리거나 올린 사람의 이름만 보고 바로 다른 메시지들은 확인도 안 하고 그냥 '대화 내용 모두 삭제'를 해 버리게 된다. 이렇게 해서 '메시지 대량 학살'이 이뤄지는데, 아 그동안 얼마나 많은 양질의 메시지들을 나는 죽여 버렸는가? 따지고 보면 이런 불상사가 모두 원인 제공자인 '질이 안 좋은' 글을 올리는 구성원 때문에 일어났다고 할 수 있다.

그런데 여기서 내 상상이 엉뚱한 데로 튀었다. 자주는 아니지만 나도 가끔 단톡방에 글을 올린다. 인터넷 매체나 문예지에 발표된 칼럼과 수필 중 공유할 만하다고 생각되는 내 글을 골라 올리는데, 이 글들을 '질이 안 좋은' 것으로 생각하는 친구들이 있을 거라는 생각이 문득 든 것이다. 그럴 수도 있다. 나는 내가 옳다고 생각하는 내용만 글로 쓰지만, 내 글을 독선적인 편견에 가득 찬 것으로 보고 단톡방에 내 이름만 뜨면 무조건 '대화 내용 모두 삭제'를 하는 친구도 분명 있을 수 있다. 끔찍하다. 그렇다. 왜 그동안 남이 올린 글만 이러니저러니 판단하고 내 글에 대해서는 무조건 괜찮다는 생각을 해 왔을까?

내 글만이 아니다. 나 자신, 나의 사람됨 역시 문제다. 검사 시절 나한테 심하게 조사받고 돌아간 어떤 사건 관계인은 나 때문에 대한민국 검사 전체를 원망했을지도 모른다. 또 지난번에 나는 그런 사건은 안 맡는다고 내가 그냥 돌려보냈던 그 방문 상담자는 변호사라는 작자들은 모두 이렇게 거만하냐고 싸잡아 욕하지 않았을까 걱정이 되기도 한다. 어쩌면 나 하나 때문에 대한민국 남자 모두를 증오하는 여자가 있을 수도 있고, 해

외여행 시 내가 보여 준 '비매너' 때문에 한국 사람 모두가 다 저러냐는 비난을 받았을지도 모른다. 정말이지 제발 내가 홀로코스트를 유발시킨 유대인 고리대금업자나 패륜 랍비 같은 사람이 아니기만을 기도할 뿐이다.

오늘은 몇몇 단톡방에서 예의 그 '질이 안 좋은' 친구들의 이름이 뜨기에 무조건 '대화 내용 모두 삭제'를 하다가 엉뚱한 곳으로 상념이 뻗쳐 자기반성의 기회를 갖게 되었다. 그동안 나는 내가 받아들일 수 없는 남에 대해서만 탓했지 과연 내가 남에게 어떻게 받아들여지는지는 생각하지 않고 살아온 것 같다. 이제부터라도 '대화 내용 모두 삭제'는 최대한 자제하고, 그러한 글에서도 내가 취할 수 있는 것을 취하되 도저히 받아들일 수 없는 것은 나도 남에게 그런 것을 절대 보여 주지 않도록 하는 타산지석으로 삼아야겠다. 무엇보다도 나 자신부터 바로잡아야겠다. 이 세상의 모든 잘못이 나에게서 비롯되지는 않아야 하겠기에 말이다.

《경제포커스》 2021. 12. 27.

거리두기

2020년 1월 20일 우리나라에서 첫 확진자가 발생한 이래 코로나19 확산을 막기 위해 정부에서는 '사회적 거리두기'를 시행하고 있다. 그래서 불편을 느낀 시민들은 만남을 경계하는 방역수칙의 일방적인 강요가 우리의 일상을 송두리째 흔들어 놓았다고 불평하기도 한다. 그러나 한편 그 덕분에 이제 우리 사회에서는 마스크를 쓰는 것과 함께 서로 거리를 두는 것이 꼭 지켜야 할 하나의 예절로 굳어져 가고 있다. 사실 코로나19가 아니라 하더라도 사람들이 너무 붙어 지내는 것보다는 어느 정도 거리를 두고 지내는 것이 좋을지도 모른다.

나는 30여 년 전부터 한 복지기관에 조손가정 돕기 기부금을 매달 내오고 있다. 나와 맺어진 첫 번째 여자 어린이는 성년이 되어 결연이 끝나고, 두 번째 어린이는 중학생이었는데 할머니가 워낙 연로하셔서 할머니가 이 학생의 보호자라기보다는 이 학생이 할머니를 보살피는 것 같았다. 사진으로 보아선 표정이 매우 밝아 보였으며, 가끔 정성 어린 그림을 곁들인 감사 편지를 보내오기도 했는데 문장력이 제법 뛰어나 각별히 관심을 갖게 되었다. 책 읽는 것을 무척 좋아하는 것 같아 적당한 명작소설과 위인전을 골라 복지기관을 통해 보내 주기도 했다. 그러다가 이왕이면 맛있는 것도 사 주면서 진로 지도도 제대로 해 주고 싶은 욕심이 생겨 그 학생을 직접 만나고 싶다고 복지기관에 연락을 했다. 그런데 뜻밖에도 그 복지기관에서는 완강한 거부 의사를 보내왔다.

나는 의아해서 나에게 그 복지기관에 기부하기를 권유했던 검찰 선배를 찾아가 이건 뭔가 이상하다고 말씀드렸다. 그랬더니 그분은 크게 껄껄 웃고 나서는 마음 착한 추 검사도 검사 생활 좀 했다고 의심암귀가 다 됐다면서 자신의 경험담을 말해 주는 것이었다.

그분도 처음 인연을 맺었던 어린이에게 마음이 많이 쏠려 월정 기부금 외에 생일이나 명절, 크리스마스 때는 꼭 선물도 건네고 다정한 손 편지도 써서 보내곤 했다고 한다. 그런데 그 어린이가 성년이 되어 결연을 마치고 난 후에 불쑥 검찰청으로 찾아와서는 알바 자리 좀 마련해 달라고 하더란다. 그러더니 금방 거기는 너무 힘들어 못해 먹겠으니 다른 데로 바꿔 달라고 하고, 얼마 지나서는 군대 가게 됐다고 해서 용돈을 얼마간 쥐어 보냈다고 한다. 또 한참 있다가 군사 우편으로 편지가 왔는데 너무 힘들다면서 좀 편한 곳으로 전출을 시켜 달라는 것이기에, 일부러 면회까지 가서 자신의 힘들었던 군대 생활 경험을 얘기해 주고, 고난은 겪는 당시는 어렵지만 이기고 나면 삶의 자양분이 된다는 멘토링 비슷한 것까지 해 주셨다고 한다. 그 뒤에도 수시로 귀찮게 했는데 제대 후에는 자기가 묵을 거처와 취직자리까지 부탁하는 등 하기에 이건 정말 아니다 싶어 단호히 선을 긋고 위 복지기관에도 연락해서 조치를 취했다고 한다. 그 복지기관에서는 이러한 사태를 막기 위하여 후원자의 인적사항을 절대로 피후원자에게 알려주지 않는데 그 선배의 피후원자는 어떻게 용케 이것을 알아내 가지고 찾아갔던 모양이다.

이렇게 돕고 도움받는 관계에서뿐만 아니라 사람 사이의 모든 관계는 어느 정도의 거리를 두는 것이 바람직하다. 본인은 그냥 호의로써 대하는 것이라고 하지만 받아들이는 쪽에서는 부담을 크게 느끼고 힘들어하는 경우도 꽤 있다. 시도 때도 없이 술 한잔하자고 집으로 찾아오거나 전화로 불러내는 것도 그렇고, 매일 같이 메시지를 수십 통 보내고 아무 연락이 없거나 댓글이 없으면 전화를 해 대는 것도 그렇다. 한두 번은 좋지만 너무 잦으면 버겁고, 더 심하게 되면 숨통 조이는 듯한 느낌까지 받게 된다.

그런데 이런 부류의 사람들은 어떤 의도를 가지고 접근하는 경우도 제법 있다. 즉, 다른 사람과의 관계를 자신의 행복을 위한 도구로 삼는 것이다. 이들은 이른바 자기계발서나 처세술에 관한 책들을 많이 읽어서 사회적으로 성공하려면 인적 네트워크를 넓히는 일을 게을리하지 말아야 한다는 확신이 단단히 박혀 있어 '사회적 거리 좁히기'가 몸에 배어 있다. 이런 사람들은 밤낮없이 많은 사람들을 만나면서 관계의 그물망을 촘촘히 엮어 가지만 그 그물에 걸린 사람은 숨이 막힐 듯한 지경이다. 간신히 거기서 빠져나오려고 해도 초대받은 단톡방에서 나가 버리면 무슨 험담이나 해대지 않을까 겁이 나 '나가기'를 못하듯이 조심스럽다. 그러나 그런 사이라면 어차피 끊어야 할 경우가 대부분이므로 일단 빠져나오면 해결이 되는 셈이다. 문제는 아주 가까운 사람끼리인 경우이다.

부부 사이에는 그냥 사랑하기만 하면 되는 것인가? 부부 사이는 무조건 가까이 있기만 하면 되고 그 사랑에는 특별한 방법은 필요 없는가?

나는 결혼식 주례를 설 때 연애결혼을 하는 신랑·신부에게는 가끔 칼릴 지브란의 『예언자』 중 「결혼에 대하여」 대목을 들려주곤 해 왔다.

- 서로 사랑하라. 그러나 그 사랑이 굴레가 되게 하지는 마라.
- 함께 노래하고 춤추고 즐거워하라. 그러나 때로는 각자가 홀로 있기도 하라.
- 함께 서 있으라. 그러나 너무 가까이 붙어 있지는 마라.

이러한 지브란의 잠언시의 핵심에 약간의 주석을 달아 주례사를 풀어나간다.

사랑은 서로 같아지려는 노력이라고도 한다. 일을 처리하는 우선순위, 가치관이 같아져야 하고, 취미는 물론 잠자는 습관, 음식에 대한 입맛까지도 같아지는 것이 좋다. 그런데 결코 상대방을 나에게 맞춰 변화시키려고 해서는 안 된다. 그러다가는 사랑이라는 이름의 굴레가 되고 만다. 상대방을 있는 그대로 받아들이면서 서로 같아지도록 노력하는 것이 중요하다.

부부가 된 이상 함께 즐기는 삶을 누려야 한다. 그야말로 둘이서 맘껏 보고 노래하고 춤추고 즐겨야 한다. 그러나 한편 신랑과 신부는 각자가 독립된 인격체이기 때문에 각기 혼자만이 해야 할 일들이 분명히 있다. 홀로 고독한 가운데 절대자도 만나고, 깊은 깨달음과 정진을 위한 시간을 가질 필요가 있다. 그것은 둘이 함께하는 삶을 더욱 풍요롭게 하기 위해서도 꼭 필요한 것이다. 그러므로 상대방이 홀로 있는 시간을 존중하고 아껴 주기 바란다.

부부가 서로 의지하면서 사는 것은 당연하다. 사실 우리의 영혼은 외롭고 그 심신이 몹시 힘들기 때문에 기댈 수 있는 사람을 찾게 된다. 그러나 내가 부족한 것을 채우기 위해서만 상대를 필요로 한다면, 자꾸 상대가 감당할 수 없는 기대를 하게 돼서 문제다. 상대에게 기대어 자신의 어려움과 외로움을 벗어나려고만 하는 이상 완전한 행복에 이를 수가 없다. 상대와 어느 정도 거리를 두고 스스로 서야 따스한 햇볕을 제대로 받고 완전해질 수 있는 것이다.

이렇게 하다 보면 주례사가 거의 끝나 가는데, 『예언자』의 이 대목은 사랑하는 사람 사이에 어떻게 '거리두기'를 하는가 하는 것의 지침이라고 생각된다. 우리는 주변에서 아주 금실이 좋은 부부가 의외로 빨리 권태기를 겪는 경우를 종종 본다. 그것은 사랑하긴 하는데 '너무' 사랑하기 때문일지도 모른다. 사랑에도 너무 가깝지도 너무 멀지도 않은, 햇볕도 받고 바람도 통하는 적당한 안전거리를 확보하는 것이 필요하다. 너무 꼭 붙어 있는 관계는 우선은 일체감이 있어 합일의 희열을 느낄 수 있겠지만 곧 질식할 것만 같은 '관계의 부담감'에 빠져 쉬 피로감을 느끼게 되기 때문이다.

우리는 또 곧잘 가까운 사람끼리는 거리감이 없어서 좋다고 한다. 정말 그런가? '거리감이 없다.'는 것이 '가식을 하지 않는다.'는 정도라면 괜찮은데, 굳이 예의 같은 것은 차릴 필요는 없다는 것이라면 그것은 문제다. 우리는 밖에 나가서는 예의를 깍듯이 갖추어 평판이 매우 좋은 사람이 집 안에서는 뜻밖에도 '폭군'으로서 가족들을 마구 괴롭히는 그런 경우들을 많이 보게 되는데, 그런 사람에게는 가족에게는 아무렇게나 대해도 된다는 못된 사고가 깔려 있는 것이다. 오래된 일이지만 서울역에 "가족처럼 모시겠습니다."라는 커다란 현수막이 붙어 있던 적이 있는데 며칠 못 가서 바로 내렸다. 가족에게 함부로 못되게 구는 사람이 하도 많다 보니까 위 구호가 마치 승객에게도 가족처럼 함부로 대하겠다는 취지로 보일 수 있기 때문이 아니었나 싶다. 가까운 가족일수록 어느 정도 거리를 두고 더욱 더 예의를 지켜야 한다. 그렇지 않으면 그 누구에게보다도 더 큰 서운함이 쌓여서 마음속 깊은 '웬수'가 될 수 있기 때문이다.

이제 본격적인 겨울철로 들어서 기온이 많이 떨어졌다. 날씨가 추워지면 고슴도치들은 가까이 다가가 서로의 온기를 주고받아 추위를 피한다. 그러나 너무 가까이 다가가면 서로의 바늘이 찌르고 찔리고 해서 붙어 있을 수는 없다. 그래서 고슴도치들은 함께 모였다가는 떨어지고 다시 모이고 하는 일을 반복하다가 서로 찌르고 찔리지 않는 가장 가까운 거리를 찾아 그 거리를 지키면서 체온을 유지한다고 한다. 인간관계도 이와 같지 않을까 한다. 적당한 거리를 두어 상대방에게 피해나 상처를 주지 않으면서 친밀함을 유지하는 것이 필요하다. 그렇게 하려면 어떤 방법이 필요할까? '고슴도치 딜레마'를 그의 저서에서 예화로 썼던 A. 쇼펜하우어는 '예의'를 제시한다. 예의를 지키면 서로에게 따스함을 느끼면서도 가시에 찔릴 일이 없게 될 것이기 때문이다.

코로나19로 인한 거리두기가 만 2년 가까이 계속되고 있다. 어쩌면 이 감염병은 우리에게 자신이 누구인지 헤아리고 다른 사람들과 조화를 잘 이뤄 나갈 길을 모색하는 그런 기회를 주고 있는 것인지도 모른다. 그러나 결국 이 상황도 언젠가 끝날 것인데, 코로나19가 물러가면 사회적 거리두기가 자동 해제되고, 그러면 유난히 정이 많은 우리 국민은 사회적 거리두기에서 바로 '인간적 어울리기'로 돌아가 활기찬 일상으로 복귀하게 될 것이다. 코로나19로 어쩌면 사람들 사이에 어느 정도 적당한 거리를 두게 된 지금, 우리는 또 인간관계가 마구 뒤엉키게 될 것에 대비해서 그 방역체계로서 서로 지켜야 할 기본적인 예의에 대하여 한번 철저히 점검을 할 필요가 있지 않을까 한다. 그리고 가능하다면 검증된 '예의 백신'도 맞아 잘못된 인간관계로 인한 불행에 감염되지 않도록 했으면 좋겠다.

《경제포커스》 2021. 12. 22.

피해자 코스프레

피해자가 아닌 사람이 오히려 피해자인 척하는 것을 흔히들 '피해자 코스프레'라고 부른다. '코스프레'란 말이 만화나 게임 등에 등장하는 캐릭터를 모방하여 그들과 같은 분장을 하며 흉내 내는 놀이를 뜻하는 '코스튬 플레이(costume play)'의 일본식 줄임말이어서 사용을 권장할 만한 단어는 아닌데 이미 대중문화용어로 널리 쓰이고 있는 것 같다.

맹자의 측은지심(惻隱之心)까지 들고나오지 않더라도 피해자는 보호해야 한다고 생각하는 것이 인지상정인데 이를 이용하려는 행태가 바로 피해자 코스프레다. 마치 어린아이가 일부러 울음을 터뜨려 부모의 관심을 끌어들이는 것과 같이 자신을 피해자의 위치에 둠으로써 유아다운 특권을 얻기 위함이라 하겠다.

과거 은막의 여왕이었으나 현재는 혼자 쓸쓸히 사는 여배우의 집에 강도가 들었다고 신고가 들어왔는데 수사 결과 세인의 관심을 끌기 위한 자작극인 경우도 있었고, 문 닫게 된 한 유명 명품점의 거액 외상 대금 미납자인 어느 아이돌 스타에게 비난이 쏠리자 그 아이돌은 외상값과는 전혀 상관없는 지난해 오빠가 자살한 일과 어머니가 말기 암으로 위중하다는 등 가정사를 밝히는데 이 역시 동정심을 얻으려는 전형적인 피해자 코스프레다. 대형 독직 사건에 휘말린 거물 정치인이 기자들에게 빈농의 아들로 태어나 끼니를 잇기 어려웠던 어린 시절과 학생운동 시 공안기관에 끌려가 모진 고문을 받았다고 과거사를 꺼내는 것도 마찬가지다.

검사로 근무하던 때 나는 수많은 사건을 수사했었지만 스스로 자기가 가해자임을 인정하는 경우는 보기 드물었다. 심지어 살인 사건의 피의자들도 거의 대부분 자기처럼 순한 사람이 참다 참다 못해 살인까지 저지르게 됐으면 그놈(또는 그년)이 얼마나 못됐는지 알 만하지 않느냐고 오히려 피해자를 나쁜 사람으로 몰아댄다. 교행 길에 차량이 서로 충돌한 교통사고의 경우 거의 100퍼센트 상대방 과실이라고만 주장하고, 서로 맞싸운 폭행 사건에서도 자기는 일방적으로 맞기만 했고 주먹 한 번 제대로 휘두르지도 못했다고 우겨댄다. 모 대기업 회장은 사업상 특혜를 받기 위해 먼저 나서서 뇌물을 줘 놓고도 나중에 발각된 뒤에는 그 정치인에게 협박당하여 갈취당한 것처럼 호소하기도 한다.

이렇게 자신이 피해자라고 주장하는 것은 피해자인 것이 유리하기 때문이다. 이러한 피해자 코스프레의 밑바탕을 들여다보면 이를 하는 사람이나 이를 바라보는 사람이나 '약자는 선(善)하고 강자는 악(惡)하다.'는 인식이 깔려 있다고 생각된다. 그러나 그러한 인식은 맹목적인 것이다. 물론 있는 사람이 없는 사람을 도와주고 강한 사람이 약한 사람을 보호해야 함은 인륜에 맞는 것이지만, 이성보다 감성이 너무 앞서다 보면 가치 판단에 혼란이 온다.

동료 변호사의 '성공 사례'를 하나 보자. 그의 의뢰인 A는 27억 원 상당의 자사주를 횡령한 것으로 기소되었다. A는 고졸 학력이지만 회계에 밝아 경영주가 눈여겨보았다가 CFO를 맡겼고, 주식 거래에 손대어 나름 잔재미를 보아 오다가 막 상장한 자사주를 잠시 이용하고는 바로 채워 놓곤 했었는데, 그게 자꾸만 커져 결국 27억 원까지 되고 펑크가 나게 되었다고 한다. 경영주는 처벌을 원치 않는다는 진정서를 제출했지만 실제로 회사에 갚은 건 3억 원 정도뿐이어서(그것도 일부는 퇴직금을 받지 않는 것으로 정산했다고 함) 별다른 정상 참작 사유가 없는 상태였다. 그래서 변호사는 최후 변론에서 고졸에 사회 적응도 잘 못하던 찌질이를 잘 돌봐 줘 CFO까지 시켜 놓은 경영주를 배신한 이런 피고인을 변호해야 한다는 것이 참으로 참담하다고 전제한 다음, 그렇지만 이렇게 아무런 전과 없이 착하게만 살아온 피고인을 돈에 눈이 멀게 하고 회사의 주식까지 빼돌리게 만든 이 시대의 황금만능주의 풍조가 이 사건의 진정한 주범일지 모른다고 자본주의의 병폐를 한껏 성토했다고 한다. 그러고 나서 집도 없이 쫓겨나 친정으로 돌아갔으나 갑상선기능저하증으로 삶의 의욕이 전혀 없는 그의 처와 왜 아빠가 집에 안 오시냐고 울먹이며 묻는 여섯 살짜리 딸을 봐서라도 피고인에게 꼭 한 번만 갱생의 길을 열어 달라고 읍소했다고 한다. 결국 2주일 후 A는 징역 3년에 집행유예 5년으로 석방됐는데, 피해자 코스프레가 먹혀들어 간 셈이다(뒷이야기이지만 동료 변호사는 외상으로 이 사건 변호를 맡았는데 아직까지 변호사 보수를 한 푼도 못 받고 있다고 한다).

피해자나 사회적 약자에게 연민을 느끼거나 도와줘야겠다고 생각하는 것은 자연스러운 인정으로서 나쁘다고는 할 수 없다. 이러한 사람의 미세한 마음의 움직임을 교묘하게 이용하여 바람직하지 않은 결과를 이끌어내는 것이 문제인 것이다.

이런 경우를 보자. 좀 오래전이긴 한데, 그 시절 오피니언 리더 역할을 하던 한 작가가 진보적이라는 일간지에 기고한 글을 읽고 깜짝 놀란 일이 있다. 논지는 자기가 두 번 이혼하고 세 번째 남편하고 사는데, 두 명의 전남편 사이에서 낳은 1명씩의 아이까지 3명의 자식이 각각 성(姓)이 달라 남들의 놀림감이 되고 있다며, 세상에 이런 악법이 어디 있냐고 개탄하는 것이었다. 그전까지 여성에 대하여 억압적이고 편견에 가득 찬 우리나라의 현실에서도 적극적으로 이를 헤쳐 나가자고 외치는 그 작가의 용기에 마음속으로 찬사를 보내왔던 나로서는 자신이 처한 상황에 대하여는 피해 의식에 사로잡혀 있다는 것이 무척 안타까웠다. 물론 견해가 다를 수 있지만, 아이들의 성이 각각이 된 것은 법이 잘못돼서 그런 것이 아니라 그 글의 필자가 성이 다른 세 남자와 결혼했기 때문인 것이다. 또 법을 바꾸어 아이들의 성을 하나로 통일시킨다는 것은, 놀림을 받지 않으려고 실제로는 자기 아버지 아닌 사람을 아버지인 것처럼 위장하는 것이 아닌가 하는 생각도 들었다. 일본에 사는 재일동포가 '조센징' 소리를 안 듣기 위해서 일본식 성으로 바꾸는 것처럼 말이다. 내 생각으로는 세 아이가 각각 성이 달라도, 즉 자기 어머니가 세 번 결혼했어도 그것이 무슨 하자(瑕疵)나 되는 것처럼 보는 편견, 그런 사회적 인식을 불식시키는 것이 진정으로 놀림감을 벗어날 수 있는 길이라고 본다. 그렇게 이끌어가는 궁극적인 방도가 있음에도 눈가림식 미봉책만 하는 것으로는 우리 사회가 개혁되는 데에는 한계가 있을 수밖에 없다[다만, 2005. 3. 31. 민법 제781조의 개정으로 자(子)의 성과 본을 변경할 수 있는 길이 열렸는데 이에 대한 논란은 하지 않겠음].

물론 이 문제에 대하여는 나는 남자이고 또 내가 당해 본 것도 아니기 때문에 편견이 있을 수 있다. 그러나 개인이건 나라이건 자신이 피해자이고 희생자라고만 생각해서는 문제 해결에 적극성을 가질 수 없고 진정한 개혁의 주체가 되기 어려운 것만은 분명하다.

또 우리는 곧잘 자신이 직접적인 피해를 보지 않았음에도 피해자임을 자처한다. 한 어린이가 친모와 계부의 학대에 못 이겨 스스로 목숨을 끊었다는 비극적인 보도를 접했을 때, 우리는 우리 스스로가 바로 피해자가 되어 인면수심의 친모와 계부를 비난하고 나아가 우리나라 아동복지 시스템의 문제점을 지적한다. 물론 피해자에 동조하여 그의 입장이 되어 보는 것도 필요하다. 그러나 한편 우리가 가해자는 아니었나 하는 반성의 마음가짐도 필요하지 않을까 한다. 학대받은 어린이가 영양실조에 걸려 수척해진 모습을 본 이웃 어른들은 무관심과 외면 외에 무슨 일을 했고, 추운 겨울날 문밖에서 벌을 서다 실신하여 동사 직전에 후송된 이 어린이를 진료한 의사는 진실로 이 어린 환자를 위해 무얼 했으며, 이 어린이가 그의 유일한 친구에게 조심스럽게 털어놓은 학대 사실을 전해 들은 그 친구의 부모는 남의 일에 말려들지 않도록 자기 아이에게 이 어린이하고 어울리지 못하도록 하기만 하지 않았는가. 이렇게 우리 모두가 다 가해자일 수도 있는데 우리는 피해자연하기만 하고, 더 나아가 우리의 잘못을 모두 시스템의 잘못으로 치부해 버린다.

안전사고로 수십 명이 사망하는 참사가 일어났을 때 역시 내 자식 내 부모가 잃은 것과 같다면서 이익만 추구하는 사업주를 비난함과 동시에 도대체 정부는 국민의 안전을 위한 어떤 정책을 구체적으로 실천하고 있는 것이냐고 강하게 비판한다. 부동산 가격이 폭등하고 빈부 격차 극심해지는 등 정부의 실정(失政)에 의한 폐해가 늘어나고, 정치인의 독직 행위가 만연한데다가 위헌적인 악법만 양산되는 등 부패하고 비민주적인 정치인 때문에 국민들이 죽어날 지경이라고 불평들을 한다. 그러나 대형 안전사고가 발생하지 않도록 위락시설 이용에 대한 안전교육을 제대로 하지 않고 정부의 안전정책에 대한 감시 활동을 게을리한 우리의 잘못은 없는지, 또 완벽한 선거 시스템의 미비 등을 탓하기 전에 수준 미달의 정치인을 뽑은 우리가 더 잘못한 것은 아닌지도 먼저 생각해 보아야 할 것이다(이럴 때 "모든 국민은 자신들의 수준에 맞는 정부를 갖는다."는 말이 떠오른다).

우리는 왜 이렇게 피해자임을 자처하는 것일까? 다시 말해 우리는 왜 피해자 코스프레를 하는 것일까? 그것은 간단하다. 피해자라고 하는 것이 마음 편하기 때문이다. 우리가 살아가면서 어려운 상황에 처하게 됐을 때, 그것이 자기 자신의 잘못 때문은 아닌지, 또 누구나 겪기 마련이고 극복해야 하는 통과의례는 아닌지 생각해 보는 것은 힘들기도 하고 귀찮다. 그냥 자기는 억울하게 피해를 봤다고 징징거리기만 하면 남들은 관심을 보인다. 가해자라면 다른 사람으로부터 비난을 받게 되는데 피해자라고 하면 대개의 경우 동정 어린 응원을 해 준다. 그래서 자기가 악을 저질렀음에도 기도를 할 때는 "주여, 저를 악에서 구원하소서!"라고 애절하게 간청한다. 마치 자기는 본래 착한 사람인데 주위 좋지 않은 상황이 자기를 이렇게 나쁜 짓을 하게 만들었으니 빨리 여기서 빼내어 달라고 말이다. 무슨 사건이 터졌을 때 모든 것은 제도나 시스템 탓으로 돌리는 심리 상태도 같은 것이라고 할 수 있다.

정말 우리는 억울하기만 한 걸까? 여기서 나는 우리가 피해자 코스프레를 내던지지 않으면 우리는 영원히 피해자임을 벗어날 수 없다는 점을 분명히 말하고자 한다.

자, 이제 우리는 '피해자 코스프레'라는 껄끄러운 단어가 필요 없게 제발 피해자스럽게 행동하지는 말자. 피해자라 하더라도 너무 오랫동안 피해자임을 주장하며 징징거리면 그것 역시 피해자 코스프레로 여겨질 수 있다. 오히려 적극적으로 나는 가해자가 아닌가 반성하는 자세로 임할 때 진정으로 우리는 피해자임을 벗어날 수 있을 것이다.

《경제포커스》 2021. 12. 3.

담

양평의 우리 집에서 서울 나들이라도 하려면 승용차를 이용하기도 하지만 주로 전철을 이용한다. 10분쯤 거리에 오빈역이 있는데, 역까지 걸어 내려오면서 예쁘게 지은 다른 집들의 잘 가꾼 정원을 살짝 들여다보는 것도 하나의 즐거움이다. 담이 있어도 어른 허리쯤 되는 높이의 판자 울짱 또는 초록색 펜스이거나 울타리 삼아 회양목이나 화살나무 같은 것을 주위에 심은 것이어서 집 안을 다 볼 수가 있다. 다만 언덕을 다 내려와서 코너를 도는 지점에는 커다란 자연석으로 2미터도 넘게 높게 쌓은 성벽 같은 돌담이 있는데, 그 집은 안쪽을 전혀 볼 수 없을 뿐만 아니라 바위만 한 돌들이 그 옆을 지나가는 사람을 짓누르는 것 같아 다소 불쾌한 위압감마저 느껴진다.

우리 집에는 담이 없다. 집 뒤쪽(북쪽)부터 동쪽에 걸쳐 야트막한 야산이 있고, 앞쪽(남쪽)에는 남한강 줄기가 시원스럽게 펼쳐져 있으며, 멀리 강 건너에는 웅장하면서도 포근히 감싸 안는 듯한 양자산이 보인다. 우리 집 뜰에서 아무런 막힘없이 보이는 이러한 모든 풍경이 모두 나의 차지가 되는데 굳이 담장을 쳐서 '내 땅'을 대폭 줄일 필요는 없지 않은가.

내가 사는 양평 쪽의 단독주택의 집주인은 대체로 둘로 나뉘는 것 같다. 하나는 원래부터 양평 토박이로 쭉 살아온 사람이고, 또 하나는 서울 등 외지에 살다가 이쪽으로 이사 오거나 주말주택 또는 별장으로 이용하는 사람이다. 전자의 경우는 거의 담장을 치지 않고 살고, 후자의 경우에는 웅장한 돌담을 쌓거나 아니면 펜스라는 것이라도 꼭 친다.

나도 처음 이 집을 아내의 화실 겸 주말주택용으로 마련하면서 야트막하게 나무 울타리나 펜스라도 치려고 했었는데, 막상 들어와 살고 보니 담장을 만들면 내가 그 안에 갇히는 듯한 느낌이 들 것 같아 그대로 두었다.

담이란 집이나 일정한 공간의 둘레를 막기 위하여 축조한 건조물이다. 축조하는 데 사용한 재료에 따라 토담·돌담·벽돌담·블록담·콘크리트담 등으로 구분된다. 목책·판장(板墻)·가시철망·바자울·펜스 등 비교적 가벼운 재료로 만들거나 안이 들여다보이게 한 것을 울타리 또는 책(柵)이라고 하여 이보다 튼튼하게 만든 담 또는 담장과 구분하기도 하는데, 넓게 보면 모두 담이라고 할 수 있다.

사람들은 왜 담장을 치고 살까? 담을 쌓는 까닭은 외부로부터 사람이나 동물의 침입하는 것을 방지하고, 외부에서 안이 들여다보이지 않도록 시선을 차단하기 위하여, 그리고 공간을 서로 다른 성격으로 나누기 위해서일 것이다. 그런데 그중에서 내가 사는 그 땅이 내 소유라는 경계선을 확실히 해 둔다는 의도가 가장 강할 것이다. 워낙 땅이 귀하고 소중하다 보니 내 소유임을 분명하게 하고 다른 사람이 범접하지 못하도록 하겠다는 확고한 뜻을 공시하는 것이다.

담을 쌓으면 그 안의 내 삶은 외부 사람의 방해를 받지 않고 온전히 보호되는 느낌이 드는 것은 사실이다. 그런데 담을 쌓지 않아도 별 불편함이 없는데 굳이 돌담이나 펜스를 설치하는 바람에 문제가 되는 경우가 많다. 내가 양평군 마을변호사로서 무료 법률 상담을 할 때도 보면 경계로 인한 분쟁 건이 제법 많은데, 담장을 새로 만들면서 자기 땅을 침범했다고 해서 다툼이 생기는 것이 대부분이다. 심지어는 그로 인해 험한 욕설이 오가거나 주먹다짐까지 하여 형사 건으로 번지기도 하고, 지하수를 끌어올려 공동으로 사용하던 배관을 막아 단수시키는 등 싸움이 커지기도 한다.

물론 담을 쌓으면 좋은 점도 있기는 하다. 아무래도 담을 넘으면 '침입'이 명백해지니까 봄에 뒤뜰의 두릅이나 엄나무 순을 함부로 따가는 것을 방지하는 효과는 있을 것이고, 방범에도 도움이 조금 되기는 할 것이다. 또 도로 옆이라면 돌담이나 콘크리트 담장은 방음 효과도 어느 정도 있을 것이다.

담의 기본적인 기능은 아마도 '구획'이 아닐까 한다. 담이 처음 생기게 된 것은 성읍국가 시대로 보는 것이 일반적인 견해인데, 그 무렵 지배 집단과 피지배 집단의 주거가 구별되면서 신분에 따른 위엄을 유지하기 위하여 담과 같은 구조물이 필요했을 것으로 추정된다. 또 한 집 안에서도 행랑 마당이나 사랑 마당에 담을 쌓은 것을 보면 두 공간 사이에 위계질서를 주기 위한 것이라고 본다.

이렇게 담을 쌓으면 그 안의 삶과 그 밖의 삶이 획연히 구분되고, 담 안의 '나'와 담 밖의 '너'는 단절되는 것이다. 어떤 사람이 다른 사람과 서로 사귀던 사이를 끊을 때 '담을 쌓다'라는 표현을 쓰는 것도 이런 까닭이다. 또 '윤식이는 요즘 공부와는 담을 쌓았다.'라고 할 때처럼 사람이 어떤 사물이나 대상에 관심이 없어 전혀 관계하지 않는 경우도 사용된다.

이렇게 담을 쌓게 되면 그 안의 사람과 밖의 사람은 구별되고, 그 안의 삶과 밖의 삶도 단절되게 되는데, 굳이 담을 쌓아 '내 땅'을 그 안의 것으로 한정하듯이 내 삶의 영역까지 축소할 필요가 있을까 하는 생각도 해 보았다.

화이부동(和而不同)이라는 말이 있다. 공자가 "군자는 어울리긴 하지만 같아지지 않으며(君子 和而不同), 소인은 같아지긴 하지만 어울리지 못한다(小人 同而不和)."(『논어』「자로」편)라고 말씀하신 것에서 비롯된 말이다. '화이부동'의 깊은 뜻은 여러 가지로 해석될 수 있지만, 우선은 교양을 갖춘 인격자는 다른 사람과 잘 어울리지만 부화뇌동(附和雷同)하지 않고 자신의 정체성을 잘 지켜 나간다는 뜻으로 볼 수 있다. 그런데 담을 쌓는다면 그것은 편을 가르는 행위로서 서로 어울리지도 않고 같아지지도 않겠다는 태도가 아닌가 한다.

사실 우리는 그동안 너무 편 가르기를 심하게 해 온 것 같다. 보수와 진보의 진정한 뜻도 모르면서 일단 자기를 어느 한쪽에 속하는 것으로 규정해 놓고는 다른 한쪽의 생각이나 행동을 무조건 비난해 왔다. 사람을 처음 만나면 고향이 어디냐고 묻고는, 자기와 동향(同鄕)이면 무조건 내 편이고 싫어하는 지방 출신이면 배타적으로 대한다. 학계에도 무슨 파가 그렇게 많이 갈라져 있는지 모르겠고, 예술 쪽에도 '순수'니 '참여'니 하고 나뉘어 반대편의 작품은 무조건 폄훼하곤 한다. 그렇게 되니 나와 같은 쪽에 속하면 무조건 옳고 다른 쪽에 속해서 다른 것은 바로 틀린 것으로 치부하는 것이다.

왜 이렇게 된 것일까? 그것은 담을 쌓아 왔기 때문이 아닐까 하는 생각을 해 보았다. 담을 쌓아 구획된 어느 한 편에 속하면 소속감이 생기고 다소 편안함이 느껴지니 자꾸만 담을 쌓게 된다. 커다란 담장 안에서도 행랑채와 안채 사이에 담장이 있듯이 또 하나의 담을 쌓아 더 깊고 좁은 소속감 속에 빠져드는 것이다.

나는 나의 사고를 어느 한쪽에 가두지 않는 것을 원칙으로 하고 있다. 그렇게 살아오다 보니 편 가름을 하는 쪽에서는 그 어느 쪽에서도 나를 완전한 자기편이 아니라고 꺼림직한 시선으로 바라보기도 한다. 보수 성향의 친구들은 나의 사고가 너무 개혁적이어서 위험하다고 하고, 진보적인 글을 많이 쓰는 인사들한테서는 개개인의 자유에 너무 높은 가치를 두는 고루한 사고를 지녔다고 지적받기도 한다. 박근혜 전 대통령에 대한 탄핵이 큰 이슈일 당시, 어느 동창 모임에 갔다가 법률가로서의 의견이 어떠냐고 묻기에 일단 탄핵 사유가 되기는 된다고 답을 하여 '촛불 선동가'냐고 호된 지탄을 받기도 했고, 반대로 어느 복지 전문가들이 모이는 자리에 초청받아 갔다가 같은 질문을 받고 탄핵 사유가 된다고 해서 꼭 탄핵을 해야 하는 것은 아닐 것이라고 답을 해서 여기 오시지 말아야 할 분이 오신 것 같다고 눈총을 받은 일도 있다.

왜 우리는 담을 쌓아 구획을 짓고, 그 담 안의 사람들은 모두 똑같은 목소리를 내야 하며, 다른 생각은 다 틀린 것으로 치부하는가?

"알아야 면장을 하지."라는 말이 있다. 어떤 일이든 그 일을 하려면 그것에 관련된 학식이나 실력을 갖추고 있어야 함을 비유적으로 이르는 말이다. 여기서 '면장'은 면장(面長)이 아니라 면장(免牆)이다. 원래는 '면면장(免面牆)'이었는데 줄여서 '면장(免牆)'으로 쓰다 보니 '면장(面長)'으로 오인되기도 한다. 『논어』「양화」 편에 공자가 자기 아들에게 『시경(詩經)』을 배우지 않는다면 이는 '바로 담장을 마주해 서 있는 것같이(正牆面而立)' 답답하게 된다고 말하는 대목에서 유래한다. 학식을 갖추지 않으면 담장을 마주하듯 꽉 막혀 답답하다는 것을 강조하는 대목인데, 여기서도 담(牆 또는 墻)은 꽉 막힌 것의 상징으로 좋지 않은 뜻으로 쓰이고 있다.

알아야 면장(免牆)을 하는 것이 아니라 먼저 면장부터 하면, 즉 담장을 벗어나면 잘 알게 되지 않을까 하는 생각을 해 보았다. 아예 담을 허물면 더욱 좋고.

정치인이 갖춰야 할 가장 중요한 덕목이 상대방을 이해하려는 마음가짐과 포용력이라는 얘기를 들은 일이 있다. 그런데 요즘의 정치판을 보면 정말 답답하기 짝이 없다. 이해심과 포용력 같은 것은 눈을 씻고 찾으려 해도 보이지 않고 꽉 막혀 있어 국민들의 마음이 몹시 불편하다. 같은 사안을 놓고도 여와 야, 그리고 소속 정파에 따라 그 해석이 전혀 다르다. 심지어 외교나 국방에 관해서도 극한으로 대치되고 서로 한 치의 양보도 없다. 왜 이렇게 됐는가? 그것은 결국 서로 '너'와 '나'라는 담장을 쳤기 때문에, 마음의 벽을 굳게 쌓아 올렸기 때문이라고 본다.

언젠가 '제주목 관아 활용 운영 방안 제도개선 토론회' 관련 기사를 우연히 본 일이 있는데(내가 제주지검에서 차장검사로 근무한 연고로 제주에 관한 기사에는 관심이 쏠려 그냥 지나치지를 못한다), 한 토론참가자가 "원도심 침체의 이유는 목 관아에 있다고 본다. 제주목 관아 내부는 담장 때문에 외부에서 볼 수 없다."고 하면서 제주목 관아의 담장을 허물고 주민에게 개방하자고 주장했다는 대목이 있었다. 그렇다. 사람이 사는 곳에 내·외부가 담장으로 막혀 단절되면 소통이 있을 수 없고 그 관계는 정체될 수밖에 없다.

나도 여기서 우리의 생활에서 가능한 한 담장을 모두 없애자는 제안을 해 본다. 담장을 허물어(즉, '면장'을 하여), 내 땅과 네 땅을 너무 구별하여 따지지 말고, 내가 가꾼 정원의 꽃들을 다른 사람들도 함께 보고 즐기게 하며, 또 담이 없어 외출 시에 자연스럽게 마주쳐 서로 인사를 나누게 되면 이쪽, 저쪽의 편 가름도 줄어들고 우리 모두 한편이라는 생각이 들지 않을까 하는 생각을 해 보았다. 대로변 건물의 화장실 문을 번호 키로 잠그기보다 개방을 한 후 "이용에 불편한 점이 있다면 알려주십시오. 바로 시정하겠습니다."라고 안내문을 걸어 놓는 것도 일종의 담장 허물기가 될 것이고(물론 이를 이용하는 사람들의 공중도덕이 먼저 전제되어야 하겠지만…), 고향이나 출신 학교를 가리지 않고 친교를 맺거나 신입 사원을 뽑는 것 역시 훌륭한 담장 허물기가 될 수 있다.

실제로 한 마을에서 담장을 모두 없앤 다음 오히려 절도와 가정폭력 사건이 크게 줄어들었다는 외국의 사례가 있다. 학자들은 담장이 없어짐으로써 안과 밖의 구별이 없어지고 트임으로써 마을 주민 모두가 함께하는 삶이 되었으며 서로가 보살펴 주는 역할을 했기 때문이라고 분석하기도 한다.

그뿐만이 아니다. 담장을 허물면 그 너머에 보이는 아름다운 풍경도 내 차지가 될 수 있듯이 마음의 장벽을 걷어 내면 더 많은 사람이 내 친구, 내 편이 될 수도 있을 것이다. 이 얼마나 좋은 일인가.

물론 물리적 담장이건 마음의 장벽이건 그걸 없애자는 것은 하나의 이상이지 현실적으로 쉽게 이루어질 수는 없는 것이라는 반론이 있을 수 있다. 맞다. 나 역시 머릿속에서는 마음의 장벽을 깨뜨려야 한다고 생각하면서도 정작 실천에 못 옮기는 경우가 많다. 특히 어떤 대상이나 특정 부류의 사람과는 도저히 안 되겠다고 미리 겁부터 내어 아예 어울리거나 접근하는 것을 포기하기도 한다. 사실 미리 안 된다고 생각하는 것 자체가 벽이요 담장일 것이다. 그리고 분명한 것은 담장이건 벽이건 저절로 생긴 것은 아니고 만든 사람이 있다는 것이다. 대개의 경우 그것을 만든 것은 나 자신일 것이고, 그러니 그것을 없애는 것도 내가 할 일이다.

이미 고인이 되신 어느 기업인은 어려운 일에 미리 겁먹는 직원들에게 곧잘 "이봐, 해 보기나 했어?"라고 말했다고 한다. 나도 이제부터 생각을 바꿔 이분의 가르침대로 한번 해 봐야겠다. 혹시 아는가. 그분의 성공담처럼 불가능해 보이는 그 일이 이루어질지도….

우리 모두 한번 실천해 보면 좋겠다. 담장 허무는 일을!

《경제포커스》 2022. 12. 2.

동병상련

나는 요즘 아프다. 그냥 아픈 정도가 아니라 상당히 많이 아프다. 서울 나들이라도 가기 위해 우리 집에서 전철역까지 내려가려면 전에는 잰걸음으로 8분이면 충분했는데 요즘은 15분은 족히 걸린다. 내리막길에 왼발을 내디딜 때마다 온몸에 전해지는 통증이 심해 어떤 땐 눈물이 핑 돌기도 한다. 여러 개의 바늘로 사정없이 쿡쿡 찔러 대는 듯하면서 전기까지 찌릿찌릿 오르는 이 아픔을 통증클리닉 원장에게 호소하면서 내 왼쪽 다리는 '발전소'라고 했다. 납인형(蠟人形)처럼 무표정하기만 하던 원장도 내 표현이 재미있는지 빙긋이 웃고는 주사를 놓으며 바늘을 더 아프게 찔렀다. 의사가 '좌골신경통'이라고 진단하고 주사도 몇 번 놓아 주고 나 역시 처방해 준 약을 지시대로 빼먹지 않고 복용하여 처음엔 약간 반짝했었는데 그 뒤로는 별 효험이 없다. 그래서 최근엔 물리 치료만 가끔 받으며 걷기, 스트레칭 등 운동으로 버텨 나가고 있다('좌골신경통'이란 것은 증상이지 어떻게 병명이 될 수 있느냐고 속으로 아는 척하며 의사를 불신하니 병이 잘 나을 리가 없다).

아프다 보니 꼴이 말이 아니다. 며칠 전 내가 남한강 산책로를 따라 걷는데 그 뒷모습을 아내가 일부러 동영상으로 찍어서 보여줬다. 오른쪽 어깨가 아래로 축 처지고 허리는 삐딱하게 구부러진데다가 걸음걸이마저 절룩거려 영락없이 어릴 때 부르던 동요 〈자전거〉의 우물쭈물하다가 큰

일 낼 '꼬부랑 노인'의 모습이다(요즘엔 그 가사를 많이 순화시켜 부르는 것 같다).

또 아프니까 서러운 일도 한둘이 아니다. 길을 가다 보면 모두가 쌩쌩한데 나만 온전치 못해 뒤처지는 것 같고, 통증이 너무 심해 걸음을 멈추고 어디에 걸터앉아 쉴 때는 내가 그동안 살아오면서 못된 짓을 많이 해서 이런 벌을 받는다는 생각까지 들기도 한다.

얼마 전 어느 토요일에는 당구 치는 고등학교 동창 8명이 양평까지 놀러 왔었다. 그런데 전철역으로 마중 나온 내가 계단 내려가는 것을 겁내며 엘리베이터를 타자고 하자 한 친구가 "강단이 세기로 유명한 깡다구 추호경도 이제 맛이 갔구나!" 하는 것이었다. 물론 나를 걱정하며 안타까워서 한 말이겠지만 정말 듣기 싫었다. 그에 대한 반발 심리가 작동했는지 그만 손님 접대라는 것도 깜빡 잊고는 내기 당구에서 많은 돈을 따 버리고 말았다(11,000원이나!).

짜증도 많이 난다. 몸이 불편하니까 아내가 운전하는 차가 과속 방지턱을 넘을 때 약간의 충격이 와 통증이 느껴지면 화를 벌컥 내고, 식사 때도 괜히 아내에게 국이 덜 뜨겁다느니 겉절이가 너무 싱겁다느니 하는 전에 없던 반찬 타령까지 한다. 그뿐만 아니라 반숙 달걀 껍데기를 까 달라고 하거나 식탁 의자에 앉은 채로 2층 서재에 있는 내 핸드폰을 갖다 달라는 심부름까지 시킨다. 그런데도 아내는 못된 아들의 투정을 다 받아주는 자상한 엄마처럼 전혀 언짢아하지 않는다. 어떤 때는 나의 짜증을 즐기는 것 같기도 한 아내의 이러한 관대한 태도가 오히려 더 내 감정을 건들기도 한다.

아내는 평소 이런 말을 해 왔다. 어떤 일이나 사태가 그것이 다 좋거나 다 나쁘기만 한 법은 없다고 말이다. 좋은 점이 있으면 그 이면에 반드시 나쁜 점이 숨어 있을 수 있고, 나쁜 점이 있으면 역으로 그 안에서 좋은 점을 찾아낼 수도 있다는 것이다. 그 말이 맞는 것 같기도 하다. 이번에 내가 몸이 아픔으로 해서 내 생활 태도를 전면적으로 점검해 보는 계기가 됐으니 정말 아픈 것이 무조건 다 나쁜 것만은 아닌 모양이다.

내가 서울에서 생활할 때는 대개 하루 8,000보 이상은 걸었다. 출근하면서는 승용차를 안 타고 뒷산의 산책로로 걸어서 전철역까지 가고, 퇴근 때는 일부러 한 정거장 전이나 지나서 내리든지 해서 그 걸음 수를 확보했다. 그런데 이곳 양평으로 들어와서는 재택근무를 주로 하게 되어 하루 종일 집안에 박혀 있기가 일쑤이고(물론 아주 드물게 아내 몫인 마당 일을 도와주기도 하지만) 그러다 보니 서울에서보다 오히려 보행 거리가 훨씬 줄어들었다. 게다가 시간의 제약을 받지 않자 생활이 불규칙하게 되어 그 리듬이 깨어져 30여 년 계속해 오던 나만의 '새벽 운동'도 어느새 중단돼 버리고 말았다. 내가 해 온 운동은 기체조에다 스트레칭, 그리고 인터넷에 떠도는 좋다는 조탁법이라든가 손바닥 비벼 얼굴 문지르기 등을 적절히 배합한 나만의 독특한 실내 운동법인데 아내의 권유로 스쿼트까지 보탠 것이다. 내가 그나마 이 체력을 유지하고 별 탈 없이 지냈던 것은 이 새벽 운동을 한 덕분이라고 하겠는데, 지난겨울 내내 이 운동도 하지 않고 5시에 일어나자마자 바로 서재의 책상 앞에 쭈그리고 앉아 글을 쓴답시고 컴퓨터 자판을 두드리거나 하루 종일 삐딱한 자세로 책이나 읽는 것이 내 일상이었다. 한번은 아내한테서 사흘 동안 한 번도 마당의 흙을 밟지 않았다는 지적을 받기도 했다. 그러니 몸에 탈이 안 생길 수가 없다(내가 이렇게 책상 앞에 한 번 앉으면 오랫동안 못 벗어나는 건 고시 공부 시절의 버릇이 아직도 남아 있기 때문일 것이다).

통증클리닉 출입이 별 효험이 없자 자연스레 바뀐 내 생활 습관을 돌이켜보고 열심히 걸으며 새벽 운동을 다시 시작하게 되었으니 참 다행스러운 일이다. 그리고 거기에다 아내가 새로 구입해서 조립, 설치해 준 '꺼꾸리'라는 기구까지 이용한 덕분인지 나날이 상태가 조금씩 좋아지는 느낌이다(물론 며느리가 보내준 통증 완화 크림으로 아내가 아침저녁 정성스레 아픈 부위를 마사지해 준 것도 도움이 되었을 것이다).

아픈 바람에 또 좋은 교훈을 얻기도 했다.

나는 어떤 일에든 긍정적이고 적극적인 편이다. 그렇게 살아오다 보니까 때로는 너무 자신만만하여 오만해질 때가 있다. 돌이켜보면 그럴 때마다 나의 교만을 책하기 위해 꼭 큰 시련이 찾아오곤 했었다.

건강의 경우도 그랬다. 어릴 때부터 특별히 체구가 크다거나 강골은 아니나 병약하지 않고 단단한 편이어서 나름 자신감을 지니고 있었다. 운동을 썩 즐기진 않는 편이지만 지구력이 있고 승부욕도 강하여 상대 있는 스포츠에서 여간해서 지지 않는다. 달리기도 단거리는 잘하지 못하나 장거리는 나름 소질이 있는 편이다. 그런데 그 자신감이 항상 문제다. ROTC 소위 임관 후 통역장교들만 따로 훈련을 받을 때인데, 수료를 앞둔 막바지에 30kg는 족히 되는 완전군장에 M1 소총까지 들고 야외훈련장에서 부대까지 12km 선착순 구보를 한 일이 있다. 반쯤 지났을 때 나는 160여 명의 동기생을 따돌리고 선두를 달렸고, 더구나 2등과는 30여 미터 차이가 날 정도로 여유가 있었다. 나는 이왕이면 더 멀리 따돌리자고 더욱 힘차게 달렸고 그 차이는 더 벌어졌다. 그러나 웬걸, 부대 정문이 보일 즈음부터 갑자기 양다리가 후들후들하며 힘이 빠지는 것이었다. 결국 나는 결승점을 바로 앞에 두고는 두 명의 동기생에게 추월당하고 겨우 3등으로 들어오는 수모를 겪고 말았다.

이런 식으로 건강이나 몸에 대해 너무 자신만만하여 교만한 나머지 혹사하여 큰 곤욕을 치르거나 주위 사람에게 걱정을 끼친 경우가 곧잘 있었다. 특히 어떤 일에 몰두할 때 그런 일이 자주 일어나는데, 재미나는 책을 읽으면 거기에 빠져들어 밤을 새우는 어릴 때의 못된 버릇이 그대로 남아 있는 탓이리라. 박사학위 논문을 마무리하느라고 닷새 밤을 꼬박 새우다시피 하며 영문 초록까지 완성한 다음 쓰러진다거나, 열이틀 동안 사무실에서 숙식하며 큰 사건을 수사하고 나서 그 수사 결과를 발표한 후 바로 집무실에서 졸도한다거나 하여 가족과 직장 동료들을 크게 놀라게 만든 것은 오로지 내 몸과 건강에 대해 너무 자만한 나머지 함부로 대한 탓이었던 것이다.

이번에 나에게 이렇게 심한 통증이 찾아온 것 역시 나의 이런 자만에 대한 경고다. 나는 이 엄중한 경고를 고맙게 생각하며 겸허히 받아들이겠다. 내가 그동안 양평의 좋은 환경 속에서 아내가 정성스레 차려 주는 세 끼의 영양식을 잘 먹고 지내면서 건강 상태가 상당히 좋아졌던 것은 맞다. 그랬으면 이를 겸허히 받아들이고 그 고마움을 알아야 할 텐데 오히려 교만에 빠져서 글 쓰는 재미에 너무 몰입하여 늘 하던 운동도 하지 않고 하루 12시간 이상을 책상머리에 앉아 엉덩이와 허리를 혹사했으니 그 벌을 받아 마땅하다. 주인을 잘못 만난 내 몸에게도 미안하다. 그런데 교만 떨고 잘못한 것은 나의 정신머리인데 아픈 건 몸이니 그것이 더욱 미안하다.

아프다 보니 먼 옛날에 당신의 몸 전신이 다 아프다면서 하나의 '종합병원'이라고 했던 친척 어른이 생각난다. 내가 이제 철학과를 졸업하고 군에 가게 되었다고 인사를 올리자 빙그레 웃으면서 당신께서도 진즉에 철학 공부를 마쳤다고 응수하셨다. 아픈 몸이 철학을 다 가르쳐 줬다면서 시치미 딱 떼시고 "나는 아프다. 고로 나는 존재한다."라고 말씀하시는데 제법 그럴듯하게 들렸다. 발가락 사이에 심한 통증이 있기 전에는 정말 내 몸에 '발가락 사이'라는 것이 있는지도 몰랐다면서 내 몸이 아프고 나니까 나의 존재가 확실히 인식되더라는 것이다. 그다음이 더 중요하다. 아파서 내 몸을 알게 되니까 다른 사람의 몸, 다른 사람의 마음까지 보이게 되더라는 것이다. 아픔을 통하여 다른 사람과 인식을 공유하게 되었다고 하는데 그것 역시 하나의 철학이 될 수 있겠다 싶었다.

그런데 이번에 내가 아프면서 내 정신세계에도 조그만 변화가 일어나기 시작했다. '남의 아픔'이 조금씩 보이고 느껴지는 것이다. 전에는 술을 많이 마셔 간이 나빠진 친구를 보면 자기 관리를 제대로 못 하여 간경화가 올 정도로 폭음을 한 그 친구의 정신력을 비난하는 식의 시각이 있었던 것이 사실이다. 그런데 이제는 간경화로 황달이 오거나 복수가 차면 얼마나 고통이 심하겠느냐는 생각이 먼저 들고, 신생 회사의 대관 업무를 맡은 임원으로 얼마나 열심히 일했으면 간까지 나빠졌겠느냐 하며 그 친구의 직업적 열정에 약간은 감탄하는 마음도 일어나는 것이다. 그것은 남의 처지를 이해하려 드는 것이고, 분명히 내가 아프고 나서 생긴 새로운 사고이다.

전에는 전철역 승강장의 에스컬레이터를 보면 계단이면 충분한데 저런 걸 만들어 전력을 낭비하다니 하고 생각했었고, 특히 내려가는 곳까지 에스컬레이터를 타도록 하는 것은 국민들을 운동 부족으로 만드는 아주 나쁜 정책이라고 비난했었다. 그런데 이제는 그렇지가 않다. 내가 '좌골신경통'이란 것으로 걷는 것이 어려울 뿐만 아니라 특히 내리막길을 걸을 때 왼발을 내디디면 온몸의 하중이 그리로 쏠려 그 통증이 극심해져 내리막 계단을 딛는 것은 거의 고문과 같다는 체험을 하고 보니 내리막 에스컬레이터도 꼭 필요하다는 지지론자가 된 것이다.

또 엉뚱하다고 할 수 있겠지만, 글을 쓸 때도 장애나 질병에 관련된 언급에는 상당히 조심스러워지게 됐다.

예전에 어느 신문에서 최근에 단행된 내각 개편을 두고 전임 총리의 얼굴을 한 곰배팔이가 목발 짚은 외다리 신임 총리에게 이어달리기 바통을 넘겨주는 것으로 희화화한 시사만평을 본 일이 있다. 그때는 그걸 보고 무능하기는 그 얼굴이 그 얼굴이라는 식의 촌철살인의 멋진 비평이라고 감탄했었다. 그러나 지금은 그렇지 않다. 이건 정말이지 장애인을 비하하는 전형적인 공개 괴롭힘일 뿐이다. 어떻게 언론인이 장애인은 능력이 부족하다는 고정관념에 사로잡힐 수가 있으며, 위와 같은 만평에는 그 장애가 장애인 개인 탓인 것처럼 치부하고 마치 그 장애인을 탓하는 듯한 의식이 전제되어 있는데 이것이야말로 성토되어야 할 편견이 아니겠는가.

이제 나는 내가 쓰는 글에서 장애로 고통받고 아파하는 사람을 더욱 아프게 하는 표현도 피하려고 한다. '눈뜬장님'이니 '언청이 퉁소 대듯'이니 하는 비유적 표현이나 '소경 개천 나무란다.' 또는 '벙어리 발등 앓는 소리냐.' 같은 속담도 "너는 왜 얼굴이 꼭 에이즈 걸린 놈처럼 죽을상이냐?" 하는 것처럼 해당 장애인이나 환자에게는 가혹한 마음의 상처를 줄 수 있기 때문이다. 내가 이런 생각까지 하게 된 것은 변화라면 큰 변화라 할 것이다.

사람이 이렇게 달라지는 것이다. 그렇다. 내가 아파 보니까 아픈 사람의 아픔을 알겠고, 몸을 내 맘대로 못 쓰니까 장애인의 고통과 어려움을 함께할 수 있겠다. 그래서 같은 병을 앓는 사람끼리 서로 가엾게 여긴다는 '동병상련(同病相憐)'이란 말도 있는 모양이다.

나의 지난날을 돌아보면 약간의 굴곡이 없지는 않았지만, 복을 적당히 타고났기 때문인지 별로 고생을 하지 않고 살아온 편이다. 교양 있고 성품이 좋으신 부모님 덕분에 교육을 제대로 받았고, 다행히 두뇌도 남에게 뒤떨어지지 않을 정도는 되었으며, 크게 앓거나 수술받은 일이 없을 정도로 건강 문제로 애먹지도 않았다. 친구들도 잘 만났고 배우자나 친척들도 다 좋아 내가 살아가면서 그들로부터 많은 도움을 받아 왔다. 그런데 이렇게 큰 어려움을 겪지 않고 살아오다 보니 남이 힘들어하고 아파하는 것을 모르고 또 다른 사람의 조그만 일탈을 이해하기보다는 크게 탓하는 경향이 있었던 것도 사실이다.

그런데 이번에 제대로 아파 보니 남의 어려움, 남의 아픔이 조금씩 보이기 시작하는 것 같다. 그리고 전에는 이해할 수 없었던 다른 사람의 짜증이나 비례(非禮)도 그것이 아픔이나 어려움에서 비롯된 것임을 알 수 있을 것 같고 또 어느 정도는 받아들일 수 있을 것 같기도 하다.

의사가 다른 사람이 겪는 질병이나 아픔 때문에 먹고 산다고 한다면, 변호사는 다른 사람이 겪는 법적 불행을 기화로 돈을 버는 직업인이라고 할 것이다. 훌륭한 의사라면 자기를 찾아온 환자의 질병을 잘 알아내어 아프지 않도록 치료해야 하듯이 변호사 역시 의뢰인이 지금 겪고 있는 불행을 딛고 일어나 행복해지도록 해 주어야 할 것이다. 그러려면 진정으로 그들이 겪고 있는 불행을 잘 이해하고 함께 아파하는 동병상련의 마음가짐을 가져야 할 것이다. 이런 교훈을 준 이번의 나의 아픔은 꼭 나쁘지만은 않은 것 같다.

《경제포커스》 2023. 4. 5.

비교에 대하여

나는 아내에게 실수를 자주 하는 편이다.

아주 오래전의 일이다. 그때 딱히 무엇 때문인지는 기억이 잘 안 나는데 아내의 모습이나 하는 행동과 선택 같은 것이 하나같이 맘에 들어 나로서는 립서비스를 한번 멋지게 한답시고 "당신은 귀엽기로 말하면 오드리 헵번보다도 더 사랑스럽고, 지혜롭기는 캐서린 헵번보다도 더 슬기로운 것 같아!"라고 말을 던졌다. 사실 틀린 말도 아니다. 그런데 아내의 반응은 아주 싸늘했고, 이렇게 되받아치기까지 하는 것이었다.

"당신이 나의 이름을 불러주었을 때, 나는 당신에게 다가가 꽃이 되었습니다. 그 고유명사인 꽃 이름을 잊으셨나요?"

아내의 대꾸 속에는 상당한 불쾌함까지 묻어나 있었다. 내가 오드리 헵번과 캐서린 헵번을 얼마나 좋아하는지 잘 아는 아내이기에 나의 위 한마디는 내가 할 수 있는 최고의 찬사라는 것쯤은 익히 알았을 텐데도 자기를 두 헵번과 비교하는 것으로 느껴져 그렇게 싫었던 모양이다. 사실 내가 말한 화법은 '어버이 은혜는 하늘보다 높고 바다보다 깊다.'라고 할 때처럼 강조의 의미로 한 것이지 '비교'라고 보기는 어려운데도 말이다.

아내는 유난히 '비교'를 싫어한다. 어쩌면 그림을 그리는 화가로서의 독창성도 비교를 싫어하는 것과 연관이 있는 것 같기도 하다. 어떤 때는 아내가 다른 사람에 비해 유난히 밝고 행복해 보이는 것도 바로 이렇게 '비교'를 멀리하는 데 있지 않을까 하는 생각도 든다.

또 한 번의 실수 역시 말을 잘못한 실수였다.

2004년, 나는 약 25년간의 검사 생활을 마치고 재야로 나왔다. 기대했던 것 이상으로 몸과 마음이 가벼워져 자유스러움에 정말 하늘로 나는 듯했다. 나대로 큰 보람을 느끼며 공직 생활을 열심히 해 왔지만, 그동안 너무 얽매여 지내왔던 것 또한 사실이다. 그래서 나는 '이제는…' 하고 현직 시절 못 해 봤던 것들을 이것저것 좀 했다. 약간 고급스러운 식당에서 외식도 했고 해외여행도 다녔으며, 또 내가 하고 싶은 말 그대로 비판적인 글을 써서 언론에 발표하기도 했다.

아내도 좀 풀어 줬다. 검사 때는 혹시나 아내의 작품 거래로 인하여 구설수에라도 오를까 걱정이 되어 개인전 여는 것을 철저히 막았었는데 그것도 해금(解禁)했다. 아내는 뛸 듯이 좋아했고, 다행히 첫 개인전부터 성공적이었으며, 몇 작품은 유수한 미술관 소장품으로 팔리기도 했다. 개인전을 연 이후에는 자신이 붙었는지 실험적인 시도도 해 보고, 국전 특선을 한 이후에는 공모전 출품을 전혀 하지 않고 자신만의 색깔을 내는 작품 활동에만 몰두했다. 몇 번의 개인전과 초대전을 거치면서 아내는 독창적인 작품 세계를 구축하는 데 어느 정도 성공한 듯했고, 유화 작품만이 아니라 테라코타에까지 그 작업 영역을 넓혔는데, 평면만의 답답함에서 벗어나 입체적인 표현으로까지 발전한 셈이다.

그러다가 한참 지나 아내가 신부(新婦; bride) 연작(連作)을 중심으로 개인전을 열 때였다. 전문가는 아니지만 작품 배열 같은 것에 대해 조언을 좀 해 준답시고 오픈하기 전날 갤러리에 갔었다. 내가 도착했을 때는 이미 반 이상의 작품들이 걸려 있었는데 내가 깜짝 놀랄 정도로 그림들이 옛날 것과 너무나 달랐다. 제목처럼 그림 자체가 행복해 보이는 신부 일색이어서 그런지 그 커다란 화랑 전체가 너무 환하게 밝아 보이는데 그것이 왠지 내 맘에 거슬렸다. 전에 아내가 입상을 많이 할 때 그렸던 추상화들에서의 보였던 뭔가 알 수 없는 묵직한 메시지 같은 것이 전혀 느껴지지 않았고, 연꽃이 다 진 다음에 고개를 푹 숙이고 있는 씨방과 누런 잎들의 군락을 그린 구상화들에서 보여준 신산한 삶의 흔적 같은 것도 찾아볼 수 없었다.

이를 본 나는 원래 속마음을 잘 감출 줄 모르기도 하지만 그만 이렇게 중얼거리고 말았다.

"아닌데. 아름답기만 하지 옛날 그림에서와 같은 작품성이 전혀 느껴지지 않아. 이건 완전히 샤갈이 그린 행복해하는 〈신부〉 같은데…."

말을 내뱉고는 바로 나의 큰 말실수를 후회했다. 하지만 아내가 옆에서 이미 들었으니 어쩔 수가 없는 게 아닌가. 화가 날 때일수록 더욱 침착해지는 아내는 역시 달랐다. 나에게 이렇게 조리 있게 되받아치는 것이었다.

"제가 옛날과 똑같기만을 기대하진 마세요. 저는 지금 달라졌고, 또 행복해요. 당신이 저를 행복하게 해 주었기에 제 그림도 달라졌어요. 그리고 제 그림에다 샤갈을 절대로 갖다 붙이진 마세요. 샤갈의 신부는 환상과 추억 속의 신부일 뿐이지만, 제 신부는 현실에 굳건히 발을 디디고 있고 미래를 바라보며 희망에 넘치는 행복한 신부예요."

나는 아무 말도 할 수 없었다. 아내가 행복하고 아내의 그림 속의 신부들이 행복하다니 그저 고마울 뿐이었다.

이렇듯 아내는 자신이 비교의 대상이 되는 걸 유난히 싫어한다.

그렇지만 사실 나도 어릴 때부터 '비교'라는 것에 다소 알레르기 반응을 보여 왔다. "좀 더 좋은 친구와 사귀도록 하라."는 식의 충고는 나에게 먹혀들 수가 없었다. 좋은 친구면 다 좋지 거기에 '더 좋은' 친구가 어디 있으며, 친구면 다 친구지 좋은 친구, 나쁜 친구를 어떻게 가린다는 말인가. 내 아버지, 어머니만 있듯이 나에게 주어진 것은 모든 것이 그 자체로서 대체 불가능한 것이었고, 다른 것과의 비교라는 건 있을 수가 없었다.

중학교에 들어가서 영어 알파벳의 대문자·소문자를 매뉴스크립트체와 필기체로 익히면서 신기해했고, 그러다가 우리말과는 달리 영어의 형용사에는 비교급과 최상급이 있다는 것을 알게 됐을 때는 일종의 문화적 충격에 빠지기도 했다. 그러면서 영어를 쓰는 나라 사람들은 사물이나 사람을 형용할 때 우열을 가리기 위해 비교를 꼭 하고, 또 어떤 수치로 계량화하여 그 비교의 기준을 삼는 그런 문화적 풍습에 깊이 젖어 있다는 것을 조금씩 알아가는 계기가 되기도 했다.

물론 나라고 해서 비교를 전혀 하지 않은 것은 아니다. 나 역시 살아오면서 중요한 선택을 할 때마다 여러 선택지 중에서 우위에 있는 것을 택하곤 했다. 그런데 마음속으로 항상 최상급, 즉 비교할 수 없는 어떤 '절대성' 같은 것을 희구해 왔다. 특히 나는 그 누구와도 비교될 수 없는 존재로 생각했고, 나와의 우정 또는 사랑은 그 무엇으로도 대신할 수 없는 그런 고귀한 것이기만을 바랐다. 나는 나 스스로 존귀하기를 바랐고 그렇게 되기를 지향했다. 그래서 석가가 태어나자마자 했다는 '천상천하 유아독존(天上天下 唯我獨尊)'이라는 주문 같은 말은 내 삶의 지표이기도 하고 또 나를 지탱해 주는 힘이기도 했다.

현인(賢人)들은 남과 비교하지 말라고 경고한다. 즉, 모두들 행복해지려고 하는데, 바로 행복해지려고 들지 말고 우선 나와 내가 가진 것을 소중히 여기고 남이나 남이 가진 것과 비교하지 않는 마음가짐부터 가져야 한다고 충고하는 것이다.

'행복'이라는 말 자체가 주관적인 가치를 내포하고 있고 다의적(多義的)인 개념이긴 하다. 오래전 TV에서 '세계에서 가장 행복한 나라'라는 부탄에 관하여 몇 회 걸쳐 시리즈로 다큐멘터리가 나간 일이 있는데, 그 프로그램을 만든 PD가 마지막 회에서 인구 70만 명밖에 안 되고 1인당 명목 GDP가 3,000달러도 못 미치는데도 부탄 국민이 그렇게 행복감을 느끼는 이유는 바로 남과 비교하지 않고 자신이 처한 환경을 있는 그대로 받아들이고 고마워하는 그들 특유한 종교적 성향 때문이라고 매듭지은 것이 인상적이었다.

우리나라는 어떠한가? UN 산하 자문기구인 지속가능발전해법네트워크(SDSN)가 발표한 2018~2021년 국가별 평균 행복지수(HPI) 순위를 보면 OECD 회원국 36개국 중 34위로 최하위 수준이다('국가별 행복지수' - 나무위키). 그 평가 방법에 이론(異論)이 있을 수는 있겠지만 우리 국민이 별로 행복해하지 않는 것은 맞는 것 같다.

이러한 결과 또는 현상을 두고 어느 교수는 유난히 경쟁의식이 심하고 모든 것을 남과 비교하여 이기려고 하는 국민성과 연관시키기도 한다. 언제부터 '비교'가 우리의 국민성이라고까지 말할 정도가 되었는지 모르겠다. 그 교수는 해방 후 6·25 전쟁과 여러 정치적·사회적 격변을 겪으면서 남을 이겨 꼭 살아남으려는 생존 전략으로 모든 것을 철저히 비교하게 되고, 또 전반적인 미국식 사회 풍조에 물들면서 우리 국민 사이에 그런

의식이 형성된 것이라고 분석한다.

중요한 점은 남과 비교하다 보면 자기의 본질은 자연히 흐트러지게 마련이라는 것이다

어릴 때 우리는 순진하고 자신이 믿음직스러웠기에 남을 의식하지 않고 순수하게 자기가 좋아하는 것을 거리낌 없이 하며 즐거워했다. 그러나 자라면서 다른 사람으로부터 사랑과 인정을 받는 것은 나의 본질과는 상관없이 '○○보다 낫다.'는 상대 평가 때문이라는 불편한 진실을 알게 된다. 그래서 커 가면서는 남을 의식하고 남과 비교하다 보니 어느새 자기의 본질은 조금씩 흩어져 버리게 되는 것 같다.

사실 우리가 살아감에는 나 자신과 내가 가진 것에 집중하는 것만으로 충분하고 남이나 남의 것과 비교할 필요도 없고 또 비교할 여유도 없다. 남과 비교한 후 나에게 없는 것, 나에게 부족한 것에 사로잡혀 헤매게 되면 괜히 기만 죽고, 기가 죽으면 될 일도 안 된다. 한편 남과 견주어 보아 내가 좀 더 낫다는 생각에 우쭐해진다면 그것 또한 헛발 디디는 것이다. 비교로 얻어지는 마음은 본질적으로 타인에 의해 만들어진 것이라 할 수 있기 때문이다. 자기 자신이 아니라 남이 만든 틀에 맞춰진 자신감이라는 것이 그렇게 견고할 리가 없다.

그렇다. 어느 철학자의 말처럼 모든 불행은 비교하는 것에서부터 시작되는 것인지도 모른다. 아주 비근한 예를 들어 보면, 남편이 매달 가져오는 봉급이 상당하여 흐뭇해하던 철수 엄마가 옆집 709호 영미 아빠의 봉급이 남편 것보다 50만 원 더 많다는 걸 알게 되는 순간 그동안의 행복감은 다 달아나 버리고 만다. 애써 학군 좋은 34평짜리 아파트로 이사하여 막 '강남 중산층'에 진입한 흐뭇함을 느꼈다가 다음 날 동네 마트에서 여

고 동창생을 만났는데 그녀는 진즉부터 옆 동의 42평짜리에서 살고 있음을 알았을 때도 마찬가지다. 왜 우리가 이렇게까지 됐을까? 전에는 이 정도까지는 아니었다고 하는데, 정말로 위의 교수가 분석한 대로 미국식 사회 풍조가 만연되면서 모든 걸 비교하는 못된 습성이 우리 국민에게 배어든 것 같기도 하다. 우리가 미국물이 들었다면 그건 비교급을 쓰는 영어 공부를 너무 열심히 했기 때문인가.

내가 또 한 번 말실수한 것을 얘기해야겠다.

결혼 40주년 기념으로 스위스 여행을 갔을 때의 일이다. 5월이라 기후도 온화하고 숙박시설이나 교통편도 흠잡을 데 없이 깔끔하여 다른 분들에게도 추천할 만한 여정이었다. 5월이라지만 조금 높은 산등성이에 올라가면 흰 눈이 녹지 않고 그대로 있어 설산(雪山)의 정취를 바로 느낄 수 있었음은 또 하나의 프리미엄 보너스였다.

우리는 그 유명한 마터호른 봉을 보기 위하여 체르마트에서 고르너그라트로 가는 산악열차를 탔다. 가는 도중의 설국열차 양쪽 유리창에 비치는 경치도 깨끗하고 아름다웠으며, 고르너그라트 역에 내리니 아직 녹지 않은 눈이 구두를 반쯤 덮을 정도로 주변이 온통 순백색이었다. 우리 둘은 일행을 앞질러 전망대 쪽으로 올라가서 마터호른을 바라보았다. 운이 좋았다. 5월에도 기상이 나빠 구름이나 눈보라 등에 가려 주봉인 마터호른을 제대로 못 보는 경우가 많다는데 우리가 전망대 쪽에서 바라보니 마터호른이 기다렸다는 듯이 자신의 위용을 그대로 드러내 보여 주었다. 아내와 나는 누가 먼저랄 것 없이 저절로 "와아!" 하고 탄성을 내뿜었다.

거기까지는 참 좋았다. 그런데 그다음에 내가 또 말실수를 한 것이다.

"아, 역시 최고봉끼리는 알아서 반겨 주는군!"

그 순간 아내가 내 얼굴을 빤히 바라보는데 이건 정말 아니었다. 나는 반쯤 농을 담아서 한 말이었는데도 아내는 정말로 나에게 경멸스러운 눈길을 보내며 이렇게 말하는 것이었다.

"마터호른은 자기가 최고봉이라고 하지 않거든요!"

물론 마터호른은 그 주변에서 견줄 것이 없는 최고봉인 것은 틀림없고, 또 최상의 절대자로 대접받을 만한 자격이 충분히 있다. 그러나 마터호른은 자기가 최고라고 주장을 하지도 않았고 그렇게 대접해 달라고도 하지 않았다.

아내는 위와 같이 말을 하면서 '당신처럼'이라는 말귀를 생략했지만 그래서 그 울림이 더 컸다. 나는 마터호른처럼 의연히 스스로 서 있지 못하고 그저 최고라고 주장하고 최상으로 대접받으려고만 한 것임을 아내는 나에게 확실히 확인시켜 주고는 채찍으로 때리듯이 강하게 매도한 것이다. 물론 아내 역시 이번에는 반쯤 농을 섞어 한 말일지도 모른다. 그러나 농으로만 받아들이기에는 너무나 따끔했다.

결혼 40주년 기념 스위스 여행은 매우 뜻깊은 보람으로 남게 되었다. 거기서 본 아름다운 풍광과 그 산세(山勢)를 닮아 시대를 앞서간 창조적인 인물들을 숨겨 줘 온 스위스만의 독특한 문화를 직접 체험하기도 했지만, 무엇보다도 마터호른 앞에서의 아내의 따끔한 계도(啓導)는 아주 값진 수확이었다.

'비교'라는 것에 대하여 아내와 내가 둘 다 싫어하는 것은 맞다. 그런데 그 내용을 자세히 들여다보면 그것은 본질적으로 전혀 다르다는 것을 그날 정확히 깨달은 것이다. 아내는 성격상으로도 그렇지만 자기를 있는 그대로 보아 주기를 바라고 다른 사람과 견주어 낫다거나 하는 평가를 받는 것을 좋아하지 않는다. 좋게 얘기하면 개성이 있는 편인데, 남의 눈치를 보지 않고 자기 하고 싶은 대로 하는 편이고, 자기만 좋으면 되니까 사는 게 편하고 행복감이 넘치는 편이다.

이에 비하여 내가 비교를 싫어하는 것은 나는 최고니까 다른 사람과 똑같이 보지 말고 최상급으로 대해달라는 취지가 깔려 있다 할 것이다. '비교'를 싫어한다고 하지만 그 실질은 가장 비교를 의식하여 남보다 자기를 최고로 알아 달라는 심보가 숨어 있다는 것을 아내가 스위스 여행에서 깨우쳐 준 것이다. 그러니 진정으로 비교를 멀리하는 아내가 느껴 왔던 것과 같은 평온함과 행복감을 내가 그동안 누리지 못했던 것은 너무나 당연하다고 할 것이다.

그러고 보니 나는 그동안 '하늘 위와 하늘 아래에서 오직 나만 홀로 존귀하다.'는 석가의 '천상천하 유아독존'도 잘못 받아들여 온 셈이었다. 그야말로 자기만 잘났다는 오만방자한 아상(我相)이 가득 찬 그런 태도를 지녀온 것으로 보인다, 그건 그저 자만이었을 뿐이다. 누구한테도 지지 않으려는 경쟁 속에서 항상 최고만을 지향해 왔던 성장 환경 탓이라고만 하기에는 나의 인격적인 결함이 너무나 크다는 것이 마터호른 앞에서 너무나 노골적으로 드러난 것이다. 영어에 비교급과 최상급이 있고, 영어를 쓰는 영미권에서는 모든 것을 계량화하여 비교하고 선택의 지표로 삼는 저급의 문화를 지니고 있다고 다소 경멸스러워해 왔지만, 사실은 나야말로 그런 문화에 가장 오염돼 있었던 셈이다.

그 후 나는 많은 반성을 하였고, 또 철학도답게 '반성되지 않은 삶은 살 가치가 없다.'고 스스로 선언하고서 남은 인생이라도 좀 더 가치 있게 살아 보려고 내 마음속에서 비교급과 최상급을 철저히 없애 보기로 했다.

석가가 말한 '유아독존'이라는 것도 누구와 비교한 경쟁 속에서의 우위가 아닌, 그 존재 자체로서 존귀한 그런 자존감을 강조하는 뜻일 것이다. 그렇다! 아무도 나보다 나은 사람 없고 내가 가장 존귀하다면, 나보다 못난 사람 또한 없을 것이고 모두가 존귀할 것이다. 거기에 무슨 '비교'가 비집고 들어갈 틈이 있겠는가?

굳이 철학자의 말을 빌리지 않더라도 사람은 저마다 그 고유의 가치와 정체성을 지니고 있다. 그 이전에도 없었고 앞으로도 없을 세상에 하나뿐인 고유한 인격체이기에 그 누구나 그 무엇과도 비교될 수 없는 것이다.

현인들이 '비교'하는 마음을 버려야 행복해질 수 있다고 말한 것을 이제는 제대로 이해할 수 있을 것 같기도 하다. 그리고 어쩌면 앞으로는 나도 아내와 비슷하게 행복감 속에 살 수 있을 것 같은 예감이 들기도 한다.

《경제포커스》 2023. 9. 18.

V

영원한 친구

바보스러움

청소를 하다가 문득

농담

겨울도 좋다

이제 수식어는 가라

손님

에움길

영원한 친구

내 별명 중에 '영원한 친구'라는 것이 있다. 뭐 남들이 그렇게 많이 불러 줘서 그런 별명을 갖게 된 것이 아니다. 밴드 구성원이 되려고 할 때나 인터넷으로 무슨 물건을 사려고 할 때 회원 가입은 필수인데, 거기 기재 항목 중 '닉네임' 란에 한번 '영원한 친구'를 넣고 쓰다 보니 그 뒤로 그것이 내 닉네임, 별명이 된 것이다.

처음엔 '영원한 친구'라는 것이 너무 거창한 것 같아 다소 부담이 됐었는데 자꾸만 쓰다 보니 이제는 제법 익숙해졌다. 고등학교 동기동창 홈페이지에도 내 이름은 안 뜨고 '영원한 친구'로 나오는데 다른 친구들도 그게 나인 줄 다 알게 되었다. 그래서 내 아이덴티티를 아예 '영원한 친구'로 하기 위해 한때 전화번호까지 영원한 친구로 만들기도 했었다. 011 시절 내 핸드폰 번호는 '영원한 친구'를 두 번 부르면 되는 '01179 01179'(010-790-1179)였던 것이다(0=영, 1=원, 1=한 79=친구).

그런데 하늘 아래 영원한 것은 없다고 한다. 기쁨이나 아름다움도 영원하지 않을 뿐만 아니라 우리가 겪는 어려움조차도 영원한 것이 없기에 우리는 이 어려운 삶을 그래도 견디며 잘 살아가고 있는지도 모른다. 영원한 것이 없다는데 '영원한 친구'라니 그 자체가 모순이다. 그것도 온갖 이해관계 앞에서 가장 변하기 쉬운 것이 우정이라는데 그 앞에 '영원한'이라는 수식어를 붙이다니….

역사와 정치에서 영원한 적과 영원한 동지를 찾아볼 수 없듯이 우리의 실생활에서도 영원한 친구는 있을 수 없다. 일찍이 『명심보감』에서도 서로 술 마시고 음식을 함께할 때는 형이니 동생이니 하는 친구는 천 명이나 되지만, 다급하고 어려운 일을 당했을 때 도와줄 친구는 한 명도 없다(酒食兄弟千個有 急難之朋一個無)고 개탄하지 않았던가.

요즘 무슨 모임이나 단체의 홈페이지나 밴드 또는 카카오톡의 단톡방에 내 아이디가 '영원한 친구'로 뜨면 예전과 달리 유난히 더 쑥스럽다. 종전에는 거기에 올라오는 글들이 애경사에 관한 것이거나 건강 상식 등 생활의 지혜, 맛집 소개, 과거 학창 시절이나 군 복무 때의 추억담 같은 것들이 주된 것이어서 그야말로 친구들의 우정을 돈독히 하는 것이었다. 그런데 요즘에는 대선이 가까워져서 그런지 지지하는 후보가 다른 사람들과는 격론이 벌어지고, 어떤 때는 이념 논쟁으로까지 비화되는가 하면, "넌 진즉부터 이상한 놈이었어!" 하는 식으로 인신공격으로 이어지기도 한다. 그래서 과연 이 사람들이 친구이기는 한가 하는 생각이 들기도 하는데, 거기에 내가 어떤 글이라도 올리면 떡하니 '영원한 친구'라는 ID가 뜨니 참으로 생뚱맞게 보인다.

그래서 이참에 나 역시 과연 '친구'이긴 한가 한번 생각해 보기로 했다.

'친구'가 무엇인가? 보통은 자기와 가까우면서 정이 두터운 관계에 있는 사람을 일컫는 말이다. 한자로 '親舊'라고 써서 친(親)은 친척, 구(舊)는 '오랜 벗'을 뜻했었는데, 친척의 의미는 사라지고 벗이나 동무의 뜻으로만 쓰이고 있다. 가까이 지내며 친해져 사실상 반쯤 가족인 인간관계라고도 하는데, 가족은 운명, 친구는 선택이라는 점에서 차이가 있다고 한다. 즉,

가족은 아무리 맘에 안 들고 싫다고 하더라도 벗어날 수 없고 의무와 책임이 따르지만, 친구는 좋았다가도 싫어지면 얼마든지 떠나갈 수 있어 아무런 구속이 없다는 것이다.

여기서 우리는 '친구'의 중요한 속성을 하나 발견할 수가 있다. 부담이 없어야 한다는 것이다. 만나면 반갑고 얘기를 나누면 무조건 즐거운 관계여야 친구인 것이다. 부담을 주는 관계는 가족만으로도 충분하다. 이 험난한 세상을 힘들게 살아가는 우리는 "저녁을 먹고 나면 허물없이 찾아가 차 한 잔을 마시고 싶다고 말할 수 있는"(유안진『지란지교를 꿈꾸며』) 그런 사람을 만나고 싶은 것이다. 그렇다. 내가 부족한 것을 채워 주고 내가 외로울 때 위로해 줄 그런 사람, 또 그가 투정하면 내가 다 받아주고 서로 옆에 있기만 해도 왠지 충만한 느낌이 드는 그런 사람이 바로 우리가 그리는 친구가 아닌가 한다. 그래서 참된 친구를 둔 사람은 행복하다. 그리스의 철학자 에피쿠로스도 "한 사람이 평생을 행복하게 살아가기 위해 필요한 것 가운데 가장 위대한 것은 친구다."라고 했다.

'친구'가 무엇인지 좀 감이 잡힐 듯해지니 '영원한 친구'답게 참된 친구가 되고 싶은 욕심이 생겼다. 그래서 참된 친구가 되려면 무엇을 갖춰야 하느냐 하는 필요조건도 생각해 보았다.

첫째, 건강해야 된다고 본다.

나이가 들어가다 보니 가까이에 병을 얻어 힘들어하는 사람들이 많이 나타난다. 이분들이 의도해서 건강이 나빠진 건 아니나, 아무래도 환자나 몸이 불편한 사람은 대하기가 쉽지 않은 것이 사실이다. 또 아픈 사람 자신도 자꾸만 위로를 받다 보니 면구스럽기만 하다. 그러다 보면 관계가 점점 거북해지고 자연히 소원해지게 된다. 그리고 미안하고 서운한 사이가 되어 버린다. 건강해야 된다. 자신을 잘 관리하여 친구들이 특별히 걱정하지 않아도 되도록 해야 하며, 또 아무 부담 없이 찾아와 기댈 수 있는 그런 신체 조건부터 갖춰야 한다(이 부분, 현재 몸이 성치 아니한 것이 그분들 탓인 것처럼 비쳤다면 용서를 구한다. 오로지 건강을 강조한 의도일 뿐이다).

둘째, 항상 상대방의 마음을 헤아려야 한다.

> "벗을 사귀는 사람은 상대가 편안하게 여기는 것이 무엇인지를 살펴야 한다(擇交者 不可不察其所安)."
>
> – 정조 『홍재전서』

그렇다. 친구가 되려면 상대가 나를 편안하게 생각해야 한다. 내가 아무리 인격이 고매하고 학식이 높다 해도 어렵고 불편한 사이라면 스승과 제자 같은 사이이지 친구가 아니다. 편안한 사람이 되기 위해서는 나를 너무 내세우지 말고 상대방의 말을 귀 기울여 들어 주어야 하며, 내가 좋아하는 것보다 그가 원하는 것을 우선적으로 선택해야 한다. 어려움을 당했을 때 외면하지 않고 그의 입장이 되어 도와주어야 하는 것은 물론이고, 평소에도 세심한 배려를 해 주어 상대방이 나에게서 안온함을 느낄 수 있도록 함이 필요하다. 어느 누군가 말하지 않았던가, 친구란 길을 물으면 가르쳐 주면서 얼마간 함께 가 주는 그런 관계라고 말이다. 진정으로 상대가 원하는 것이 무엇인지 잘 살펴 아무런 대가나 보상을 기대하지 않고 무조건 베푸는 마음씨, 그것에 우정의 본질이 있는 것이 아닌가 한다. 처음에는 그렇게 하는 것이 일부러 착한 티를 내는 것 같아 어색하고 불편하기도 하지만 자꾸 그렇게 하다 보면 익숙해지고 또 그래야만 내 마음도 편안해진다.

셋째, 긍정적인 마음가짐이 필요하다.

부정적인 생각을 지닌 사람과 자리를 함께하면 왠지 불편하다. 세상을 너무 비판적으로만 보는 그런 사람과 가까이 있다 보면 괜히 세상이 점점 더 나빠질 것 같은 생각만 든다. 그런 사람은 또 좋은 점보다 나쁜 점을 찾아내는 것을 즐기는데, 그러니까 다른 사람에 대하여도 험담을 하기 일쑤다. 험담을 하는 사람과는 멀리해야 한다. 그 사람은 다른 자리에서는 나에 대해서도 험담을 늘어놓을 것이다.

이런 부정적인 사고를 버리지 않고는 좋은 친구가 될 수 없다. 누가 찾아와서 어려움을 호소할 때 부정적인 사람은 "그건 애초에 당신이 잘못했기 때문이오."라고 먼저 상대방을 힐난부터 할 것이다. 자초지종 호소하는 것을 잘 듣고 잘못된 이유를 찾아 그것을 탓하기보다는 현재 닥친 문제를 해결해 나갈 방안을 함께 찾아 나가는 그런 자세가 필요하다. 긍정적으로 생각하면 어떤 어려운 일이든 해결이 보이고 친구들도 잘 따를 것이다.

넷째, 공경하는 마음을 갖고 또 공경을 받도록 해야 한다.

"현자는 친하게 지내면서도 공경하고, 어려워하면서도 사랑한다(賢者狎而敬之 畏而愛之)."(『예기』「곡례」)라고 했는데, 공경하는 마음이 없으면 이미 친구가 아니다. 그저 의존하거나 도움을 주고받는 관계일 뿐이다. 공자도 "안평중은 사람 사귀는 것이 훌륭하다. 오래되어도 변함없이 상대를 공경하는구나(晏平仲 善與人交 久而敬之)."라고 했는데, 안평중의 대인관계도 좋지만 그 상대방이 공경받을 만하니까 그 친분 관계가 오래 지속된 것이 아닌가 하는 생각도 든다.

공경받는다는 것이 그 성품이 매우 고결하여 감히 아무도 범접할 수 없는 그런 경지에 이른 것을 뜻하지는 않을 것이다. 그저 아무 때나 찾아와서 어떤 이야기를 해도 다 들어 주고 함께 울고 웃으며 좋은 길을 찾아가는 그런 후덕한 성품 정도만 갖추면 공경받지 않을까 한다. 나도 공경받고 나 또한 상대방을 공경하는 그런 관계여야 진정한 친구 사이일 것이다.

우선 이렇게 친구로서 갖춰야 할 덕목을 네 가지 정도로 정리해 보았다. 그래 놓고 보니 너무 부끄러워진다. 도대체 나는 '영원한 친구'는커녕 그냥 일반 '친구'도 제대로 못 되겠기에 말이다.

아리스토텔레스는 "친구란 두 개의 몸에 깃든 하나의 영혼이다."라고 정의하면서 우정의 본질은 사랑을 받는 것보다는 오히려 사랑하는 데에 있다고 했다. 이제 와서 나는 반성한다. 나를 사랑하는 친구들은 많은데 내가 사랑하는 친구들은 많지 않음을, 우정에 있어서도 내가 너무 이기적이었음을 솔직히 고백하고 반성한다.

우정에 매우 높은 가치를 두었던 아리스토텔레스는 『우정론』에서 "우애는 우리들의 생활에 있어서 필요불가결한 것이다. 친구가 없으면 비록 가장 선한 것을 갖추고 있다고 하더라도 옳게 사는 사람은 하나도 없을 것이다."라고까지 다시 강조했다.

정말이지 내가 이만큼이라도 크게 빗나가지 않고 바르게 살 수 있었던 것은 내 주위에 참된 친구들이 있었기 때문이다. 중학생 때 내 큰 실수를 적극 감싸고 오히려 격려까지 해서 북돋워준 반 친구, 군 복무 시절 당직사관인 내 체면을 세워 주기 위해 다른 사병과 똑같이 심한 얼차려를 받았던 나의 절친 방 상병, 자기 약혼녀를 내가 사법시험 공부하던 먼 절간까지 보내어 시험 일정을 하루라도 빨리 알려주려고 한 죽마고우, 현직 검사로 있으면서 보건대학원에 다니느라 내가 못 챙긴 궂은일들을 대신 해 준 동료 검사, 고교 시절 내가 쓴 글들을 모두 스크랩해 30년 뒤에 보내 준 동창생…. 이런 친구들의 진정한 우정이 있었기에 내 삶의 여정에서 좋은 순간들은 더욱 오래 이어지고 어려운 순간들은 봄눈 녹듯이 바로 사라졌던 것이다.

그런데 나는 어떠했는가? 검사 시절 공직의 순수성을 지킨다는 명분을 앞세워 친구들의 접근을 의도적으로 피하기도 했고, 긴급히 도움을 요청하는 친구에게도 적극적으로 나서지는 않고 대체적인 길만 안내한 적도 있지 않았던가. 내가 지키려고 한 것이 얼마나 고귀한 것인지는 몰라도 지금 와서 생각하니 마음을 너무 닫아 놓았던 것 같다. 내가 서운하게 대했던 그 친구들에게는 정말 미안하다. 이제는 좀 활짝 열어 놓아야겠다.

솔직히 그동안 나는 너무 마음의 문을 닫고 있었던 것은 맞다. 나를 친구로 생각한 사람들은 꽤 많이 있으나 내가 친구로 생각하는 사람은 그리 많지 않은 것만 보아도 그렇다.

그럼 친구는 많아야 좋은 것인가? 적은 하나도 많다고 하지만, 친구는 얼마 정도가 적당한지는 사람마다 그 척도가 다르다. 그러나 역시 나는 너무 많을 필요는 없다고 생각한다. 만나는 사람마다 다 아는 척을 할 만큼 많은 벗을 가진 사람은 단 한 사람의 벗도 없는 것과 같다고도 하지 않는가.

아동문학가 정채봉은 『날고 있는 새는 걱정할 틈이 없다』라는 책에서 올해는 친구를 위해 '아는 사람'을 좀 솎아 내야겠다고 다짐하고 있다. 사실 우리는 진정한 친구는 별로 없으면서 사회생활을 하면서 알게 된 '아는 사람'은 너무 많아 걸리적거릴 정도다. 그런데도 대부분의 사람들은 네트워킹과 제대로 된 인간관계를 구분하지 못하고, 친분과 친구를 혼동하며 살고 있는 것 같다. 정채봉은 '아는 사람'을 '만나서 하염없이 떠들어도 돌아서면 아무것도 남는 것이 없는 사람'이라고 정의한다. 그리고 친구는 '내 자신을 돌아보게 해 주는 사람, 함께 침묵하고 있어도 마음이 편한 사람, 그리고 기도하는 사람'이라고 정의한다. 이러한 친구를 아끼고 보존하기 위하여 '아는 사람'들을 솎아 내야겠다는 것이다.

'아는 사람'과 친구의 차이는 무엇인가를 곰곰이 생각해 본다. 그러다가 갑자기 겁이 덜컥 난다. 나를 친구라고 생각하고 있다고 내가 미루어 짐작했던 그 사람들이 실은 나를 그저 '아는 사람'으로 치부하고 있는 것은 아닌가 하고 말이다. 정말이지 그러다가 내가 곧 솎아 낼 대상이 되지나 않을까 걱정이 된다.

이제라도 정신을 바짝 차릴 필요가 있다. 열심히 노력하여 앞의 네 가지 덕목을 잘 갖추어 '영원한 친구'가 나의 진정한 아이덴티티가 되도록 해야겠다.

《경제포커스》 2022. 2. 9.

바보스러움

우리는 지금 심각한 생존경쟁을 하며 살고 있어 여간 똑똑하지 않고서는 그 경쟁의 틈바구니에서 버텨 낼 수가 없다. 그래서 남에게 지지 않으려고 한시도 쉬지 않고 몸과 정신을 단련시킨다. 그리고 남에게 얕잡히지 않으려고 돈도 쓰고 자기 지식이나 힘을 과시하기도 한다. 이렇게 우리는 의식적으로 난체하면서도 자기가 만나는 사람은 좀 어리숙하기를 은근히 기대한다.

아주 오래전 박연구 선생의 「바보네 가게」란 수필을 읽은 일이 있다. 동네에 있는 '바보네 가게'라고 불리는 식료품 상점으로 유독 손님들이 많이 몰리는 현상을 두고 세상 돌아가는 이야기를 재미있게 풀이한 작품이었다. 사실 그렇다. 우리는 물건 하나를 사도 너무 정확하고 똑똑해 보이는 사람한테보다는 어딘가 어리숙하고 셈이 서툴러 보이는 쪽으로 간다. 그래야만 조금이라도 싸게 살 것 같고 또 속지도 않을 것 같은 느낌이 들기 때문이다. 친구도 마찬가지다. 빈틈없이 완벽해 보이면 왠지 접근하기가 어렵고 조금 털털하고 빈틈이 보여서 내가 가벼운 실수를 하는 것쯤은 쉽게 받아줄 것 같은 쪽으로 쏠리게 된다. 그래서 그런지 예쁘면서 똑똑하기까지 한 여자가 의외로 애인이 없는 경우가 많다고 한다.

그럼 '바보'라는 것이 정확히 무슨 의미일까? 사전을 한번 찾아보니 '지능이 부족하여 정상적으로 판단하지 못하는 사람을 낮잡아 이르는 말'이라고 되어 있다. 나로서는 그대로 받아들이기 어렵다. 그 풀이대로라고 한다면 '바보스럽다'라고 하는 것은 그저 지능이 부족하여 판단이 비정상적인 것을 지칭한다는 것인데 쉽게 동의할 수가 없다.

이런 경우를 보자. 여섯 남매 앞에 사과 여섯 개가 있고 연장자순으로 하나씩 골라 먹기로 했다. 그런데 제일 첫 번째 차례인 큰누나가 한 귀퉁이가 썩은 조그만 사과를 집어 가자 막내놈이 "누난 바보야!" 했다. 정말 큰누나는 지능이 부족하여 비정상적인 판단을 한 것인가?

달리기 경주 도중 1등으로 가던 선수가 넘어지자 2등으로 뒤따르던 선수가 그를 일으켜 세우고 함께 갔다. 그 바람에 3등으로 달리던 선수가 추월하여 결국 1등을 하고는 2등으로 뛰던 선수에게 "넌 1등을 포기한 바보야." 했다. 과연 이 선수도 머리가 모자라고 잘못된 판단을 한 것일까?

나는 초등학생 시절 여름방학에 시골에 갔을 때 밤중에 서리하러 오는 아이들이 혹시 가시덩굴에 맨살이 찔리기라도 할까 봐 외할머니가 미리 수박과 참외 몇 개를 원두막 입구에 갖다 놓으시는 것을 본 일이 있다. 외할머니는 참으로 멍청한 짓을 하신 것인가? 생각이 좀 필요하다.

나는 검사를 거쳐 지금은 변호사를 하고 있는데, 직업이 직업인지라 평화보다는 분쟁만 접해 온 셈이다. 그 많은 분쟁들 때문에 정말 바쁘게 살아왔다. 그래도 이제는 다소 일감이 줄어 이렇게 분쟁이 많이 일어나는 원인 같은 것을 생각해 볼 여유가 조금 생겼다. 좀 오래된 것이긴 하지만 우리나라의 인구 대비 고소·고발 건수가 이웃 일본에 비하여 8배나 많다는 통계를 본 일이 있고, 2020년의 경우 전국 각급 법원에 접수된 소송사건이 6,679,233건이나 된다고 하니(2021 사법연감), 정말 우리나라에는 법적 분쟁이 유난히 많긴 많다.

왜 이렇게 다툼이 많을까? 학자들의 연구가 많이 있겠지만 소설가 한 분이 어느 사석에서 한 말씀이 매우 설득력 있게 다가온다.

"그거요, 우리나라 사람들이 자기만 손해 보기 싫어하는 경향이 유독 강하기 때문입니다."

그러면서 그분은 양쪽이 바보스럽거나 어느 한쪽만이라도 바보스러우면 싸우지 않게 되는데 양쪽 다 자기는 안 지려고, 손해 안 보려고 하기 때문에 싸움이 된다고 부연 설명을 하였다.

그분의 말씀을 들은 다음 내가 접하고 다뤘던 수많은 사건 중 생각나는 몇 건에 대입해 보았다. 그러고 보니 거의 예외 없이 다 들어맞는 것 같았다. 부부 사이이건, 가족 간이건, 친구 관계에서의 일이건, 상업적인 거래에서의 업무이건, 의사와 환자 사이의 진료에 관한 일이건 그 어느 경우도 한쪽이 양보하지 않음으로써 분쟁으로 발전하게 된 것이다. 한쪽이 '바보스럽게' 양보한다면 분쟁은 일어나지 않고 평화가 유지되었을 것이다. 그러고 보니 '바보스러움'이란 '누군가 손해를 보아야 한다면 내가 손해 보고 말겠다는 마음가짐'이 아닌가 하는 생각도 들었다.

앞서 말한 소설가가 자기는 마치 대한민국 국민이 아닌 것처럼 우리 국민이 어떤 근성을 가졌느니 뭐니 하며 비난한 것 같아 송구스럽다면서 자기도 마찬가지라고 했다. 그러면서 자기는 코로나19로 인해 어떤 피해를 본 것이 전혀 없음에도, 그래서 받지 않아도 될, 아니 받아서는 마땅치 않은 '재난지원금'이라는 것을 받고 나서야 비로소 자기도 남들처럼 손해 보지는 않았다는 느낌이 들었다는 고백까지 했다. 그러고 나서 또 한 가지 에피소드를 더 들었다.

그분이 사는 아파트 단지에 어느 날 아주 멋진 벤치가 곳곳에 새로 설치됐다고 한다. 그래서 벤치가 꼭 필요했는데 아주 잘됐고 디자인도 예쁘다고 아내에게 얘기했더니 부녀회에서 구청에 민원을 넣고 해서 확보한 것이라고 설명하더란다. 그 아파트 가까이에 있는 모 수녀회에서 불우 청소년들을 위한 숙소로 사용할 건물을 신축하려고 하기에 '혐오시설'이라고 집단민원을 넣고 또 부녀회장의 선도로 아파트 여성 주민들이 현장 입구에서 레미콘 트럭 출입을 막아서서 전리품으로 받아낸 것이 바로 그 벤치라는 것이다. 다른 아파트들도 다 그렇게 해서 아파트 외벽 페인트도 칠하고 부녀회 야유회도 가고 하는데 그 아파트 부녀회원들만 가만히 있으면 바보가 되고 만다는 주석까지 덧붙였다고 한다.

하기야 권리의식이 투철한 것은 좋다. '권리 위에 잠자는 자는 보호받지 못한다.'라는 법언(法諺)이 있듯이 나에게 어떤 권리가 있다 하더라도 그 권리를 법이 정한 절차에 따라 적극적으로 주장하지 않고 가만히 있으면 그로 인한 혜택을 제대로 받지 못한다.

그러나 내 권리라고 하는 것을 속된 말로 꼭 다 찾아 먹어야 하는 걸까?

내가 아는 A 변호사는 법대 출신이라는 한 고객이 수시로 찾아와 자기가 각종 법령을 샅샅이 뒤져 자기는 물론 다른 사람 것까지 무슨 민주화 보상은 물론 개발 등으로 인한 피해 보상을 받을 근거를 다 찾았다면서 소송을 맡아 달라고 하는 바람에 많이 시달리고 있다고 한다. A 변호사는 자기는 보상이라는 이름으로 어떤 특혜를 주는 것 자체에 대해서도 반대 의견이고 또 그 고객이 근거로 든 그 법 자체도 위헌 요소가 있어 보인다고 거절의 의사를 분명히 해 보였지만, 그 고객도 법대 출신답게 그 법이 위헌이 아니라고 나름대로 조리 있게 반론을 편다는 것이다. 사실 A 변호사 의견과 같이 법이 권리라고 정해 놓은 것이라 하더라도 대놓고 내세우기 어려운 경우도 제법 있다.

또 내가 권리라고 생각하는 것이 과연 법적으로 다 인정되기는 하는 것인가도 생각해 볼 일이다. 앞의 그 소설가가 사는 아파트 부녀회원들은 과연 수녀회의 복지시설 건립을 방해할 권리가 있는 것일까? 그 소설가 말씀이 자기가 그 뒤로도 10년이 넘게 그 아파트에 살고 있는데 그 청소년복지시설 때문에 어떤 사소한 불상사도 일어난 일이 없다고 한다.

변호사 사무실에는 전혀 바보스럽지 않고 '권리의식이 투철한' 사람들이 많이 찾아온다. 자기가 매수한 주식이 예상과 달리 시세가 하락했다고 종목 선정을 권유한 증권회사에 배상을 청구해 달라고 하는 투자가, 어린 자식을 버리고 정부와 달아나 버리고는 20년 뒤에 사고로 죽은 자식에 대한 배상금을 자기가 받겠다고 나서는 어머니, 신의료기술에 의한 진료를 받고는 치료비를 감액해 달라고 했다가 거절당하자 간호조무사의 사소한 법령위반을 검찰에 고발해 달라는 정의감 넘치는 환자 등등이 그들이다. 이분들을 정중히 대하고 또 이들의 요구를 기분 나쁘지 않게 거절해야 하는 변호사는 정말 힘든 일에 종사하는 '감정노동자'라 할 것이다.

내가 이런 이혼 사건을 맡은 일이 있다. 아버지로부터 꽤나 큰 정형외과 전문병원을 물려받아 운영하는 의사가 아내로부터 이혼 소장을 받았다면서 찾아왔다. 평소 약간의 교분이 있어 나도 그 부인을 아는데, 참한 현모양처형으로 그 병원 건물의 맨 꼭대기 층에 펜트하우스처럼 멋지게 꾸며놓고 명예원장인 정정한 시아버지와 아직도 피아노를 연주하는 시어머니를 잘 모시고 초등학생인 두 아들을 키우며 행복하게 잘 사는 줄로만 알았는데 이혼이라니 나로서도 뜻밖이었다.

상대방 소송대리인이 작성한 소장을 보니 다른 것보다도 '배우자의 직계존속의 학대'라는 대목이 눈에 띄었는데, 소송이 진행되면서 그 구체적 내용을 소상히 알게 되었다. 재력이나 사회적 지위나 갖출 것을 거의 다 갖춘 셈인데도 시어머니는 며느리가 시집올 때 해 온 혼수가 미흡한 것에 불만이 있었던 모양이다. 그래서 본인도 모르게 며느리를 계속 괴롭혀 온 것인데, 정성스레 시부모를 모셔 온 며느리로서는 그 이유를 알 길이 없고 남편에게 짜증을 내게 되었으며, 그러다 보니 부부의 사이가 점점 틀어졌다는 것이 나의 진단이었다.

그래서 나는 내 의뢰인인 병원 원장에게 이건 부인과의 문제라기보다 어머니와의 문제니까 부인과 상의해서 어머니에게 두 가지를 선물하라고 처방을 내렸다. 하나는 최신형 고급 안마의자인데, 결혼 당시에 아내가 이것을 혼수로 마련하려고 했지만 정형외과 전문의인 자기가 보니까 그 당시에는 다소 기능상의 문제가 있어서 개선이 좀 된 뒤에 해 드리자고 한 것인데 이제야 그 문제점이 깔끔히 개선되어 그만 늦어진 것이라고 하고, 또 하나는 노인이 연주하기 편리한 그랜드 피아노를 찾아서 마련한 다음에, 이것도 아내가 결혼할 때 무슨 악어 핸드백이니 뭐니 해 온다는 걸 자기가 다 필요 없다고 하고 어머님 연세 드신 다음 연주하시기 편한 피아노나 하나 마련해 드리자고 했는데 마침 독일에서 연수 중인 후배한테서 어머니한테 꼭 맞는 피아노를 발견했다고 해서 아내가 묻어 두었던 돈에 자기 돈을 조금 보태어 마련한 것이라고 하라고 한 것이다.

처음엔 과연 내 진단과 처방이 맞기는 한 것인지 다소 확신이 안 서는 듯했고 또 아내가 그 제의를 수락할지도 장담할 수 없다고 했는데, 법적 질병에는 변호사의 치료 방법에 따라야 한다는 나의 강한 주장에 그도 일단 시도는 해 보겠다고 했다. 그런데 뜻밖에도 부인이 오히려 더 적극적으로 나서서 내 제의대로 해 보겠다고 하면서 자기 통장의 돈까지 내놓았다고 한다. 그 뒤 다행히도 이혼 건은 없던 일로 잘 해결이 되었고, 내 의뢰인의 어머니이자 그 아내의 시어머니 되는 분의 희수(喜壽)를 기리는 작은 피아노 연주회에는 나도 참석하여 축하를 해 드렸다.

내가 다소 장황하게 이 사례를 소개하는 이유는 단 한 가지, 나만 손해 본다는 느낌을 말하기 위해서다. 그 시어머니가 무슨 안마의자나 악어 핸드백이 없어서 아쉬워할 분이 아니다. 단지 자기 아들이 인물도 준수하고 일류 대학 의대를 나온 의사이며 곧 큰 병원을 물려받을 완벽한 남자인데 이런 집에 며느리로 들어오면서 남들이 다 해 온다는 그런 걸 빠뜨린다는 건 왠지 시어머니인 자기를 홀대하는 것 같고 다른 시어머니들에 비해 자기가 손해 보는 것 같은 느낌이 든 것이다. 그 손해 보는 느낌이 무의식적으로 며느리에게 '학대'의 형태로 나갔는지 모르겠다.

그러나 혼수라는 것도 그 실상을 보면 정치인들의 공약처럼 실체 없이 떠도는 허상인 것이 많고, 또 그런 것 안 받았다고 해서 손해날 것 하나도 없다. 세상에 애초부터 내 것인 게 따로 없는데 뭐 한두 개 빠졌다고 손해 랄 것도 없는 것이다. 어쩌면 자기가 바랐던 것보다는 부족하지만 그것으로 흡족해하고 이를 마련해 준 상대방에게 감사하며 너그러이 받아들이는 자신을 발견하면서 느끼는 그런 뿌듯한 흐뭇함은 그 어떤 손해를 보충하고도 남음이 있지 않을까 한다.

그리고 세상을 살아가면서 전혀 손해 보지 않고 살 수는 없다. 아니 오히려 손해를 감수하려는 자세가 더 마음 편할 수 있을지도 모른다. 동생들이 온전한 사과를 먹을 수 있도록 작고 썩은 사과를 먼저 집어 가 손해를 자청함으로써 큰누나는 오히려 편안함을 느낄 수 있을 것이다. 이런 바보스러운 큰누나를 동생들은 좋아하고 잘 따를 테니 그렇게 바보스러운 것이 어떻게 보면 가장 현명한 것으로도 보인다.

우리나라가 원래부터 나만 손해 보지는 않으려는 국민성을 지닌 나라는 아니었던 것으로 안다. 웬만한 남의 잘못은 덮어주거나 모르는 체하는 것이 당연한 도리라고 생각해 왔고, 또 내가 어떤 손해를 입어도 가해자를 탓하기보다는 내 운수가 사나운 탓으로 돌리곤 했다고 한다. 때로 아주 억울한 일이 있는 경우에도 바로 송사로 나아가기보다는 마을의 웃어른에게 호소하고 그 어른이 적절한 조정안을 제시하면 다소 불만스럽더라도 그에 따르는 것이 우리의 분쟁 해결 풍속이었다고 할 수 있다. 그러다가 현대에 이르러 조선 말에서 일제 치하를 거쳐 해방 후의 혼란스러운 격변기에 들어서면서 살아남기 위한 생존의 방편으로 내 것을 꼭 찾아야 한다는 각박한 의식이 팽배해졌다고 보는 것이 일반적인 분석이다. 거기다 잘못 이해된 자본주의의 영향 아래 금전만능의 사고가 형성되어 모든 것을 경제적 기준으로만 평가하려는 가치관까지 고착돼 버린 것이다. 특히 최근에는 외환 위기를 거치면서 연봉제 중심의 단기성과주의가 급속히 확산되어 이러한 경향이 더욱 깊어졌다. 물론 이러한 단기성과주의가 긴장감을 조성하고 조직의 효율성을 높임으로써 글로벌 경쟁력을 고양하는 데에 나름 기여한 것은 있다. 그러나 모든 것을 당장의 이익 여부에 따라 결정하도록 부추기고 국민들의 의식에 손해냐 아니냐 하는 계산이 민감하게 작용하게 되었다. 그래서 우리 주위에서 바보스러움은 점점 더 희귀해지게 되고 만 것이다.

한편 요즘 세태를 보면 바보스러움도 상품화되는 경향이 있는 것 같다. '공짜폰'이라고 커다랗게 써 붙여 놓고 손님을 끌고 있으나 이것저것 따지면 실질적으로는 별반 쌀 것도 없는 핸드폰 판매점, '마음껏 드십시오!'라는 플래카드와 애드벌룬을 띄워 '무한 리필'을 표방하고 있으나 막상 들어가 보면 미끼 상품인 몇 가지 맛있는 음식은 진즉에 동이 난 신장개업 한식 뷔페 집, '별난 약국' 같은 이상한 상호를 내걸고는 파스 한 장을 사러 오거나 길을 물으러 들어온 사람에게까지도 '대한민국 대표 건강 드링크'를 하나씩 따서 공짜로 주고는 잘 알려지지 않은 약은 몹시 비싸게 후려치는 약국도 있다(앞의 바보네 가게는 상호가 그런 것이 아니라 전에 그곳에 실제로 저능아가 살고 있어서 '바보네 가게'로 불렸는데 다른 사람이 그 상점을 인수한 이후에도 그렇게 불리는 것이었다). 그리고 많은 성공학 내지 처세술 책에서도 자신을 일부러 어리숙하게 보여서 상대방으로 하여금 쉽게 덤비게 만든 다음 그의 결정적인 약점을 잡아서 역습을 하라는 병법 같은 것을 일러 주기도 한다. 또 실제로 많은 정치인이 선거철에 유권자들 속에 깊숙이 들어가 서민적인 행보를 하고 때로는 바보스럽게 보이기도 하여 좋은 결과를 얻기도 한다.

그러나 이러한 것들은 진정한 바보스러움이 아니다. 앞에서도 말했듯이 누군가 손해를 봐야 한다면 내가 손해를 보겠다는 그런 마음가짐이 전제되어야만 우리는 진짜 바보가 될 수 있는 것이다. 그런 바보스러움만이 이 세상에 평화를 가져올 수 있는 것이다. 어쩌면 물에 빠진 어린이를 구하기 위해 무조건 바로 물에 뛰어들 듯이 내가 손해 보고 말겠다는 마음조차 없는 것이 진정한 바보스러움인지도 모르겠다.

우리 집에는 아주 바보스러운 사람이 살고 있다. 바로 나의 아내다. 내가 절간에서 고시 공부하던 시절, 아무것도 내세울 것이 없고, 따지고 보면 장래가 확실히 보장된 것도 없을 뿐만 아니라 인물도 변변치 않은 나와 무턱대고 결혼해 버린 멍청한 여자, 검사가 되어서도 경제적으로 몹시 힘들고 공직자 부인이라서 처신하기는 어려운데다가 남편이라는 사람은 외곬 성질이고 맘에 안 들 땐 불같이 화를 내는데도 아무런 불평 없이 그냥 밝은 표정으로 가족들에게 잘해 주기만 하는 그런 바보가 나하고 살아왔다. 그래서 오래전 나 역시 검사로 아주 힘들게 일하면서 거의 지쳐 있었을 때 왠지 궁금하기도 하여 아내에게 한번 물어본 적이 있다.

"도대체 당신은 뭘 보고 나 같은 놈하고 결혼한 거요?"

그랬더니 뜻밖에도 아내는 이렇게 대답하는 것이었다.

"당신의 바보스러운 점이 좋아서요. 그리고 당신의 그 바보스러움을 제가 지켜 주고 싶어서요."

놀라웠다. 그러나 그건 아니었다. 내가 생각하기에 나는 결코 바보스럽지가 않았다. 그때까지만 해도 나는 모든 걸 하나하나 그 근거를 따져왔고, 합리적이라고 판단이 안 되면 어떤 결정을 내리거나 행동으로 옮기지도 않는 그런 식으로 살아왔다. 그런 나에게 내가 바보스러워서 좋았다니…. 나는 아내가 왜 그런 말을 했을까 곰곰이 생각해 보았다. 아무래도 내가 너무 빈틈을 보이지 않으려고 빡빡하게 사는 모습이 안타까워 이제는 좀 어리숙해 보이도록 살아가라는 취지일 것만 같았다. 만일 내가 그래도 법조인치고는 덜 계산적이고 약간이라도 인간미를 풍겨 그런 바보스러운 점이 그나마 좋았다는 것으로 최대한 좋게 해석한다고 해도 앞으로는 좀 더 우직하게 살아가라는 충고가 아닐까 하는 뜻으로 받아들였다.

아무튼 그 이후 나는 생색나는 일보다는 검찰이 꼭 해야 할 일인데 다른 검사들이 하기 싫어하는 일이 무엇인지를 찾아서 그런 일들을 해 보려고 했고, 변호사 개업 이후에는 돈이 되는 일도 좋지만 내 도움이 꼭 필요한 사람들의 이야기에 귀를 기울이려고 노력해 왔다. 아내가 바라는 것이 바로 이런 것이라고 생각하고 나름 내가 해야 할 일을 요령 부리지 않고 열심히 해 왔으며, 또 내 몫이라는 것을 굳이 챙기지 않으려는 마음가짐을 가지려고도 다짐해 왔다. 그러나 진짜 바보가 되기에는 아직 먼 것 같다.

아내는 바보 같기도 하지만 좀 엉뚱한 점도 있다. 며칠 전에는 저녁 밥상 분위기에 맞지 않게 이런 질문을 해 왔다.

"여보, '바보'가 무슨 뜻인 줄 알아요?"

내가 "자기에게 뭐가 이익이 될 것인지 계산하지 않고 열심히 일만 하는 사람?"이라고 대답하면서 동의를 구하자 아내가 이렇게 응답한다.

"맞아요. 그렇게 타산적이지 않고 자유로운 사고를 갖고 사시는 분들로 인해 세상은 밝게 돌아가는 것이겠죠. 그런데 제가 어느 책에서 봤는데요, 요즘엔 거기서 더 나아가 세상을 '**바**로 **보**고, **바**로 **보**살펴 주는 사람'이 되어야 진정한 바보랍니다."

아내의 이런 재치문답 식 풀이를 듣자 갑자기 '바보스러움'에 대한 개념이 저절로 정리가 싹 되는 듯하고 뭔가 가슴에 와닿는 것이 있다.

요즘 제20대 대통령 선거가 끝나고 나서 뭔가 크게 바뀔 것이라고 기대하는 사람들이 많다.

나는 그저 우직하게 좁고 험한 길을 황소걸음으로 걷는 사람이 존경받고, 바보스러움이 미덕으로 여겨지는 그런 사회가 이루어지기만 바랄 뿐이다.

* 이 글의 사례는 인적 사항이 특정되지 않을 정도로만 변형시켰음을 알려 드립니다.

《경제포커스》 2022. 4. 7.

청소를 하다가 문득

나는 요즘 뒤늦게 살맛이 난다. 뭐 대단한 것을 이뤄낸 것은 아니지만, 그래도 한글을 처음 익히는 어린이가 글씨를 예쁘게 잘 썼다고 칭찬받는 것 같은 그런 행복감을 지금 누리고 있다. 거의 매일 아내로부터 청소를 참 잘한다는 칭찬을 받고 있으니 말이다.

나는 원래 청소라는 걸 전혀 하지 않다시피 하고 살아왔다. 서재의 휴지통이 넘쳐나거나 오디오 위에 먼지가 쌓여도 전혀 상관치 않았고, 욕실 거울에 허연 이물질이 이곳저곳 묻어 있거나(아마 내가 전동칫솔을 쓰기 때문이리라) 욕조에 약간 때가 끼어도 아무 불편함 없이 지내 왔다. 내가 원래 태생이 게을러서 꼼지락거리기를 싫어하다 보니 청소를 하지 않고 지내는 것은 어쩌면 당연한 일일지도 모른다. 전원생활을 하겠다고 읍 소재지로 내려와 살고 있으면서도 채마밭 가꾸기와 마당의 잔디 깎기 같은 일도 모두 아내 차지로 넘기고, 나는 그냥 2층 서재에 틀어박혀 있어 어떤 때는 이틀 동안 한 번도 마당을 밟지 않고 지내기도 한다.

이런 내가 요즘 달라졌다. 2층 침실과 서재는 물론 1층 거실과 주방 바닥을 진공청소기로 깨끗이 밀어 대고, 유리창 내·외부의 얼룩을 닦아 내며, 창틀에 쌓인 묵은 먼지 때도 말끔히 씻어 내고, 집 입구 계단과 아스팔트 길을 쓸고 때로는 물로 씻어 내는 일을 내가 하는 것이다. 그뿐만이 아니다. 요즘은 욕실의 욕조와 베란다 바닥의 곰팡이 때를 벗기는 것에 재미를 붙여 즐기고 있고, 가끔 주방의 가스레인지나 전자레인지, 그리고 냉장고나 딤채 손잡이 등의 묵은 때도 말끔히 씻어 준다. 이러니 아내로부터 칭찬을 받지 않을 수가 있는가.

내가 이렇게 180도로 달라진 것은 계기가 있다. 지난해 8월 이곳 양평으로 완전히 내려온 이후에는 사무실 출근을 거의 하지 않고 재택근무를 주로 하다 보니 하루 세 끼를 집에서 먹게 되는 경우가 많게 되었다. 이렇게 여자들이 가장 싫어한다는 '삼식이'가 되었는데도 아내는 아무 불평 없이 까탈스러운 내 식성에 맞춰 끼니마다 매번 식단을 새롭게 해서 차려 준다. 그러니 나는 매일 출근할 때보다 오히려 더 다양하게 식생활을 즐기는 식이 되었다. 아내의 이러한 세심한 배려가 고맙기도 하고 또 미안하기도 해서 뭔가 보답을 해 주긴 해 줘야 할 것 같아 생각해 낸 것이 바로 청소인 것이다(설거지는 정말 하기 싫었다).

아내는 처음엔 내가 안 하던 짓을 하는 것이 이상한지 의문의 눈초리로 보다가 그래도 집안이 깨끗해지니까 싫지는 않은지 좋아하고, 나중에는 여기는 이렇게 좀 해 달라는 주문을 하기도 했다. 그러더니 내가 인터넷으로 물때 클리너, 청소용 철솔, 얼룩 제거제 같은 청소용품까지 구입해서 본격적으로 대들어 청소를 하자 아내는 "당신은 정말 무슨 일을 하든지 했다 하면 정확히 잘하네요."라고 내 청소 결과에 대하여 칭찬을 하기 시작했다. 사실 잘하면 전혀 티 나지 않고 못 하면 바로 표가 나는 게 청소인데, 아내에게서 그런 칭찬을 들으면 나는 '참 잘했어요' 도장을 받은 초등학생처럼 힘이 솟아나 더 열심히 청소를 한다.

그런데 하다 보니 나 역시 청소가 싫지 않다. 더럽거나 어지러운 것을 쓸고 닦아서 깨끗하게 만드는 청소라는 작업이 내 적성에 맞는 것 같기도 하다. 또 어떤 일이건 일단 한번 시작하면 끝을 봐야지만 속 시원해하는 나는 청소 역시 하기 전에는 귀찮게 느껴지더라도 막상 하다 보면 추진력이 붙어 끝장을 보기 마련인데, 하고 나면 나름대로 보람도 느껴진다. 특히 욕실의 오래 묵은 더러운 곰팡이 때를 씻어 내거나 잡동사니로 어지럽게 널브러져 있는 창고를 깔끔하게 정리하고 나면 왠지 나까지 깨끗해진 것 같고 잠시나마 마음이 너그러워지고 맑아진다. 때로는 내 밖의 것만이 아니라 내 안에 쌓여 있는 묵은 때도 깨끗이 닦아 내야 하지 않을까 하는 철학도다운 청소부가 되기도 한다.

몇 달 해 왔다고 이제는 청소에도 제법 이력이 붙어 거울이나 유리창은 젖은 신문지로 닦으면 닦은 후에 먼지가 남지 않아 깔끔하다거나, 진공청소기로 해결되지 않는 구석 먼지는 어떻게 해결해야 하는지도 터득하게 되었고, 곰팡이 제거 스프레이는 어느 회사 제품이 좋다고 남에게 권할 수도 있게 되었다.

그래서 요즘은 평소 아내를 위해 뭐 하나 제대로 해 줄 만한 것도, 해 줄 수 있는 능력도 특별히 없던 내가 그래도 청소 하나만은 자신 있게 해 줄 수 있다는 자만 같은 것도 생겼다.

사람이 살면서 갖춰야 할 중요한 것들이 주거지의 청결에서 온다고도 한다. 인도의 여배우 아미샤 파텔은 "청소는 나에게 있어서 힐링이다."라고 했는데, 정말 내가 청소를 적극적으로 시작하고 나서 여러 면에서 많이 좋아진 것이 느껴진다. 짜증 같은 것도 덜 내고, 뭔가 행복감 같은 것이 나를 감싸고 있으며, 사고가 많이 긍정적으로 된 것 같기도 하다. 아내도 이러한 나를 보고 "당신이 청소를 시작하더니 건강도 좋아진 것 같네요." 한다. 맑은 공기와 따사로운 햇볕에 청소까지 해서 주변이 깨끗해졌으니 건강이 좋아지지 않을 수가 없다. 몸의 건강뿐만 아니라 마음 건강까지 말이다.

그런데 청소가 이렇게 그냥 일상이면 좋은데 사람들은 손님이라도 온다고 하면 이상하게 유난을 떤다. 그래서 곧잘 생활의 리듬이 깨지기도 하는데, 아내는 나와는 달리 다소 부담이 되는 분들이 방문할 때도 그냥 평소 살던 그대로 편하게 손님을 맞자는 주장이다.

지난 9월의 마지막 일요일 오후에는 후배인 전·현직 검사 10여 명이 양평의 내 집을 찾아왔다. 두 달 전에 이미 예고된 방문이었지만 그날이 다가오자 나는 며칠에 걸쳐 집 뒤쪽 보일러실까지 온 집안 대청소를 하는 것은 물론, 마당의 잔디밭에 있는 잡초들을 하나하나 직접 뽑아내고, 키가 너무 커져 몸을 못 버티고 기울어진 백일홍 같은 화초들을 막대로 받쳐 주며 화단과 채마밭에 물을 주는 일 등 아내의 영역까지 침범하며 정말 평소 안 하던 짓까지 했다.

드디어 방문 당일, 나는 평소 청소를 할 때도 손대지 않던 내 서재 책상 주변도 정리하기 시작했다. 원래 책상 위의 것은 움직이거나 손대는 것을 몹시 싫어하는 성격이라 그곳은 청소에서도 벗어난 성역 같은 곳이었는데, 방문객들에게 좋지 않은 인상을 줄 수도 있을 것 같아 약간 치우기로 한 것이다. 그러다가 책상 밑 한구석에 떨어져 있는 포스트잇 하나를 발견했다. 사건 기록을 보면서 깨알같이 작은 글씨로 적어 둔 것인데, 내용을 보니 이미 고등법원에서 승소 판결을 받아 확정된 사건에 관한 것이었다. 사건을 진행할 당시에는 꽤 중요한 메모였겠으나 이제는 아무 필요 없는 것이기에 그냥 휴지통에 집어넣었다.

밖으로 나와 마당과 화단을 최종적으로 둘러보고 능소화 넝쿨 밑 계단을 빗자루로 쓸고 집 입구의 바닥에 떨어진 나뭇잎들도 쓸어 담았다. 그러다가 아스팔트 틈새로 고개를 삐죽 내밀고 올라온 강아지풀이 보이기에 눈에 거슬려 얼른 뽑아 버렸다. 그러나 금방 후회했다. 다음 주 토요일에 오기로 한 손자가 아스팔트를 뚫고 나온 이 강아지풀을 보면 꽤나 신기해할 텐데 하면서…. 그리고 어릴 때 강아지풀 맨 위에 달린 꽃이삭을 반으로 갈라 코에다 붙여 콧수염처럼 만들며 놀던 일들이 하나의 추억으로 아련히 떠올랐다.

왜 그 강아지풀은 하필 거기에 있었는가? 다른 곳에, 자기가 있을 자리에 있었으면 나한테 뽑히지 않고 잘 자랐을 텐데 하면서 뒤늦게 아쉬워했다.

누구 말대로 제자리에 있지 않은 식물들은 모두 잡초다. 그래서 콩밭에 난 참깨는 있을 곳이 아니라 하여 뽑히고, 잔디밭 한가운데에 핀 민들레꽃 한 송이 역시 잡초로서 뽑히고 만다.

세상의 모든 사물은 있어야 할 자기 자리가 있기 마련이다. 어떤 물건이 제자리에 있지 않으면 지저분한 상태가 된다. 제자리에 있지 않은 사물은 지저분해 보여 쓰레기 또는 잡초라고 불려 청소 또는 제거의 대상이 된다. 내 책상 밑의 포스트잇도 아스팔트 위의 강아지풀도 모두 제시간에, 그리고 제자리에 있지 않았기 때문에 쓰레기나 잡초 취급을 받은 것이다.

생각이 여기에 미치자 언젠가 아내가 "쓰레기 치우는 청소가 적성에 맞는 것을 보니 당신은 검사도 잘했을 것 같아요."라고 말했던 것이 생각났다. 이제 와서 되새겨 보니 그 말이 칭찬만은 아닌 것 같았다. 내가 먼지를 닦아 내고 쓰레기를 치우듯이, 즉 청소를 하듯이 검사 노릇을 했을 거라는 얘기가 아닌가.

그러나 틀린 말은 아니다. 나는 참으로 냉정한 검사였다. 남에게 피해를 주면서 자신의 이익을 추구하는 범죄자들을 적발하여 그 범의를 입증하고 악성을 최대한 드러내어 중형을 받도록 사건 처리를 하고는 더러운 쓰레기를 깨끗이 청소하고 난 사람처럼 개운한 느낌을 갖지 않았던가. 그 상쾌한 느낌이 바로 검사를 하는 매력이었고 나를 25년 동안 잡아 두었던 힘이었던 셈이다.

초임 검사 때 맡았던 사건 하나가 생각났다. 오토바이 한 대를 훔쳐 간 아주 간단한 사건인데, 갓 스무 살이 된 피의자는 어떤 사람이 공중화장실에 다녀온다면서 잠시 봐 달라고 하여 그 오토바이 옆에 서 있다가 도둑으로 몰리게 된 것이라고 변명을 하는 것이었다. 나는 바람막이용 점퍼 주머니에 오토바이 키를 가지고 있었고 파이버까지 쓰고 있었던 그 피의자가 뻔한 거짓말을 하는 것에 몹시 화가 났다. 그래서 공판까지 직접 들어가 통상보다 거의 배 가까운 구형을 하고 결국 실형 선고되도록 이끌었다.

지금에 와서 돌이켜보니 그렇게 중한 사안도 아니고 피의자가 자기의 범행을 부인하는 것은 당연한 권리인데 왜 그리 화를 내고 흥분했는지 모르겠다. 그 피의자가 범죄를 저지른 것은 맞다. 그래도 그렇게 엄하게 벌을 받아야 할 정도인가? 따지고 보면 그는 내 책상 밑에 떨어져 있던 포스트잇처럼 제자리에 있지 않았기 때문에 피의자가 된 것이라고 할 수도 있다. 그는 자식 사랑이라곤 눈곱만큼도 없는 어머니를 따라 험악한 두 번째 계부와 함께 살면서 거의 매일같이 두들겨 맞지 않았으면 가출도 안 했을 것이고, 나쁜 친구들과 어울리지도 않았을 것이며, 오토바이를 타고 한번 신나게 폭주해서 스트레스 해소를 하고 싶은 마음도 생기지 않았을지도 모른다. 그도 나처럼 제대로 된 가정에 태어나 훌륭한 부모 밑에서 사랑받으며 좋은 학교에서 정상적인 교육을 받았더라면 절도범이 되어 이 사회에서 없어져야 할 망종(亡種) 취급을 받지는 않았을 것이다. 문제는 그 피의자가 지금 있는 자기 자리를 자의로 선택한 것이 아니라는 점이다.

세상의 모든 사물은 제각기 있어야 할 자리가 있고, 또 그 자리에 있어야 마땅한 것은 맞다. 제자리가 아닌 엉뚱한 곳에 버려진 물건을 지저분하고, 그 지저분해 보이는 것을 치우는 청소가 필요한 것도 맞다. 나는 범죄 피의자들을 지저분한 쓰레기를 청소하듯이, 또는 아스팔트 위에 솟아오른 강아지풀을 잡초라고 뽑아 버리듯이 너무 쉽게 이들을 대해 오면서 사건 처리를 하고는 내 할 일을 다 했다고 생각했던 것이 아닌가.

우리 한번 따져 보자. 어쩌면 쓰레기 취급받는 그 사물, 그 범죄 피의자에게는 큰 잘못이 없을 수도 있다. 오히려 그 물건을 아무 데나 함부로 버려서 쓰레기로 만든 사람이나 그 피의자를 잘 돌보지 않아 범죄자가 되게 만든 사람에게 더 큰 잘못이 있는 것이라고 할 수도 있다. 쓰레기 '청소'를 하기 전에 그 물건이나 사람에게 올바른 제자리를 찾아주는 것이 어쩌면 이 세상을 정말로 깨끗하게 하는 진정한 청소가 아닐까 하는 뒤늦은 깨달음이 번개처럼 내리친다.

전에 신발장을 청소하다가 한 짝밖에 없는 구두가 있길래 신을 수 없어 그냥 버린 적이 있는데 나중에 엉뚱한 곳에서 다른 한 짝이 나왔다. 너무 선불리 쓰레기 취급하고 먼저의 한 짝을 버린 것이다. 그 구두 한 짝은 아무 잘못이 없었고 숨어 있었던 다른 한 짝을 부주의로 못 찾은 내가 잘

못한 것인데 말이다.

어쩌면 우리가 쓰레기라고 버리는 것들이 다 버려야 할 것은 아닐 수도 있다. 특히 제자리에 있지 않은 것이 물건이 아니라 사람이라면 그 사람을 '쓰레기' 취급하여 그냥 버릴 것이 아니라 반드시 제자리를 꼭 찾아주어 정상적으로 사람 노릇을 할 수 있도록 해주는 것이 참된 도리일 것이다.

너무 늦었을지 모르지만, 이제라도 내 안에 나도 모르게 먼지처럼 쌓여 있는 나쁜 고정관념이나 편견 같은 것을 깨끗이 씻어 내는 청소부터 해야겠다는 생각이 문득 들었다.

《경제포커스》 2022. 10. 26.

농담

소설가 밀란 쿤데라가 "인생은 거대한 농담이다."라고 말했다고 한다. 그 인용문의 정확한 전거(典據)를 찾지는 못했는데, 그의 소설 『농담』을 관통하는 주제가 그것이라면 일단 맞는 것 같기도 하다. 그게 너무 거대하다는 것이 좀 문제지만 말이다.

잘 알다시피 소설 『농담』은 어떤 이념이 선의를 가지고 출발했더라도 얼마든지 역사를 유린하고 인간의 자유로운 정신을 억압할 수 있음을 암시하며 절대적인 신념과 획일주의를 경고하고 있다. 열렬한 공산당원이었던 주인공 루드빅은 애인 같은 친구 마르게르타에게 "낙관주의는 인류의 아편이다! … 트로츠키 만세!" 운운하는 농담으로 작성한 편지를 보냈다가 반동으로 몰려 그의 삶은 철저히 무너진다. 가벼운 농담 하나도 허용되지 않는 냉혹하게 굳어 버린 거대한 사회 속에서 자신은 그저 무력한 하나의 작은 존재일 뿐이란 것을 깨닫게 된 루드빅은 처절하게 절규한다. 후에 루드빅은 자신의 삶을 붕괴시킨 이들에게 복수를 하지만 그것이 무슨 의미가 있는가?

요즘 우리 사회에서 이념 논쟁이 극심하여 어느 쪽이건 자신의 신념만을 절대적으로 강조하고 조금이라도 다른 주장은 전혀 허용하지 않으려는 획일주의의 경향을 보이기도 한다. 쓸데없는 걱정이 많은 나는 엉뚱하게도 우리나라가 이 소설의 배경이 되는 사회와는 달리 "자유라는 것은 원래부터 존재하지 않고 그냥 허상일 뿐이다!"라는 농담도 얼마든지 허용되는 그런 자유스러운 곳이었으면 하는 정말 허황된 생각을 한번 해 본다.

농담…. 나에게 농담은 어떠한가? 이참에 농담과 관련된 생각을 더 이어가 보았다. 밀란 쿤데라의 소설에서처럼 심각할 정도는 아니지만 나의 삶에서도 농담은 나름 특별한 의미가 있어 왔다.

나는 농담을 무척 잘한다. 아니, 잘한다기보다는 즐겨 한다는 것이 좀 더 정확하다고 할 것이다.

내가 농담도 '잘'하고 또 유머러스해서 나를 명랑한 성격의 소유자로 알고 있는 사람도 많은데, 사실 스스로 보기에는 나는 명랑하다는 것과는 약간 거리가 있고, 오히려 세상이나 인생을 너무 진지하게만 생각하는 나머지 약간 염세적이기까지 하다. 내가 농담을 즐겨 하는 것은 아마도 이로 인한 스트레스를 풀어 버리려는 방책이거나 이러한 나의 어두운 측면을 감추기 위한 위장술일지도 모른다.

초등학교 고학년에 올라와서다. 나는 시도 때도 없이 긴 한숨을 내쉬다가 어른들에게 혼나기도 했다. 그때 그런 나쁜 버릇이 생겼던 것은 어려서부터 필요 이상으로 너무 책을 많이 읽어 지적으로 조숙했던 것과도 무관하지 않다고 본다.

다행이랄까, 중학교에 진학하면서 조금 달라졌다. 몇몇 '머리 좋은' 개구쟁이 친구들과 어울려 주로 교훈적인 명언이나 교과서 내용을 뒤틀어 꼬집는 말장난을 하기도 하고(그때 우리가 개발했던 "일찍 일어난 벌레가 새에게 잡아먹힌다."라든가 "헌신적으로 정성을 다하면 헌신짝처럼 버림받는다." 같은 말 뒤틀기가 요즘 다시 떠돌아다니는 게 신기하다), 수업 시간에 선생님의 질문에 허점을 짚어 되묻거나 창의력을 발휘한 돌발적인 답변을 하는 등 짓궂은 '놀이'를 함으로써 다른 친구들을 웃기고 나도 웃는 일을 자주 벌였다. 그러는 놀이는 무척 재미있어 즐겨 했으며 또 그러는 사이에 나도 모르게 한숨을 내쉬는 버릇이 사라졌다. 어느새 나는 겉으로나마 주위 사람들을 잘 웃게 만드는 유머러스한 '말 재주꾼' 비슷하게 되어 갔고, 고등학교·대학교로 올라가면서 남보다 책도 많이 읽고 영화도 많이 봄으로써 나의 유머나 농담은 나름대로 그 내실을 더해 갔다고 하겠다.

사람들은 재치 있는 나의 농담이 다른 이들을 즐겁게 해 준다고 하지만, 사실 내 유머나 농담은 한숨 쉬는 버릇을 그치게 했듯이 남보다도 나를 먼저 구원한 셈이다. 놀랍게도 마하트마 간디가 "만일 유머가 없었다면 아마 나는 벌써 자살했을 것이다."라는 말을 했다고 한다. 나 역시 어릴 때부터 외곬으로 모든 것을 진지하게만 대하는 성품이어서 정신적인 외톨이었고 많은 스트레스를 받았었는데, 만일 중학교 때의 말장난에서 비롯된 유머나 농담이라는 생활 방식을 터득하지 못했다면 지금의 나는 아마도 존재하지 않을지도 모른다.

유머나 농담을 아무렇게나 막 해도 되는 줄 아는 사람도 있다. 실제로 유머나 농담은 그 특성상 상식과 예측을 벗어나 어이없는 내용을 포함하는 경우가 많기에 사람들을 잘 웃기곤 한다. 그러나 무조건 웃긴다고 해서 유머가 되는 것이 아니다. 유머에도 격이 있다. F. Q. 호라티우스는 "농담이 가끔 엄숙함보다도 더 효과적으로 어려운 매듭을 푼다."고 했는데, 그렇게 문제 해결까지는 아니더라도 최소한 상대방에게 즐거움과 생기를 주어야 한다. 지성과 감성이 잘 어우러진 번뜩이는 재치가 있어야 하고, 일정 수준 아래로 떨어져서는 안 되는 품위도 지켜야 할 것이 강조

되기도 한다. 또 중요한 점은 악의가 없어야 하며 이를 접하는 사람을 당혹스럽게 해서는 안 된다는 것이다. 그러므로 동음이의어나 말 뒤집기를 하여 사회 현안을 풍자한다고 하지만 듣는 사람의 머리만 더 혼란스럽게 하고 별로 유쾌하게 들리지 않는다면 유머로선 실패한 것이고, 또 어떤 사람의 약점을 들어 이를 골려 대거나 마음의 상처를 준다면 잠시 웃는다 하더라도 찝찝한 뒷맛이 남기에 그건 참된 유머라 할 수 없을 것이다, 특히 장애인을 비하하는 농담 같은 것은 절대로 해서는 안 된다.

나는 농담을 할 때 내 나름대로 개발한 몇 가지 기법을 써 왔는데, 그 중에서 가장 자주 사용하는 것이 '나를 낮추는 화법'이다. 예를 들면 학회의 세미나를 마치고 단체 사진을 찍을 때 옆 사람에게 "우리 집사람이 저는 얼굴이 안 받쳐 주니까 절대로 사진 찍을 때 김 교수님처럼 멋있는 분 옆에 서지 말라고 했는데…."라고 말하면 "에이, 무슨 말씀을…."이라고 하면서도 싫어하지 않는다.

내가 이런 기법을 쓰게 된 것에는 연유가 있다. 고등학교 시절 어느 날 우연히 TV에서 한 코미디언이 무대로 나오다가 멍청하게 마이크 줄에 걸려 꽈당 넘어지는 우스꽝스러운 모습을 보고 나도 모르게 박장대소를 터뜨렸다. 그 뒤 1년 남짓 지나 그 코미디언이 제법 유명해져 대담 프로에 나온 일이 있는데, 인터뷰어가 "진짜로 넘어지는 겁니까?"라고 묻자 "먹고 살려고 하는 거죠. 뭐."라며 그는 '직업상의 비밀'을 솔직하게 털어놓았다. 정말 그는 '잘' 넘어졌다. 미끄러져 넘어지기도 하고, 자기 발에 자기가 걸려 넘어지기도 하고, 앞으로 고꾸라지는가 하면 뒤로 발라당 나가떨어지기도 하는데, 그 모습이 너무나 멍청해 보여 보는 사람으로 하여금 웃음을 참을 수 없게 만든다. 그의 고백은 이러했다. 연예인이 되고자 했으나 인물이 따라주지 않았고, 노래는 좀 한다고는 했으나 현인이나 남인수 선배를 넘볼 수 없는 수준이며, 관객을 웃겨 보려고 별 꾀를 다 부려 보았으나 먹혀들지 않았다. 그러던 중 지방 공연에서 노래를 부르러 무대로 나가다가 바닥을 헛디뎌 꽈당 넘어졌는데 그때 관중이 배꼽을 쥐고 크게 웃더란다. 그때 깨달았다고 한다. 자기 자신을 한없이 무너뜨려 멍청하게 보이자고…. 그러니까 갑자기 뜨더란다. '넘어짐의 제왕'으로….

사람들은 자기의 약점이나 부족함을 말하면 무척 싫어하지만 다른 사람을 자기보다 못하다고 인정하는 것은 매우 즐긴다. 학자들은 이것은 사람들이 원래 모두 열등의식을 가지고 있기 때문이라고 설명하기도 한다. 그렇기에 다른 사람이 자기보다 못한 것을 보게 되면 묘한 쾌감을 느끼고 좋아서 웃고 박수까지 치게 된다는 것이다. 그 코미디언은 바로 그것을 깨우쳤기에 성공할 수가 있었다.

그래서 나의 유머, 나의 농담도 작전상 일단 '자기 낮춤'으로 시작하기로 했다. 내가 상대방보다 훨씬 모자란 것처럼 티를 내면 상대방은 빙긋이 웃고 나에 대한 경계를 푼다. 그러면 약간 싫은 소리를 해도 먹혀들어간다. 예컨대 상대방의 실수를 꼭 지적할 필요가 있을 때 내가 그보다 더 멍청한 실수를 저지른 '전과'를 미리 털어놓아 그를 웃게 만든 다음 "지금 같으면 그런 실수를 안 할 텐데…." 하는 식으로 풀어갔다.

가벼운 농담을 할 때도 나를 낮추는 기법은 그 효과가 매우 뛰어나기에 나는 틈나는 대로 다음에 써먹을 농담 자료를 구상하여 내 머릿속에 저장해 놓곤 했다. 준비한 자료는 적시에 꺼내어 잘 이용했고, 대부분 성공적이었다.

그런데 한번 크게 실수한 일이 있다.

점심시간 같은 때 엘리베이터가 매우 붐벼 내가 올라타면 경고음이 울리는 경우가 곧잘 있다. 그런데 내가 마지막으로 아슬아슬하게 탔는데도 용케 경고음이 울리지 않기에 내가 “저는 원래 있으나 마나 한 사람입니다.”라고 한마디 했더니 엘리베이터의 답답한 공간에 있던 사람들이 유쾌하게 웃었다. 내 농담이 먹힌 것이다. 그래서 나는 여기서 한발 더 나아가 엘리베이터를 탔는데 경고음이 울려 할 수 없이 도로 내리게 될 경우도 그냥 멋쩍은 표정만 지을 것이 아니라 환하게 웃도록 만들 그런 유머를 구상했다. 그렇게 해서 생각해 낸 것이 “제가 워낙 돌대가리라서 무겁습니다.”였다. 내가 생각해도 적당히 자기 낮춤을 한 것이고 충분히 유쾌한 웃음을 끌어낼 만큼 좋은 ‘작품’이라는 느낌이 들었다. 그런데 그 작품이 완성된 이후에는 내가 마지막에 엘리베이터를 타도 경고음이 울리는 일이 영 일어나지 않는 것이었다. 이러다가 이렇게 좋은 작품을 영 못 써먹나 하고 약간 아깝다는 생각도 들긴 했지만 어쩔 수 없었다. 그렇게 그것을 거의 잊고 있다가 법무부에 근무할 때의 일이다. 외부 식당에서 식사하고 4층에서 엘리베이터를 탔는데 마지막으로 후배 부장검사가 막 타는 순간 그만 경고음이 울렸다. 그때 나는 이때다 싶었는지 무심코 “이 친구 워낙 돌대가리라서 무겁습니다.”라고 했다. 엘리베이터 안의 사람들은 재미있는지 크게 웃어대는데 멋쩍게 내리며 뒤돌아보는 그 후배 부장검사의 얼굴은 몹시 붉어져 있었다.

아뿔싸! 나한테 써먹으려 했던 그 ‘작품’을 엉뚱하게 그 후배에게 써먹었으니….

내 등줄기에서는 식은땀이 흘렀고, 그 충격으로 나는 한동안 유머와 농담을 완전히 끊었다. 소설 『농담』에서 주인공 루드빅이 마르게르타에게 보낸 농담 편지가 몰고 온 비운을 맞은 후에 느낀 깊은 회오(悔悟)와 무력감도 이와 크게 다르지 않으리라.

농담이라고 해서 다 용서되는 것은 아닌데, 정말 지금 생각해도 그 실수는 내 농담사(史)에 돌이킬 수 없는 커다란 오점이다. 벤저민 프랭클린이 "우스개로 원수를 친구로 만들 수는 없지만, 우스개가 친구를 원수로 만들 수는 있다."고 했다는데, 수십 년이 지난 요즘에도 그 후배와 가끔 만나 당구를 칠 정도로 친하게 지내는 건 오로지 그 후배의 너그러운 마음씨 덕분이라고 할 것이다. 깊이 회개한다는 자세로 내가 왜 그런 큰 잘못을 저지르게 된 것인지 그 근본적인 원인을 추적해 보니 결국 내가 참된 겸손 없이 그냥 '작전상' 자기 낮춤을 하는 척했기 때문이라는 결론에 도달했다.

언젠가 고 김수환 추기경의 에피소드를 접한 일이 있다. 그분이야말로 진실로 겸손했기에 그분의 자기 낮춤의 유머는 멋있고 교훈적인 울림까지 있다.

김 추기경이 생전에 어느 복지시설을 방문했을 때의 일이다. 수녀들이 운영하는 그 공동체가 아동들에게 실질적인 도움이 되도록 운영이 매우 잘 되고 있어 방문자들 모두가 감탄했고 나중에 간단한 다과를 나누게 되었다. 그 자리의 분위기를 더욱 돋우겠다는 뜻에서인지 한 젊은 기자가 이렇게 농을 던졌다.

"추기경님은 정말 신부가 되길 잘하셨습니다. 결혼을 하셨으면 틀림없이 추기경님처럼 못생긴 2세를 낳으셨을 거 아닙니까."

그러자 갑자기 화기애애했던 그곳의 분위기가 서늘해지고 그 시설의 수녀들이나 수행한 사제 그리고 다른 기자들까지 어쩔 줄 몰라 했다. 그때 그 어색함을 제치고 김 추기경이 엷은 미소를 지으며 한 말씀 했다.

"예, 저도 바로 그런 생각이 들어서 신부가 된 겁니다."

그러자 모두들 껄껄 크게 웃고는 다시 좋은 분위기로 돌아와 밝은 화제로 담소를 나누게 되었다고 한다.

김 추기경의 한마디는 그 자리에 있던 모든 사람의 마음을 밝게 해 주고 그 기자를 바로 죄책감에서 벗어나게 해 준 명약(名藥) 같은 유머였다.

그렇다. 좋은 유머나 농담을 하기 위해서는 '작전상'이 아니라 우선 진실로 자기 자신을 낮추는 마음 수련부터 먼저 할 필요가 있다고 하겠다. 나에게 바로 그 진실성과 마음 수련이라는 내공이 부족했기에 그런 실수가 생길 수밖에 없었을 것이다.

지금 김수환 추기경이 옆에 계신다면 나는 그분께 이렇게 고해성사를 올려야겠다.

"저는 건방지게 추기경님처럼 되고 싶어 영세받을 때 본명을 추기경님과 같이 '스테파노'로 하였고, 또 '추기경은 추호경의 형님이다.'라고 여러 차례 농담을 한 죄를 저질렀습니다. 이밖에 알아내지 못한 죄도 모두 용서하여 주십시오."

그러면 나의 이런 고백에 그분은 어떤 보속(補贖)을 명하실지 궁금하다.

《경제포커스》 2023. 8. 15.

겨울도 좋다

유난히 추위를 많이 타는 사람이 있다. 내가 그렇다. 그래서 날씨가 서늘해지기 시작하는 11월만 되면 이 겨울은 어떻게 지내나 하는 것이 큰 걱정거리가 된다. 여름에는 미련할 정도로 더위를 못 느껴 집에 있는 에어컨도 10년 이상 틀지 않고 지내왔는데 기온이 조금만 내려가 으스스해지면 이를 못 견뎌 한다. 올겨울 처음 시작할 때는 이상기온이라 할 정도로 따스한 편이어서 나를 도와주나 싶었는데 12월 중순 들어 을씨년스러운 겨울비가 한 번 오고 나서는 기온이 급강하하여 강추위가 본격적으로 나를 괴롭힌다.

지금은 주된 주거지가 된 이곳을 처음에 아내의 화실 겸 주말주택으로 정할 때도 주변의 숲과 잘 어울리는 예쁜 집이나 남한강이 그대로 내려다보이는 탁 트인 경관 등이 맘에 쏙 들면서도 남한에서의 최저 기온인 -32.6℃를 기록했다는 경기도 양평에 속해 있다는 것이 걱정되어 주저했었다. 다행히 근래에는 그런 모진 추위는 보이지 않고 서울과 크게 차이가 나지 않았는데 그래도 겨울은 겨울이라 제법 춥다. 그래서 양평의 봄, 여름, 가을은 더없이 좋지만 겨울은 싫다.

오늘 오전만 해도 그렇다. 2층 서재로 커피를 가지고 올라온 아내가 전기난로를 옆에 켜 놓고도 손 시려 하는 나를 보고는 "뜨거운 여자와 함께 살고 있는데도 그렇게 추워요?"라고 놀려댄다. 정말 아내는 뜨거운 여자인지 실내에서는 곧잘 홑겹 차림으로 다니는데 나는 털 점퍼에다 무릎담요까지 덮고 전기난로를 끼고 살다시피 하니 체면이 말이 아니다. 나는 보일러 계량기 온도를 2도만 올리자고 계속 사정을 하지만 아내는 그걸 1도만 내려도 연료비가 얼마나 절약되는지 아느냐면서 들은 척도 않는다. 이럴 때는 예쁜 아내도 밉고, 이래저래 추운 겨울은 싫다.

잠시 컴퓨터 자판에서 손을 떼고 아내가 가지고 온 커피잔을 들고 1층 거실로 내려가 창가에 서서 바깥을 내다본다. 마당에는 지난주에 내린 눈이 아직도 녹지 않고 남아 있어 지금이 겨울철임을 강조하고 있다. 바로 우리 집 앞 빈터에 필요 이상으로 높이 자라 남한강과 양자산의 조망을 일부 가리던 오동나무도 이제는 그 넓은 잎들을 다 떨구고 앙상하게 가지만 남아 있다. 하늘을 향해 뻗어 있는 가지들이 마치 오지창(五枝槍)을 뒤집어 세운 것 같은데, 창끝에 해당하는 나뭇가지마다 산비둘기들이 앉아 무슨 아침 회의라도 하는 듯 재잘댄다. 눈길을 왼쪽으로 돌려 야산을 바라보니 울창하던 수풀은 사라지고 성장(盛裝)했던 잎을 다 벗어 버린 나무들이 부끄러워하면서도 서로 기대어 추위를 이겨 내는 광경이 그대로 다 보인다. 체온을 나누며 서로 감싸 주는 듯한 나무들의 그런 모습을 보니 이런 시가 떠오른다.

사랑하는 사람아,
우리에게 겨울이 없다면
무엇으로 따뜻한 포옹이 가능하겠느냐
……

눈보라 치는 겨울밤이 없다면

추워 떠는 자의 시린 마음을 무엇으로 헤아리고

……

– 박노해 「겨울 사랑」

자세히 보니 나뭇가지들은 모두 하늘을 향하여 손을 올려 뭔가를 간절히 기원하는 것 같기도 하다. 가을까지만 해도 나무들이 모두 잎을 무성하게 두르고 있어서 개개의 나무는 잘 안 보이고 숲만 있는 것 같았는데 겨울이 되니까 나무들 하나하나가 다 자기들 속내를 드러내 보이니 신기한 느낌이 든다.

겨울이 역시 다른 계절과 다르긴 다르다.

겨울이라 하면 일반적으로 12월에서 2월에 해당하는 1년 4계절의 마지막 네 번째 계절을 말하는데, 태양의 고도가 가장 낮고, 낮의 길이가 가장 짧으며, 기온이 가장 낮다. 절기상으로는 입동부터 이듬해 입춘 전까지이며, 기상학적으로는 하루 평균 기온이 5℃ 이하로 떨어진 지 9일째 되는 날부터 겨울로 간주한다.

환경학자들에 의하면, 우리가 기후 환경으로부터 받는 쾌적도나 스트레스를 측정해 보면 여름 더위에서 느끼는 스트레스보다 겨울 추위로부터 받는 것이 더 크다고 한다. 그래서 겨울철 한랭의 정도가 기후로 인한 쾌적함이나 불쾌감을 좌우하는데, 우리나라에서는 상대적으로 겨울이 따뜻한 남부 해안 지방의 기후 쾌적도가 가장 높게 나타난다고 분석한다. 그러니 내가 겨울 추위에 민감하게 반응하는 것이 크게 이상하다고 할 것은 아니다.

겨울은 특히 가난한 사람들에게 그야말로 춥고 배고파서 서럽고 고달픈 계절인데, 의식주 모든 것이 힘들어진다. 그래서 흔히 어려운 시기를 견뎌 낸다는 뜻에서 '겨울을 난다'고 표현한다. 있는 사람들이야 김장을 넉넉히 하고 연료도 챙겨 놓고 난방장치를 점검하는 등 월동 준비를 철저히 하겠지만, 가진 것이 없는 사회적·경제적 약자들에겐 겨울은 혹한이나 식량 부족 등으로 생존에 가장 위협적인 계절이 되기 마련이다. 그래서 지내기 '힘겨울' 것이라고 해서 '겨울'이라는 이름이 붙었다는 해학적 해석도 있다('겨울'의 어원에 대하여는 학설이 일치되지 않으나 한곳에 머문다는 뜻의 '겻다'에서 파생됐다고 보는 견해가 많다).

그런데 겨울이 반드시 나쁘기만 한 것은 아닌 모양이다.

학자들은 별의별 연구를 다 하는데, 겨울이 있는 지역과 없는 지역의 평균 수명을 비교해 보니 그 결과는 겨울이 있는 쪽이 더 높게 나온 경우가 많다고 한다. 그 이유로는 우선, 열대성 감염병을 옮기는 모기를 비롯한 해충들이 겨울에는 살아남기 어려워 상당수가 죽고, 또 살아남은 해충들도 다시 크게 번식될 때까지는 상당한 시일이 걸릴 수밖에 없으며, 다시 겨울이 오면 대부분이 죽는 그런 순환이 계속되기 때문에 이에 따른 피해가 적기 때문이라고 분석한다. 그러나 다른 측면에서 영하의 혹한과 굶주림 속에서도 이에 굴복하지 않고 끈질기게 그 극한 상황을 이겨 내는 의지의 힘이 바로 생명력이 되었기에 추운 겨울 속에 사는 주민의 평균 수명이 늘어났을 것이라는 인류학적 설명도 상당히 설득력이 있다.

사실 나에게도 겨울이 나쁜 계절이라고만 단정할 수는 없다. 우선 봄부터 가을까지는 정원과 텃밭 등에 할 일이 너무 많은데, 겨울에는 마당 곳곳에 깔린 잡초를 뽑는 일에서 해방되는 것만 해도 큰 혜택이다. 양평

일대가 상수원보호구역이기도 하지만 우리 집에서는 제초제 등 농약을 전혀 안 쓰기 때문에 온갖 잡초가 무성하게 잘 자라 그걸 뽑아내는 것이 보통 일이 아니다. 특히 잔디밭에는 이름 모를 각종 풀씨들이 서로 경쟁적으로 날아와 뿌리를 내려 주인인 잔디를 몰아낼 기세인데, 누구 말대로 한참 뽑아내고 뒤돌아보면 또 그만큼 자라 있을 정도여서 어떤 때는 짜증이 나기도 한다. 그러나 귀뚜라미 울음소리도 끝나고 서리가 내려 국화꽃마저 지게 되면 잡초 역시 더 이상 자라지 않기 때문에 내가 할 일은 사과나무·포도나무·블루베리 등 유실수들에게 좋은 열매를 주어 고맙다는 뜻으로 사비(謝肥)를 뿌려 주는 것 정도로 대폭 줄어들게 된다. 그리고 해가 짧아져 합법적으로(?) 나의 근로 시간은 줄어들고 자연스럽게 서재에서 책을 읽거나 글을 쓸 시간이 대폭 늘어난다. 이렇게 숨 돌릴 시간적 여유를 주니 겨울이 좋지 않을 수가 없다.

농사일을 주로 하며 살아온 우리 조상들은 가을 추수가 끝난 뒤의 겨울은 농한기로서 쉬면서 여유를 갖는 시기로 인식이 되었다. 특히 농사가 잘된 해에는 뿌듯한 만족감도 없지 않아서 "등 따습고 배부르니 아무 걱정이 없다."는 말로 풍족함과 쉬는 즐거움을 표현했다. 그러면서 겨울이란 때를 한 해를 잘 마무리하고 새로운 봄을 맞을 준비를 하는 기간으로 생각했다. 묘하게도 인위적으로 만든 일력(日曆)상의 한 해의 끝과 새해의 시작이 모두 겨울의 한가운데에 있는데, 우리 선조들에게는 섣달그믐날까지는 빚을 다 갚아야 한다고 생각한 것처럼 새해를 맞이하기 위해서는 한 해 동안 밀렸던 일이나 미진한 관계를 다 정리해야 한다는 의식이 강했다.

겨울은 춥다고 해서 죽은 듯이 그냥 버리는 기간이 아니라 더 중요한 일을 하기 위한 준비를 하는 소중한 기간이라 할 것이다. 그래서 시인은 "시린 두 손으로 햇볕을 끌어내려 새봄의 속옷을 짜는" 겨울의 지혜를 노래하는 모양이다(이해인 「겨울 산에서」). 그렇다! 겨울은 찬란한 봄을 맞이하기 위한 시련의 기간이라 할 것이다. 혹한을 잘 이겨 낸 꽃이 봄에 더욱 화려하게 피어나듯이 겨울이 추우면 추울수록 우리의 봄은 더욱 찬연하게 빛날 수 있는 것이다.

내가 한가로이 상념에 잠겨 있는 것을 보고는 아내가 어제 산림조합에서 구입한 펠릿이 아직 '똘이'(아내의 SUV 승용차의 애칭임) 트렁크에 그대로 있으니 보일러실 옆 창고로 옮겨 달라고 한다. 심야 전기로 난방을 하다가 그 혜택이 크게 줄어들고 곧 전기 요금도 오른다며 주위에서 '펠릿'(목재를 압축한 작은 원통 모양의 고체 바이오 연료) 난방장치로 교체하라고 권하기에 수년 전에 바꾸기는 했으나, 일일이 연료를 투입구에다가 그때그때 넣어야 하고 우리 집의 경우 차에서 20kg짜리 펠릿 포대를 내린 뒤 계단 길을 두 개나 거쳐 하나하나 창고로 옮기는 것이 여간 힘든 일이 아니다. 아내의 엄명에 어쩔 수 없이 찬바람을 맞아가며 약간 미끄럽기까지 한 계단 길을 조심조심 12포대를 다 나르고 나니 껴입은 오리털 파카 속의 등덜미에서는 땀이 날 정도이나 손가락 끝은 얼어붙는 듯 얼얼하고 어깨와 허리가 쑤시고 아프다. 나는 잠시 이런 난방장치를 개발하여 나 같은 노인네에게 겨울을 힘들게 지내도록 한 사람을 원망하기까지 했다.

마지막 펠릿 포대를 창고에 넣고 앞마당 쪽으로 와 계단에 올라서니 아내가 현관 앞에서 유자차를 준비해서 기다리고 있었다. 그러곤 한마디 던진다.

"펠릿 덕분에 당신 운동 한 번 제대로 했네요. 그렇지 않았으면 하루

종일 책상 앞에 앉아만 있었을 텐데….”

하긴 그렇다. 펠릿을 이용한 난방장치가 기름보일러나 심야전기 난방장치보다 불편한 점은 있지만 영 운동을 안 하는 나에게 운동을 시켜 주는 아주 좋은 장점이 있는 것이다. 오히려 고맙다고 할 수도 있다. 아내의 말 한마디로 원망까지 하던 내 마음이 감사 비슷한 것으로 바뀌었다.

그러고 보니 나도 이제 추위 타령을 그만해야겠다. 춥다고는 하지만 나는 그래도 추위를 가릴 만한 여건은 갖추고 있지 않은가. 내 몸을 의지할 거처인 집이 있고, 아껴 때야 하지만 그래도 연료인 펠릿을 살 만큼의 경제력은 있으며, 그리고 무엇보다도 세끼 밥을 꼬박꼬박 챙겨 주는 아내가 있지 않은가 말이다. 집도, 돈도, 돌봐 주는 사람도 없어 춥고 배고프고 외롭게 지내는 불쌍한 사람들이 얼마나 많은데 무슨 원망이고 불만이란 말인가. 어려웠던 고시생 시절, 나는 겨울을 ‘강철로 된 무지개’라고 은유한 이육사의 시 「절정」을 책상머리에 붙여 놓고 스스로 얼어붙은 동토(凍土) 밑에서 녹색의 의지를 싹틔우는 ‘겨울 보리(冬麥)’로 자처하지 않았던가. 그랬던 내가 이까짓 추위, 요 정도의 힘듦을 가지고 겨울이 싫으니, 누굴 원망한다느니 하는 것은 정말 우스운 일이다.

아내가 건네준 따끈한 유자차를 마시니 속이 탁 풀리고 머그잔의 따뜻한 온기가 손가락 끝에 전해져 온몸에 행복감이 퍼져나가는 것 같다.

그렇다. 큰 인물을 만들려면 하늘은 꼭 먼저 큰 시련부터 내려보낸다는 옛말이 있듯이 겨울이 추운 것은 그만큼 깊은 뜻이 있는 것이다. 나는 겨울이 추운 그 의미를 이제부터라도 제대로 헤아려야겠다. 한겨울 추위 속에 제맛이 드는 김치처럼 이번 겨울은 내 지혜를 더욱 숙성시켜 큰 어른으로 성장하는 시기로 삼도록 해 보자.

지하철 스크린 도어에 붙어 있던 시였던가. 이런 구절이 갑자기 떠오른다.

춥다고 겨울을 탓하지 말라.
눈 위에 깔린 밤의 적막,
누군가가 흘리는 눈물이
내 가슴으로 들어와 보석이 된다.

겨울도 좋다. 옛날 내 의지의 힘을 단련시킬 때로 돌아가 보게도 해 주고 남의 아픔이 나의 아픔이 될 수 있음을 깨닫게 해 주기도 하는 추위, 그 추위가 있는 겨울을 고마워하는 것으로 새해를 시작하고 싶다.

《경제포커스》 2023. 1. 4.

이제 수식어는 가라

글은 그 사람의 마음을 비추는 거울이라고 한다.

오래전 대학 시절에 어느 대학 학보에서 '표현론'에 관한 소논문을 읽은 일이 있다. 그 논문은 첫머리에 꽃에 관한 수필 하나를 먼저 예문으로 올려놓고는 이 글의 작가가 누구겠냐는 질문을 던진다. 그 예문은 주제가 꽃이기도 하지만 글 자체도 매우 아름다워 마치 향긋한 꽃내음이 묻어나는 듯했다. 누가 읽더라도 고운 마음씨의 낭만적인 시인이 쓴 글이려니 하고 생각할 그런 정도였다. 그런데 뜻밖에도 그 글을 쓴 사람은 악독하기로 소문났던 모 여류 인사였다(우리나라 정계를 한때 좌지우지했던 한 정치인의 부인이기도 했던 그녀는 그 당시에는 이미 고인이었다).

그러면서 그 논문의 필자는 어떤 글이 그것을 쓴 사람의 인격이 체화(體化)된 것이라는 생각부터 버려야 한다는 전제 아래, 문학 작품은 작가의 개인사(個人史)와 결부시키지 말고 객관적으로 그 글 자체로만 이해하고 해석해야 한다며 종래의 표현론과 다른 이론을 전개해 나갔다.

수십 년이 지난 지금 뜬금없이 이 소논문이 생각나는 것은 왜 그럴까? 그것은 내가 요즘 제법 글을 많이 쓰고 있는데 어떤 때는 내가 써 놓고도 그 글로 나라는 사람을 판가름하지 않았으면 하는 생각이 종종 들기도 하기 때문이다. 그것도 내가 쓴 그 글의 내용 때문이 아니라 문투 때문에,

몇몇 표현이 영 맘에 안 들기 때문에 말이다.

나는 글을 쓴 다음 발표될 매체에 보내기 전에 '검열'을 거친다. 그 검열의 주체는 내 아내다. 아내는 일반 독자의 관점에서 평가를 해 주는데 거의 다 내가 수긍하고 받아들일 정도로 상당히 공정하다.

아내는 나름대로 심사 기준을 가지고 있고, 크게 두 가지 잣대를 가지고 검토하는 것 같다. 첫째는 사실을 왜곡하지 말아야 한다는 것이고, 둘째는 그 글로 남에게 상처를 주지 말아야 한다는 것이다.

첫 번째 기준에도 매우 엄격한데, 소설처럼 허구가 아닌 수필 같은 글에서는 주제를 강조하기 위해서라도 절대로 사실을 꾸며대서는 안 된다고 강조한다. 나 역시 거짓을 용납하지 않는 성품인지라 이 관문은 그래도 잘 통과하는 편이다.

문제는 표현이다. 내 글을 몇 편 읽어 본 아내가 이런 말을 했다.

"당신이 제 생일날 저한테 영문판 샤갈 화집을 선물했었죠. 제가 정말 갖고 싶었던 귀한 선물을 받아서 좋긴 좋았지만, 그때 포장지가 너무 번쩍거리고 거칠게 싸져서 제가 말씀드렸잖아요. 차라리 포장하지 말고 그냥 주셨으면 좋았을 거라고…."

여기까지 얘기했을 때 내가 "알았어!" 하고 말을 끊었다. 그리고 그렇게 에둘러 얘기하지 말고 바로 맘에 들지 않는 표현을 골라내어 보라고 했다. 그러자 아내는 내 글은 대체로 주제 자체는 참 좋으나 표현이 너무 강하고 거칠다고 솔직히 말해 주었다. 그래서 남에게 상처를 줄 수 있는 위험성이 있다는 것이다. 어떤 글을 읽고 상쾌함이나 편안함이 아니라 불쾌함을 느낀다면 그것도 상처를 주는 것이라는 것이 아내의 주장이다.

사실 내 글의 내용이 아니라 문장, 그 표현 방식에 시비를 걸어온다는 것은 좀 기분 나쁜 일이다. 그래도 옛날에 나름 문학 수업을 성실히 했었고, 소설이나 수필을 써서 자잘한 상도 여러 번 탔던 '촉망받던' 문학청년이었는데…. 그리고 지금도 글을 쓸 때 단어 하나하나의 선택에 신중을 기하고, 때로는 『우리말 어감 사전』 같은 참고 서적까지 들추며 미묘한 뉘앙스를 놓치지 않으려고 고심하고 있는 나에게 표현이 문제라니…. 더구나 남에게 상처를 줄 수 있는 표현은 삼가라고까지….

그러나 아내의 지적에 내가 바로 이의를 제기할 수가 없었다.

지금은 많이 순화됐다고 하지만 초기에 아내가 내 초고에서 골라낸 표현들을 보면 정말 내가 썼다는 것을 부인하고 싶을 정도로 부끄러웠다. 여기에 다시 옮기기도 겸끄러울 정도로 '세상에 그럴 수가', '인간의 탈을 쓰고'와 같은 극단적인 표현이 왜 그렇게 자주 돌출되고, '아름다움의 극치', '환상적인 최악의 콤비'와 같은 과장된 최상급 표현들이 많이 나오는지 모르겠다(아내는 '내 생애 최고의 영화'라고 쓴 표현도 지적해 냈는데, 그 영화 말고 다른 영화를 최고의 영화로 생각하고 있는 사람에게는 다소 불편함을 줄 수 있고, 또 나중에 그보다 더 좋은 영화를 만나면 어떻게 할 것이냐 하는 것이다). 그리고 '아주', '매우', '정말' 같은 쓸데없는 부사를 필요 이상으로 많이 사용할 뿐만 아니라, 젊은이들의 말투처럼 '너무너무 좋다' 식의 부정을 통한 과장된 긍정 표현도 자주 보였다.

한 번은 아내가 '솔직히 말해서' 같은 표현을 사용하면 오히려 그 글이 정직하지 않은 것처럼 보인다고 지적을 하기에 '모두 찾기'로 '솔직히'를 쳐 보니까 네 번이나 나왔다. 게다가 부적절한 단어 선택까지도 꽤 보였는데, 예컨대 깨끗하고 잘 정돈된 집을 칭찬하는 뜻에서 한다는 표현을 그만 '안주인의 깔끔 떠는 성품이 잘 드러나는 집안 분위기'라고 해 버린 것도 있었다. 마침 아내가 잘 지적해 줘서 고쳤으니 망정이지 그냥 나갔으면 그 집 마나님은 결벽증이라도 있어 깔끔 떤 것이 되어 마음에 제법 큰 상처를 받았을 것임이 분명하다.

내 글의 표현 때문에 다른 사람이 큰 피해를 받게 된 아픈 추억이 하나 있다. 초임 검사 때의 일이니 한참 오래전의 일이다. 함께 근무하던 선배 검사 한 분이 돌아가셨다. 퇴근길에 직접 승용차를 운전하고 가다가 그만 뇌출혈이 와 장애물을 들이받고 쓰러져 급히 병원으로 옮겼으나 이미 숨을 거둔 것이다. 그 선배의 검사실에 근무하던 수사관의 말에 의하면 그날은 기록 검토를 위해 야근을 할 예정이었다고 한다. 그런데 오후 늦게 '문제적 고소인'이라 불리던 바로 그 여자가 느닷없이 찾아와 장시간 울부짖다시피 격렬한 항의를 하는 바람에 그 선배 검사가 너무 화가 나서 야근도 포기한 채 그냥 퇴근을 했고, 그만 그런 변을 당했다는 것이었다.

같은 부에 근무하는 초짜 검사인 내가 선례 같은 것을 잘 몰라 여쭤보면 예의 그 사람 좋은 미소를 지으며 친절히 가르쳐주던 그 선배가 졸지에 돌아가셨으니 나로서도 여간 큰 충격이 아니었다. 그런데 지청장께서 《법률신문》에 게재될 조사(弔辭)를 나보고 쓰라고 하시는 것이었다. 그래서 나는 슬픔을 가눌 새도 없이 문제의 그 조사를 쓰게 된 것이다.

그 조사에는 돌아가신 분의 검사 업무에 대한 열정과 훌륭한 성품에 관한 이야기, 그리고 졸지에 허망하게 이별을 하게 된 선·후배 검사들의 안타까운 심정을 나름대로 정성껏 담아 추념의 뜻을 표했다. 또 마지막에는 조사답게 '선배님, 이제는 미제사건도, 흉악한 피의자도, 악랄한 고소인도 없는 하늘나라에서 고이 잠드소서.'라고 끝을 맺었다.

이 조사의 마지막 대목을 본 한 일간지의 명민한 사회부 기자가 이를 그냥 넘기지 않았다. 검사들이 폭주하는 수많은 사건의 처리와 빤질거리고 거친 피의자들에게 시달리는 것은 잘 안다. 그런데 법으로 보호해 주어야 할 억울한 피해자이고 검사는 그들이 호소하는 바를 경청해야 마땅하거늘 그들을 일컬어 '악랄한 고소인'이라니…. 유능한 기자다운 예민한 후각으로 거기에는 분명히 그 무엇이 있음을 감지하고는 바로 그 무엇에 대해 취재에 나선 것이다. 그러고 나서 사건기자가 낙수(落穗) 같은 것을 쓰는 칼럼 란에 '어떤 조사'의 '악랄한 고소인'에 관한 이야기를 쓴 것이다.

그 칼럼의 내용은 기자의 글로서는 예외적이랄 수 있을 정도로 검찰에 매우 우호적이었다. 검사라는 직업이 일반인이 아는 것과는 달리 그렇게 화려하지도 않고 과부하된 사건 처리에 심신이 모두 지칠 정도이며, 교활하고 흉포한 각종 범죄자들의 술수를 파헤치고 그 속에서 힘들게 진실을 찾아내는 매우 피곤한 직업이라는 식으로 동정을 표하고는, 고소인이라고 해서 모두 양질의 피해자만은 아니고 고약하고 때로는 피의자보다도 더 검사를 괴롭히는 존재이기도 하다고 기술했다. 덧붙여서 오죽 검사들이 고소인들에게 심하게 시달렸으면 어느 검사의 죽음에 대한 조사에 '…악랄한 고소인이 없는 하늘나라에서 고이 잠드소서.'라고까지 했겠는가 하면서 검사가 고소인에게 '억울하게' 시달린 실화를 몇 가지 들기도 했다.

그 칼럼의 글을 '문제적 고소인'이 읽는 모양이다. 그러고는 그 글을 쓴 기자를 상대로 '출판물에 의한 명예훼손'으로 고소를 한 것이다. 그 칼럼 내용에 자신의 이름이 직접 거명되지는 않았지만, 자기를 아는 사람들 중 상당수가 자기가 고소를 해서 그 사건을 '어떤 조사'의 해당 검사가 수사하고 있었다는 것을 다 알고 있다. 그런데 그 글을 읽으면 마치 그 검사가 퇴근 중 뇌출혈로 사망한 것은 '악랄한 고소인'인 자기가 원인 제공을 한 것처럼 인식이 되어 자기를 '간접살인범'으로 간주할 테니까 이는 명백한 명예훼손이라는 취지다.

법률가가 보기에는 그 사건은 법리상 명예훼손 혐의가 인정되기 어려운 것임이 분명하다고 할 수 있겠다. 그렇지만 정작 그 사건 주임검사는 매우 신중하게 접근하는 것 같았고, 그러다 보니 오랜 기간 미제로 남아 있었으며, 들리는 말로는 그러는 동안에 그 '문제적 고소인'에게 많이 들볶였다고도 한다. 그러나 가장 괴로웠던 것은 역시 그 사건의 피의자였던 기자임이 분명하다. 일단 피고소인이 되면 남의 집에서 물건을 훔치다가 현장에서 체포된 절도범과 똑같이 '피의자'가 되어 바로 죄인 취급을 받게 되는데, 생전 처음 피의자로 지문을 채취당하고 철제 의자에 앉힌 채 장시간 죄인처럼 조사받을 때는 여기서 벗어날 수만 있다면 그냥 고소인이 원하는 대로 합의라는 것을 해 버리고 싶은 마음까지 들기도 했었을 것이다.

그런데 이 모든 것이 나 때문에, 내 글 때문에, 내 글의 '악랄한 고소인'이라는 표현 때문에 비롯된 것이 아니던가. 내가 '고소인' 앞에 '악랄한'이라는 불필요한 수식어만 쓰지 않았더라도 그 명민한 기자가 고소를 당하는 불상사는 일어나지 않았을 것이라는 '상당인과관계'에 생각이 미치자 가슴이 먹먹해졌다.

이 기자가 고소당했다는 소식을 접하고 나는 내가 그 조사를 쓴 것을, 좀 더 정확하게는 마지막 대목에서 피의자 앞에 '흉악한', 고소인 앞에 '악랄한'이라는 수식어를 붙인 것에 대하여 후회하고 깊이 반성했다.

사실 검사를 괴롭히는 건 흉악한 피의자뿐만이 아니다. 근본은 매우 선량한데 열악한 주변 환경 때문에 어쩔 수 없이 피의자로 끌려온 생계형 범죄자를 만났을 때 과연 나는 이 사회를 위해 무엇을 했는가 자책하면서 더 괴로워하게 된다. 고소인도 마찬가지다. 되지도 않는 억지 주장을 펼치면서 고래고래 소리 지르거나 권력층 인사의 이름을 들먹이며 자기 식으로 검사를 겁박하는 진짜 악랄한 고소인도 있지만(실제로 모모한 정계 고위층 인사가 직접 전화를 걸어오는 예도 있다), 고소인이 정말로 억울하게 당한 것은 분명한데 피고소인이 교묘하게 법망을 빠져나가 법적으로 전혀 도와줄 수 없는 경우가 더 안타까운 것이다. 그러니 아무런 수식어 없이 '선배님, 미제사건도 피의자도 고소인도 없는 하늘나라에서 고이 잠드소서.'라고만 했어도 충분한 것인데 굳이 쓸데없는 '악랄한' 같은 수식어를 붙여서….

이제 와서 돌이켜보면 내가 문학청년 시절 썼던 글에 대한 가장 아픈 논평이 관념적이고 현학적(衒學的)이라는 지적이었다. 제대로 된 삶을 살아보지도 못했으면서 많이 아는 척, 깊이 깨달은 척하려다 보니 글의 내용은 다 옳은 얘기고 훌륭한 주장이지만 독자의 머리와 마음속에 자연스럽게 스며드는 공감과 울림을 주지 못한다는 것이었다(작가이신 선친께서도 이런 솔직한 지적을 해 주셨다). 눈물 날 정도로 가슴 아픈 일이지만 사실 그런 것 같았다. 내가 철학을 전공으로 택한 것도 지적(知的) 오만만 키우게 되어 오히려 좋은 글을 쓰는 데에는 장애가 되었던 것이 아닌가 싶기도 하다.

"당신 이제 검사가 아니잖아요. 당신 글에서 필요 이상의 정의감이 돌출돼 보여요."

아내의 말이다. 그래서 내 문장이 거칠다는 뜻일 것이다. 이것은 문학청년 시절의 내 글에 대한 논평만큼이나 가슴 에이는 지적이다. 검사를 그만둔 지 20년이 다 돼 가는데 아직도 '검사스러움'이 남아 있다는 말인가. 나는 시쳇말로 '더러운 꼴을 못 보는' 그런 성격이어서 일상생활에서도 경우에 어긋나는 일을 보게 되면 그냥 지나치지 못하는데, 글을 쓰면서도 마땅찮은 사회 현상 같은 것을 거론할 때는 제풀에 분개해서 나도 모르게 거친 수식어를 덧붙이는 경향이 있다.

그러나 생각해 보자. 아내가 약간 듣기 좋으라고 '정의감'을 들먹였지만 그것 때문만은 아님이 분명하다. 내 글의 표현이 거칠고 최상급이 자주 나오며 필요 이상의 강조사(强調詞)를 많이 쓰는 것은 내 성품이 그만큼 세련되지 못하고 조야(粗野)하다는 것을 말해 주는 것일 뿐이다. 그것을 무슨 정의감이나 검사 생활을 한 것과 결부시키는 것은 맞지 않고, 내가 뭔가 남에게 실제보다 더 낫게 보이려고 하는 못된 욕심을 가지고 있음이 은연중 드러난 것이 아닐까 한다.

사실 '더러운 꼴'을 보면 필요 이상으로 분개하거나 잘못 돌아가는 현실을 글로 표현할 때 거친 부정적인 표현이 돌출하는 것도 결국 나는 그렇지 않다는 것을 강조해서 내세우는 것 이상이 아니지 않은가. 이제 와서 내 삶을 돌이켜보니 내 생활 자체가 있는 그대로의 나보다 더 멋지게 보이려고 수식하려고만 해 온 같아 그저 부끄럽기만 하다.

이 글을 송고하기 전 아내에게 보여 주면 아내는 또 얼마나 많은 불필요한 수식어를 찾아낼까?

수식어라는 것은 언어 주성분의 내용을 꾸며 뜻을 더하여 주는 문장 성분으로서 부사나 형용사 같은 것이 이에 해당한다. 수식어는 표현을 아름답고 강렬하게 또는 명확하게 하기 위해 꾸미는 말인데, 이를 잘 활용하면 남과 다른 멋진 문장을 만들어 낼 수 있다. 그러나 수식어는 글의 주된 내용을 꾸미는 말이기 때문에 그것을 빼내어도 그 문장은 여전히 문법적으로 완전하다. 오히려 불필요한 수식어가 많이 들어가는 바람에 그 글의 정보 전달 능력이 반감되는 경우가 많다. 간명하게 논지만 밝혀도 될 글에 불필요한 수식어를 덕지덕지 붙이는 것은 어쩌면 필자가 자기주장에 대해 자신이 없기 때문에 자꾸만 덧칠을 하는 것일지도 모른다. 유난히 화려한 수식어에 탐닉하는 필자들이 있는데, 그들은 아름다운 미사여구를 더 찾으려고 할 것이 아니라 수식어라는 위장막을 걷어 버리고 자신이 전달하고자 하는 논지를 명확하게 잘 다듬는 훈련부터 해야 할 것이 아닌가 한다.

문장뿐만 아니라 우리 삶도 마찬가지다. 정치인들의 선거 공보처럼 그렇게 있는 거 없는 거 다 끌어 대어 꾸며댈 것이 아니라 그저 있는 그대로의 자신을 보여 주고 진실을 나누는 그런 삶이 바람직한 모습일 것이다.

이 글 첫머리에 언급한 표현론에 관한 소논문에서는 글은 그것을 쓴 사람의 인품을 그대로 드러내는 것은 아니라고 했지만, 내가 인격 수양을 좀 더 하고, 쓸데없이 남에게 잘 보이려고 하는 과시욕 같은 것을 버리고 있는 그대로의 내 본 모습만 보이려고 한다면, 내 글도 덜 거칠게 되고 다른 사람의 마음을 밝게 해 주지 않을까 하고 생각해 본다.

맞다. 이제 좀 담박해져야겠다. 내 삶도, 내 문장도 너무 직설적이거나 과장되지 않게, 그리고 쓸데없는 수식어는 모두 다 빼내어 은은하지만 진정한 울림이 있도록 해야겠다.

수식어는 껍데기다. 신동엽 시인의 흉내를 내서 나도 한 번 읊어 본다.

수식어는 가라.
이제 모든 수식어는 가라.
흉악함과 악랄함을 안고 멀리 가라.

흙냄새 나는 진정성만 남고….

* 사족: 이 글을 통해서 뒤늦게나마 내가 쓴 조사 때문에 고소를 당해 고초를 겪었던 그 명민한 사회부 기자에게 미안함을 표한다.

《경제포커스》 2022. 6. 26.

손님

어제도 손님들 여러 명이 다녀갔다.

이곳 시골에 살다 보니 손님이 찾아오는 일은 단조로운 내 생활에 조그만 변화와 활력을 주는 매우 반가운 이벤트다. 그래서 손님이 오기로 한 날이 다가오면 며칠 전부터 괜스레 마음이 설렌다. 그러나 한편 부담이 되는 것도 사실이다. 아무래도 손님 취향에 따라 반찬거리나 와인 같은 걸 준비해야 하고, 집안 여러 구석구석 청소도 해야 하니 그냥 느긋하게만 있을 수는 없다. 나보고 너무 호들갑을 떨지 말고 평소 사는 모습으로 손님을 맞자고 하는 아내도 기실 내 대학 동창들이나 검찰 선·후배들이 몰려올 때는 긴장하는 모습이 역력하다.

준비를 열심히 하면 그만큼 보람도 있다. 힘은 들지만 잘 접대하여 손님이 만족해하는 모습을 보는 것은 다른 쪽에서는 찾기 어려운 특별한 즐거움이다. 그런 마음가짐을 가지는 것도 '주인 의식'의 하나인가?

손님이란 '다른 곳에서 찾아온 사람'을 뜻하는 순우리말인 '손'에 이들을 잘 모시라는 취지로 높임 접사인 '님' 자를 붙여서 쓴 것이 아닌가 한다.

예부터 우리나라에서는 아는 사람뿐만이 아니라 처음 보는 낯선 나그네라고 할지라도 식사와 잠자리를 부탁하면 다소 힘들더라도 반드시 손님으로 받아들이는 것을 도리로 삼아왔다. 특히 지체 있는 집안에서는

'봉제사 접빈객(奉祭祀接賓客)'이라고 해서 손님을 접대하는 것을 조상에게 제사를 지내는 것만큼이나 중요하게 여겼다고 한다. 그래서 어떤 분은 손님을 모시는 것은 대인관계, 즉 사회생활의 출발점이자 그것이 완성되는 결승 지점이라고 말씀하기도 했다.

그런데 손님은 주인과는 달리, 그 집안에 소속되어 있지 않은, 그래서 언젠가는 떠날, 그리고 꼭 떠나야 할 사람이라는 속성을 지니고 있다. 떠나야 할 사람은 떠나야만 한다. 그래서 "손은 갈수록 좋고 비는 올수록 좋다."거나 "가는 손님은 뒤꼭지가 예쁘다."는 속담도 있고, 떠나야 할 손님이 떠나지 않고 있으면 "숭어와 손님은 사흘만 지나면 냄새가 난다."는 속담처럼 골칫거리로 눈총도 받는다. 예전에 천연두(마마)를 '손님'이라고 부르기도 했는데. 그것은 빨리 떠나기를 바라는 마음이 반영된 것이라 할 것이다.

손님은 남의 집에 온 사람이기에 조심스럽게 처신하고 아무래도 소극적으로 보일 수 있다. 그래서 "손님처럼 굴지 말고 주인 의식을 가져라."라고 할 때처럼 손님은 다소 부정적인 의미로 쓰이기도 한다. 그와 반대로 '주인'이나 '주인 의식'은 긍정적이고 적극적인 의미를 가진 뜻으로 잘 사용된다. 나도 한동안 책상머리에 '수처작주(隨處作主)'라고 써 붙여 놓고 내가 어느 때 어느 곳에 처해 있건 주인이라는 의식으로써 살아오려고 노력했다. 그 덕에 언제 어디서나 그 자리에 없어서는 안 될 사람이 되려고 정진하는 자세를 지킬 수도 있었다.

또 한편 최근에는 손님이 꼭 잘 모셔야 할 대상인가 하는 점에 대하여 반론이 제기되기도 한다. 특히 접객업소 같은 데서 무례한 손님이 자주 생기다 보니 일반 업계나 공적 기관에서도 "고객은 항상 옳다.", "손님은 왕이다.”라는 캐치프레이즈가 과연 옳은 것인지 다시 검토하게 되었고, 급기야는 “가치 있는 고객만이 대접받을 가치가 있다.”라고 선언하기에 이르렀다.

고객이 과도한 요구를 하면서 직원에게 막 대하는 것을 ‘진상질’한다고 하는데, 이럴 때는 그 주체를 ‘손님’이라고 하지 않고 ‘손놈’이라고 낮춰 부르기까지 한다. ‘손놈’이란 표현을 두고 언어 구조를 무시하여 만든 단순 유행어라고 보는 시각이 많지만, ‘손님’이 ‘손’과 높임 접사 ‘님’의 합성어인 것처럼 ‘손놈’도 ‘손’과 낮춤 접사 ‘놈’이라는 실질 형태소가 결합한 훌륭한 단어로 보는 쪽도 만만치 않고, 일부 오픈 사전에는 정식 표제어로 등재되어 있다.

그러고 보니 나 역시 검찰 기관장을 할 때나 공공기관의 장으로 재직할 때 워낙 저질인 악성 민원인을 많이 보아 왔기에 ‘우리 직원이 행복해야 모두가 행복하다.’는 사고로 ‘손님’보다는 소속 직원들을 우선 북돋워 주는 식으로 운영을 해 온 것이 아닌가 한다.

오늘은 점심을 먹고 나서 2층 서재에서 어쏘 변호사가 메일로 보내온 간단한 서류를 검토해서 답신을 보낸 후 바로 아래층으로 내려왔다. 베란다의 편안한 의자에 앉아 마당을 내려다보니 가을의 정취가 물씬 느껴졌다. 눈처럼 희거나 개나리처럼 샛노란 국화꽃들이 “안녕하세요, 주인님?” 하며 인사를 하기에 나도 미소로 답례를 보내고, 더 이상 못 버티고 고개를 떨군 백일홍과 달리아가 “이제 저희는 떠나야겠습니다.” 하기에 약간의 측은함과 함께 그동안 수고했다고 고마움을 표했다. 처마 밑 화단 군데군데 서리를 피해 용케 살아남은 페튜니아와 샐비어가 입술연지 같은 붉은색을 발하며 “저희는 아직 건재합니다.” 하고 뽐내고 있어 그들에게도 아는 체를 했다. 마당 둘레에는 자두나무·모과나무·보리수나무·꽃사과·은행나무·배롱나무·산딸나무 같은 키 큰 나무들과 텃밭 주변의 공작단풍·블루베리·왜철쭉 같은 키 작은 나무들까지 자기들만의 울긋불긋하거나 황갈색으로 치장을 하고 나에게 인사를 해 온다.

이럴 때면 이렇게 아름다운 집을 장만하여 가꾸어 준 아내에게 무한한 고마움을 느낌과 동시에 이러한 것들을 내가 소유하고 있다는 것이 너무나 흐뭇하다. 그러다가 고개를 들어 멀리 잔잔히 흐르는 남한강 물줄기에 오후의 햇살이 비스듬히 비쳐 감미로운 윤슬을 만들고, 그 너머로 웅장하게 팔을 벌려 내 마음을 포근히 감싸고 있는 양자산, 그리고 더없이 깨끗하고 푸른 가을 하늘까지 내 눈 안에 들어오게 되면 나는 이 모든 것을 누리며 나른한 행복감에 빠진다. 나아가 이 아름다운 경관 역시 나의 것이고 나는 그 주인이라는 생각에 크게 부자라도 된 것 같은 기분에까지 젖어 든다.

아내가 차와 과일을 내어 왔다. 오늘따라 아내가 더 예뻐 보인다. 몇 번이고 한 말이지만 한 번 더 이 집을 선택해 줘서 고맙다고 하려는데 아내가 먼저 말을 꺼낸다.

"아무래도 시계는 못 찾을 것 같죠? 제가 새 걸로 하나 사드릴게요."

아들이 지난봄에 어버이날 선물로 아내 것과 함께 세트로 사 준 스마트 워치를 내가 최근에 잃어버린 걸 두고 하는 말이다. 아내는 마침 최신 모델이 출시됐으니 얼리 어답터가 되라고 했지만 나는 "됐어! 내가 알아서 할게."라고 퉁명스럽게 대답했다. 그 시계 생각 때문에 모처럼 꿈꾸듯이 느끼던 나른한 오후의 행복감이 가뭇없이 사라지고 엄연한 현실로 돌아온 것이다.

내가 가장 몸 가까이 두고 아끼던 물건을 잃어버린 것이다. 필시 지난 번 서울 외출 시 비좁은 전철에서 부대끼면서 잠금 고리가 풀리거나 했던 모양이다. 시간을 가리키는 기본은 물론 걸음걸이 수도 재어 주고, 수면 시간과 수면의 질까지도 측정해 주며, 체지방과 혈압 같은 건강지표도 알려 주고, 핸드폰 둔 곳을 잊었을 땐 그 위치도 찾아주는 등 여러 가지로 편리하여 내 생활에 필수품이 된 스마트 워치를 잃어버렸다는 현실이 짜증으로 다가왔다.

내 소유였던 스마트 워치가 떠나갔다. 손님처럼 떠나갔다.

손님처럼?

그러다가 지금 그 시계를 차고 자기가 주인인 양 행세를 하고 있을 그 누군가를 생각하니 은근히 화가 났다. 내가 "내 시계 지금 어떤 사람이 차고 있을까?" 하고 짜증스럽게 내뱉자 아내는 "누가 차고 있든 잘 작동만 하면 그 시계는 제 역할 하는 것 아니겠어요."라고 대꾸하고는 빈 찻잔을 가지고 주방 쪽으로 가 버린다.

고개를 들어 강물을 다시 바라본다. 여전히 아무 일 없었다는 듯이 유유히 흐르는데 그사이에 해의 위치가 바뀌었는지 물결의 반짝임이 바로 내 정면을 향하고 있다. 자세히 바라보니 나에게 뭐라고 말을 하는 듯도 하다. 그 순간 뭔가 번쩍하더니 내가 그 스마트 워치의 주인이 아니라 손님이었다는 깨달음 같은 것이 찾아든다.

스마트 워치는 그대로 있고 지금 그것을 사용하는 사람만 바뀌어 있는 것이다. 누가 그 스마트 워치의 주인이라는 것인가. 스마트 워치는 스마트 워치인 채로 잘 작동하고 있는데 그걸 사용하는 사람만이 손님처럼 바뀐 것이 아닌가. 그 주인은 나나 지금 그것을 차고 있을 사람이 아니라 바로 스마트 워치 자신인데 말이다.

그런 생각을 하고 나서 우리 집의 랜드마크라고 할 수 있는 수형이 잘 잡힌 키 큰 소나무를 바라보니 저 소나무가 내 소유라고 해서 내가 과연 그 주인인가 하는 회의(懷疑)가 들었다. 내가 이 집에서 이사를 가도, 아니 내가 죽어서 이 땅에서 사라져도 저 소나무는 아무 일 없었다는 듯이 의연히 그 자리를 지키고 서 있을 것이다. 그러니 여기를 지키는 것은 저 소나무이고 떠나는 것은 나이니 내가 손님이 아닌가…. 그렇다면 내가 조금 전에 바라보며 그런 것을 누릴 수 있다는 것에 나른한 행복감을 느끼게 해 준 주변의 저 아름다운 경관도 나의 것이 아니고, 나는 결국 이곳을 떠날 손님이 아니던가.

그렇다! 옛날부터 "강과 산은 만고의 주인이요, 사람은 기껏해야 백 년 동안의 손님이다(江山萬古主 人物百年賓)."라고 하지 않았던가. 그러고 보니 손님인 주제에 자기가 주인을 소유하고 있다는 환상에 빠져 부자라도 된 듯한 포만감에 젖어 있었던 것이 부끄러워 얼굴이 화끈해진다.

문득 천상병 시인의 시 「귀천(歸天)」이 떠오른다. 그는 무욕(無慾)의 경지에 이르러 이제 이 세상 소풍을 끝내고 하늘로 돌아가서 참 아름다웠다고 말하리라 노래했다. 자신은 이 세상의 주인이 아니고 손님으로 잠시 다녀갈 뿐이라는 겸허한 마음이 느껴지는 참으로 담박(淡泊)한 시다. 나는 왜 이런 마음가짐을 가질 수가 없는가.

돌이켜보니 그동안 나는 너무 '주인 행세'만 하고 살아온 것 같다. 내가 적극적으로 나서고 내가 모든 걸 책임지고 행동하지 않으면 내가 소속된 조직은 제대로 돌아가지 않을 거라는 자기 나름의 '주인 의식'에 빠져 있었던 것이다. 나는 항상 옳다고 생각했기에 다른 사람도 내가 생각하는 대로 생각하기를 바랐고 내 생각과 다를 땐 우선 틀렸다고 판정을 내리곤 했다. 자연 경관이나 꽃을 바라볼 때도 그렇고 그림이나 영화 같은 것을 감상할 때도 그 대상을 있는 그대로 받아들이지 않고 먼저 자기 기준을 세워 놓고 거기에 적합한 것만 받아들이려고 한 것 같다. 대인관계에서는 더욱더 내 기준에 맞는 사람들하고만 만나려고 해 온 것으로 보인다. 그러나 그것이 어디 될 법이나 한 소리인가. 모든 사람은 각자 주인이고 나는 그들에게 그저 손님일 뿐인데…. 손님이 주인을 가리는가.

눈을 감고 그동안 내가 살아오면서 주인 노릇을 한다고 다른 사람들을 얼마나 많이 괴롭혔을까 돌이켜본다.

검찰청에서 내가 조사를 한 피의자나 나를 찾아온 민원인은 따지고 보면 내가 받들어야 할 국민이고 나는 그들에게 봉사해야 할 공복(公僕)임에도 마치 내가 주인인 양 그들 위에 서 있으려 하지는 않았는지…. 내가 기관장으로 봉직하면서 조직 목표를 효과적으로 달성할 요량으로 직원들에게 주인 의식을 가지라고 독려하는 바람에 오히려 반발심을 일으켜 근무 의욕을 떨어뜨리지는 않았는지…. 내 가족에게 마치 그들이 내 소유라도 되는 것처럼 꼭 내 뜻에 맞게만 처신하도록 강요하여 그들 나름의 고유한 삶의 리듬을 깨뜨리지는 않았는지…. 정말이지 걱정이 되는 것이 너무 많다.

내 나이도 이제 제법 들었으니 언젠가는 소풍을 마치게 될 것이다. 손님은 떠나야 한다. 떠나지 않는 손님은 부담만 된다. 내가 떠난 다음 남은 사람들이 나를 좋은 손님으로 기억해 주었으면 좋겠다. 숙박업소를 떠나면서 침구를 잘 정리해 놓고 머리맡에 필로우 머니라도 놓고 가는 그런 투숙객처럼 깔끔하고 매너 좋은 손님으로 기억되고 싶다.

저녁 시간이 가까이 온 것 같다. 아까 아내가 스마트 워치를 사 주겠다고 하는데 내가 괜히 역정을 낸 것 같아 미안하다. 주방 쪽으로 가서 아내에게 최대한 상냥한 톤으로 말했다.

"여보, 오늘 저녁은 밖에서 먹자. 조금 일찍 나가 형제공구사에서 당신 필요한 것도 사고 추어탕이나 먹고 오자. 미꾸라지 튀김도 소짜로 하나 시키고…. 당신 어제 손님 치르느라고 수고 많이 했잖아."

우선 아내에게부터 잘해야겠다. 예전엔 부인들이 남편을 일컬어 '쥔양반'이라고 했지만, 어디 그게 될 법이나 한 말인가. 가정에서는 어디까지나 아내가 주인이고 남편은 그저 손님이지 않은가. 손님이 주인 눈치 봐야 마땅하다. 오늘 저녁은 손님인 내가 주인인 아내를 한번 제대로 모셔야겠다. 이제 아내에게부터라도 '좋은 손님'이 되는 연습을 해야겠다. 그래서 내가 소풍을 마치고 떠난 다음 많은 '주인'들에게 내가 최소한 '손놈'은 아닌 '손님'으로는 기억되게 말이다.

* 추기(追記): 이 글을 송고하기 전에 아내에게 읽어 보라고 했더니 마지막 대목의 아내가 남편의 주인이라는 식의 표현에 강한 반발을 표하면서 보내지 말라고까지 한다. 부부는 어디까지나 서로 존중하면서 함께 여행을 하는 동반자이지 어느 한쪽이 주인인 그런 관계가 아니라는 것이다. 써 놓은 이 원고가 아깝고 그냥 비유적인 표현으로 이해할 수도 있을 것 같아서 그냥 송고한다.

《경제포커스》 2022. 11. 14.

에움길

'에움길'이란 말이 있다. '둘레를 빙 둘러싸다'라는 뜻의 동사 '에우다'에서 파생된 단어인데, 에움길은 에워서 가기 때문에 다소 멀기도 하고 힘도 더 드는 길이다. 바로 질러가는 지름길과는 반대로 에움길로 가면 아무래도 목적지에 이르는 것이 더디고 왠지 그쪽을 택하면 손해 보는 듯한 느낌이 들기 마련이다.

오늘날같이 촌각을 다투는 경쟁 사회에서는 조금이라도 빨리 목적지에 도착하게 하려고 각종 도로가 계속 만들어지고, 이른바 성공학이나 처세술을 다룬 많은 책들은 좀 더 쉽게 인생의 목표에 도달하도록 지름길을 찾는 묘수들을 가르치고 있다.

사실 어떤 목적지까지 가장 적은 노력으로 남보다 일찍 도착하는 것은 기분 좋은 일이다. 그러나 일단 목적지에 도달하고 나면 지름길로 쉽게 온 것도 좋지만 에움길로 어렵게 돌아서 온 것도 나쁘지만은 않다는 생각이 든다. 우리의 삶은 그 과정이 힘들수록 돌아보면 더 아름답다고 한 어느 시인의 말도 생각이 난다.

'에움길' 하면 제일 먼저 떠오르는 시가 나희덕의 「푸른 밤」이다.

너에게로 가지 않으려고 미친 듯 걸었던

그 무수한 길도
실은 네게로 향한 것이었다
……
나의 생애는
모든 지름길을 돌아서
네게로 난 단 하나의 에움길이었다

사랑의 신산함을 에움길로 묘사하였기에 시의 제목이 '에움길'이라고 알고 있는 사람도 있는데, 사랑뿐만 아니라 우리의 삶도 이런 과정이 아닌가 싶다.

우리가 인생에 있어서 목적지를 정하고 그리로 가기 위해 지름길을 택할 것인가 에움길로 돌아서 갈 것인가 하는 것은 선택의 문제일 수도 있고 어쩔 수 없는 운명적인 이끌림일 수도 있다.

지름길로 가면 목표를 일찍 이루게는 되지만 한편 바쁘게만 서두르다 보니까 뭔가가 빠진 것 같은 허전함도 있을 것이다. 반면에 에움길을 거치게 되면 더디고 힘들기는 하지만 주변도 돌아보며 경치도 구경하고 새소리도 들으며 동반자와 이런저런 얘기를 나눌 여유도 있을 것이다. 어쩌면 에움길로 가는 길은 조금 늦더라도 우리의 삶을 더욱 풍요롭게 해주는 것이 아닌가 한다.

지름길로만 가려는 생각은 원하는 것을 빨리 이루려는 조급함에서 비롯된다고 하겠는데, 에움길로 가면 그러한 초조함에서 벗어나 어느 정도 여유가 생겨서 좋다. 때로는 쓸데없는 욕심을 절제하려는 검소한 마음가짐까지 생긴다. 소설가 프란츠 카프카는 초조함이야말로 우리에게서 가장 먼저 몰아내야 할 못된 것이라고 했다. 사실 조급증에서 오는 초조함으로 인해 일을 그르치는 경우도 많다. 그것은 초조하다 보면 문제를 정면으로 응시하지 못하고 성급하게 해결에만 급급하게 되어 결국 해결도 못할 뿐만 아니라 더 큰 어려움으로 몰고 가게 되는 것이다. 반면 에움길로 가면 더디기는 하지만 마음의 여유가 있기에 문제의 본질을 볼 수 있고 근본적인 해결의 실마리를 찾을 수 있는 경우가 많다.

어느 철학자는 삶은 직선이 아니고 곡선이고, 철학은 지름길이 아니라 에움길로 걷는 것이라고 했다. 그러면서 지름길로만 가려고 하는 것은 검은 띠로 두 눈을 가리고 무조건 빨리 달리는 것과 같다고 꼬집었다.

내가 지금까지 살아 온 길은 어떠한가. 지금 처해 있는 상황에 별 불만이 없으니 나는 목적지에 그런대로 잘 온 것 같기도 하다. 그러나 여기에 이르기까지의 길은 결코 지름길이 아닌 것만은 분명하다. 그리고 내가 걸어 온 길이 에움길이라면 그리로 이끌린 것에 별 불만이 없고 고맙기만 할 뿐이다.

내가 법조인이 된 과정을 보자.

별 어려움 없이 책만 열심히 읽으며 곱게 자라 온 문학 지망생이 군대에서 생긴 조그만 사회의식과 책임감을 근거로 법조인이 되겠다고 무모하게 사법시험에 도전했다. 독학으로 한 공부이지만 8개월 만에 치른 1차 시험에 너끈히 합격하고는 기고만장해서는 사법시험이라는 것 역시 별거 아니란 생각이 들었다.

내가 처음 치르게 된 때부터 확고한 국가관을 정립시킨다고 2차 시험에 국사 과목이 새로 들어갔다. 시험 임박해서 함께 공부하던 친구가 내 국사 실력을 과대평가하고는 어떤 문제가 나올 것 같냐고 찍어 달라고 했다. 나는 주저 없이 국사 과목이 오랜만에 부활한 것이니 아주 기본적인 문제가 출제될 것이 분명하다면서 고대에서는 '삼국통일', 근·현대에서는 '갑오경장'이 나올 것이라고 자신만만하게 예측했다. 그리고 2차 시험 첫날 첫 시간, 국사 과목의 방(榜)이 열리는데 정말 짜릿했다.

[제1문] 신라의 삼국통일의 역사적 의의를 논하라
[제2문] 갑오개혁을 논평함

나는 교차로 신호등 앞에서 대기하다가 진행 신호를 받고 달리는 운전사처럼 신나게 답안을 써 내려갔다. 둘째 날, 셋째 날도 무난히 잘 넘어갔다. 그런데 마지막인 넷째 날 형법 과목의 '공모 공동정범'에서 드디어 나의 경박한 자만심은 여지없이 무너지고 말았다. 그리고 그 무너짐이 5년이나 계속됐던 것이다. 8과목의 16문제 중 꼭 한두 문제가 말썽을 피우는데, 어느 해에는 평균 점수로는 합격선을 훨씬 상회하지만 한 과목이 0.66점이 모자라 과락이 되는 바람에 떨어지기도 했다. 지금에 와서 돌이켜보니 내가 지칠 대로 지쳐서 더 이상 교만을 떨 수 없게 됐을 때 합격을 시켜 준 것 같은 생각이 들기도 한다.

5전 6기(五顚六起), 참으로 힘든 여정이었다. 몇 번이고 그 길로 들어선 것을 후회도 했고, 가장 가까운 친구가 나보고 잘못된 길로 들어선 것 같으니 본래의 나의 길로 돌아가라고 조심스럽게 충고할 때는 정말 벼랑 끝에 선 심정이었다. 아내의 처방대로 일단 결혼을 했고, 아내의 헌신적인 뒷바라지, 그리고 새로이 생긴 가장으로서 책임감이 아니었더라면 끝내 합격을 이루지 못했을지도 모른다.

그런데 검사 임관을 하고 나니 동료들에 비해 나이가 조금 많은 편이라 마음이 불편한 경우가 종종 있었다. 이미 중견 소리를 듣는 동갑내기 검사도 있는데 나도 대학 진학 때 바로 법대로 갔었으면 운 좋게 재학 중 합격, 늦게 돼도 지금은 초짜 검사는 면했을 것 아닌가 하는 생각에 손해 본 것 같은 느낌도 들었다.

그러나 검사 생활이 좀 더 익숙해지고 그 뒤 살인 사건 같은 것을 수사하면서 생각이 달라졌다. 살인 사건 수사는 그냥 증거만 수집하는 단순 노무가 아니다. 왜 그 피의자는 피해자를 죽일 수밖에 없었나 하는 근본적인 이유를 찾아내야만 제대로 된 수사가 되겠는데, 그러자면 인간성 자체에 대한 폭넓은 탐구가 선행되어야 한다. 내가 소년 시절부터 문학 지망생으로서 많은 책을 읽었던 것과 대학에서 철학을 전공하면서 이런저런 사상들을 나름대로 섭렵했던 것들이 다 살인 사건 수사에 밑바탕이 되는 도움을 준 것이다. 내가 청소년 시절에 시쳇말로 '인문학적 소양'을 쌓는 데 그렇게 애를 많이 써 온 것은 바로 살인 사건을 수사를 위한 내공을 쌓기 위한 것이 아니었나 하는 생각까지도 들었다. 내공을 쌓는 데는 역시 지름길보다는 에움길이 더 적격이다.

여기에 에움길은 '훈련의 장(場)'이기도 하다는 한 가지 깨달음이 더 뒤따랐다. 내가 왜 사법시험 합격에 이르기까지 6년 가까이 오래 걸렸는가 하는 이유를 뒤늦게 확실히 알게 된 것이다.

나는 그전까지는 세상을 너무 자신만만하게 살아왔다. 내가 하고자 하기만 하면 이루지 못할 것이 없는, 그래서 실패란 것은 있을 수 없다는 식으로 살아왔다. 실제로도 내가 의도했던 일들은 거의 그대로 이루어졌고, 그 결과 나는 심한 교만에 빠져 있었다. 나는 오만한 사람의 전형답게 내가 성취한 것은 내 능력과 노력에 의한 당연한 결과로만 여겼으며, 나에게 허여된 모든 것이 은총이고 그것에 감사해야 한다는 것을 모르고 지내 온 것이다. 나에게 교만함을 깨우치고 감사하는 마음을 가르치기 위해 나를 그 길로 이끌어 6년 가까이 그렇게 힘든 '에움길 훈련'을 시켰던 것이다.

한 사람에게서 깨달음이란 오랜 기간 안에서 숙성됐다가 어느 한순간에 현출되는 것 같다. 물론 나는 그 깨달음의 순간 이후에도 교만을 완전히 털어 버리지는 못하고 어떤 때는 내가 해낸 일에 비해 나에 대한 평가나 보상이 너무 미미하다고 생각하기도 한다. 이상하게도 그런 생각을 하게 되면 거의 예외 없이 나에게 힘든 일이 닥쳐온다. 그러면 나는 그제서야 뒤늦게 또 '에움길 훈련'이 시작되는구나 하는 것을 자각하고는 마음을 고쳐먹는다.

"세상의 모든 죄 중 가장 중한 죄는 교만과 게으름이다. 그중에서도 으뜸은 교만이다."

내 낡은 노트에 적혀 있는 글이다. 정확히 언제 쓴 것인지 모르겠는데 글씨체로 보아 매우 절실하게 느꼈던 모양이다.

그러면 현재는 어떠한가? 지금 역시 가장 큰 죄는 교만이라고 생각한다. 문제는 아직도 그 죄에서 못 벗어났다는 것이다. 아마도 내 평생은 이 죄를 벗어나려는 몸부림이고, '에움길 훈련'은 내가 살아 있는 한 이어질 것이다.

최근에 몇몇 대학 동창을 만나 대학 시절을 회고하는 얘기를 하다가 내가 철학을 버리고 법조의 길로 들어서게 된 사유에 대해 변명 아닌 변명을 하게 되었다. 결국 내가 겪은 에움길과 에움길 훈련 얘기까지 하게 되었는데, 그 얘기를 듣고는 석좌교수 직함을 가지고 있는 한 친구가 사람뿐 아니라 국가 역시 교만에 빠지기도 한다는 말을 했다. 우리나라도 그렇지 않았냐고 하면서 말이다.

제대로 된 부존자원 하나 없이 수출산업 하나로 초고속 압축 성장을 하여 경제적으로 어느 정도 성과를 이루자 세계 10대 강국에 들어갔다고 호들갑을 떨더니 일부 식자(識者)들이 걱정한 대로 너무 빨리 샴페인을 터뜨리는 바람에 극도의 갈등 양상과 경제적 어려움이 바로 찾아왔었다고 그는 지적했다.

정치적으로도 식민지를 겨우 벗어난 최빈국에서 독재에 저항하는 시민혁명으로 가장 빨리 민주화를 이루어 모범적인 선진국으로 들어섰다고 으스대고 선전했건만, 이른바 '민주화 인사'들의 미숙하고 도덕성이 결여된 '내로남불' 식의 정치는 국격까지 퇴보시키는 결과를 야기하고 말았다고 격한 어조로 말했다.

그러면서 사람이나 나라나 가장 잘나갈 때 조심하고 겸손해야 하며, 교만하면 반드시 하늘이 응징을 한다고 결론을 내렸다.

에움길이 동사 '에우다'에서 파생된 단어라고 했는데, '에우다'에는 '사방을 빙 둘러싸다', '다른 길로 돌리다'라는 뜻 외에 '다른 음식으로 끼니를 때우다'("고마 대충 먹고 한 끼 에우면 된다."), '서로 주고받을 물건이나 일 따위를 비겨 없애다'(이런 뜻으로 쓰는 것은 '에끼다'의 경북 사투리라는 주장도 있음)라는 뜻도 있다. 또한 '동호회원 명부에서 장기간 무단 불참자의 이름을 에워 버렸다.'라는 예문에서처럼 '장부 따위에서 쓸데없는 부분을 지우다'라는 의미로도 쓰인다.

나는 '에움길 훈련'이 하늘이 주는 응징이라고까지는 생각하지 않는다. 다만 고난일 수 있는 그 에움길을 받아들이는 쪽의 태도에 따라 그것은 더 확실히 잘되게 하기 위한 수련의 방법이 될 수 있는 것이라고 본다. 나한테이건 우리나라에게이건 이번 한 번의 에움길 훈련으로 우리 모두의 사고와 마음가짐에서 '교만'을 싹 에워갔으면 좋겠다.

《경제포커스》 2022. 6. 6.

에움길

초판 1쇄 발행 2023년 11월 24일

지은이 추호경
펴낸이 이기봉
편집 좋은땅 편집팀
펴낸곳 도서출판 좋은땅
주소 서울특별시 마포구 양화로12길 26 지월드빌딩 (서교동 395-7)
전화 02)374-8616~7
팩스 02)374-8614
이메일 gworldbook@naver.com
홈페이지 www.g-world.co.kr

ISBN 979-11-388-2524-5 (03810)

- 가격은 뒤표지에 있습니다.

- 파본은 구입하신 서점에서 교환해 드립니다.